KB108311

신나게 걸어봐
인생은
멋진　거니까

신나게 걸어봐
인생은
멋진 거니까

19살 단돈 50유로로 떠난
4년 6개월간의 여행이 알려준 것

크리스토퍼 샤흐트 지음
최린 옮김

오후의
서재

옮긴이 | **최린**

고려대학교 독어독문학과 졸업 후 프랑스에서 오랜 기간 유학 생활을 했다. 파리 10대학에서 지정학DEA(박사준비과정) 학위를 받았으며 마른라발레대학 유럽연합연구소에서 박사과정을 수료했다. 귀국 후 번역을 하며 출판사에 발을 들여놓게 되었고 기획과 편집, 번역을 하며 지금까지 출판에 관련된 일을 하고 있다. 인문과 심리, 마음을 치유하는 도서들, 지리에 관심이 많다. 옮긴 책으로 《리얼 노르딕 리빙》, 《프랑스 엄마 수업》, 《매일 조금씩 자신감 수업》, 《당신의 무기는 무엇인가》, 《지정학: 지금 세계에 무슨 일이 벌어지고 있는가?》, 《에크하르트 톨레의 이 순간의 나》 등이 있다.

신나게 걸어봐
인생은 멋진 거니까

초판 1쇄 발행 2020년 6월 15일
초판 2쇄 발행 2020년 6월 25일

지은이 | 크리스토퍼 샤흐트
옮긴이 | 최린

발행인 | 유영준
책임편집 | 김혜영
편집 | 오향림
디자인 | Universe
인쇄 | 두성P&L
발행처 | 와이즈맵
출판신고 | 제2020-000095호(2020년 4월 10일)

주소 | 서울 강남구 봉은사로16길 14, 나우빌딩 4층 쉐어원오피스(우편번호 06124)
전화 | (02)554-2948
팩스 | (02)554-2949
홈페이지 | www.wisemap.co.kr

ISBN 979-11-970602-0-5 (03850)

이 도서의 국립중앙도서관 출판예정도서목록(CIP)은 서지정보유통지원시스템 홈페이지(seoji.nl.go.kr)와 국가자료 공동목록시스템(www.nl.go.kr/kolisnet)에서 이용하실 수 있습니다. (CIP제어번호 : CIP2020020910)

내가 태어난 나라가 있고
나를 다시 태어나게 한 나라가 있다.
어떤 여행은, 인생을 바꾼다.

한국의 독자들에게

지금처럼 누구도 살아본 적 없는 '독특한' 시기에 한국에서 제 이야기가 담긴 책이 나오게 되었습니다. 세상은 불과 몇 달 전과 비교해볼 때 전혀 다른 상황이 되어버렸네요. 어쩌면 여러분은 이런 질문을 할 수도 있습니다.

"어차피 여행을 갈 수도 없는 지금 왜 여행 이야기를 읽어야 하지?"

그 말도 맞습니다. 지금 상황이 여러 가지 면에서 어려운 건 사실입니다. 하지만 여러분에게 제가 한국에서 지내는 동안 사람들에게 배웠던 일들을 알려주고 싶습니다. 그리고 그중 몇 가지는 제가 살면서 배운 가장 가치 있는 교훈이었습니다.

신나게 걸어봐 인생은 멋진 거니까

한국인은 다른 사람들이 문제를 볼 때 해결책을 찾는다.

한국인은 용감하고 신념이 있고 넘어져도 다시 일어선다.

한국인은 지금까지 만난 사람들 중 가장 강인하고 부지런하다.

한국인은 김치만 한 게 없다고 가르쳐주었다.(♥)

한국인은 누구보다 적응이 빠르다.

한국인은 새로운 사고방식과 혁신적인 아이디어를 갖고 있다.

한국인은 마음이 넓고 너그러우며 경계가 없다.

그리고 무엇보다, 한국인은 결코 포기하지 않습니다.

제가 한국에서 지내는 동안 이 모든 걸 가르쳐줘서 고맙게 생각합니다. 저는 여러분이 위에 열거된 모든 것들을 여행과 모험 그리고 앞으로의 인생을 위해, 여러분만의 방식대로 활용할 거라고 확신합니다. 그렇게 삶의 다양한 도전들을 용기 있게 이겨낼 거라고 믿습니다. 한국인들은 언제나 새로운 것들을 가능하게 하니까요! 지금 같은 시기에라도 말이에요.

저와 이 여행을 함께해줘서 감사해요.

그럼 이제 떠나볼까요!

2020년 독일에서

크리스토퍼 샤흐트

2013년 7월 1일

"딸칵!" 열쇠를 한 번 더 돌린다. "탁!"

됐어! 문 옆 우체통에 열쇠를 넣는다, 뒤돌아선다, 이 순간을 영원히 기억하기로 맘먹는다.

햇볕은 따뜻하고 부드러운 바람이 어디선가 전나무와 갓 베어낸 풀 냄새를 실어온다. 꿈만 같은 7월 1일이다. 히죽 웃으며 햇살 아래 눈을 깜빡여본다. 지난 1년 반 동안 간절히 기다려온 순간이다!

1년 동안 대학입시를 준비하느라 엄청난 스트레스에 시달렸다. 함부르크에서 아르바이트를 했고 3주 전에 미리 잡아놓은 면접 등의 일정을 모두 마무리했다. 이제 내 앞에 놓인 건… 자유뿐!

배낭을 메고 거리로 달려나간 나는 마을 외곽 버스정류장까지 족히 1킬로미터를 내달렸다. 정원 손질로 이 멋진 월요일 오전을 보내고 있는 노인들에게 손을 흔드는 사이 지난 며칠간의 일이 눈앞에 스쳐갔다.

지난 주말, 할아버지의 90세 생신을 축하하는 가족 모임이 있었다. 그 자리에서 난 가족과 친척들에게 작별인사를 했다. 몇 달 혹은 몇 년이나 떨어져 있게 될지 몰라서였다. 사실 난 그게 더 기뻤다. 여동생과 엄마는 울기 시작했고, 아버지와 내 쌍둥이 동생은 멍하니 날 쳐다봤다. 그리고 나의 가족은 10년 만에 처음으로 나 없이 덴마크로 여름휴가를 떠났다.

"제대로 미친 게 분명해!" 내 친구 녀석은 절레절레 고개를 흔들며 만류했다. "도대체 그 돈으로 그걸 어떻게 하겠다는 거야!"라며 황당해하기까지 했다.

'그걸'이 의미하는 건 이렇다. 난 세계 일주를 떠나려고 한다. 단돈 50유로로, 아무런 계획도 없이 말이다. 계획 없이 여행한다는 계획을 세우긴 했다. 무작정 출발해 인생이 날 어디로 끌고 가는지 지켜보기로 한 것이다. 맘에 드는 곳에서 원하는 만큼 머물다 떠나고 싶을 때 떠난다. 정해진 기한도, 목적지도 없다. 지금까지 인생과는 완전히 대조되는, 자유 그 자체다!

"대학은 안 가? 잠은 어디서 자? 빨래는 누가 해줘?" 질문이 쏟아졌다. 듣고 있으면 마치 내 인생이 빨래에 달려 있는 것 같았다.

물론 나도 나름의 준비는 했다. 다른 배낭여행자들이 무엇을 가져가는지 알아보고(이런 정보를 알려주는 블로그는 차고 넘쳤다), 텐트로 잠자리를 마련하는 방법도 익혔고, 예방주사도 맞고 여권도 발급받았다. 그러고 난 후 부모님이 내 계획에 익숙해지도록 슬슬 시동을 걸었다.

하지만, 난 아무 준비를 하지 않겠다는 마음의 준비를 했다. 예측할 수도, 미리 막을 수도 없는 수많은 문제들이 생길 테니 모든 가능성을 열어두자는 각오를 다졌다. 편안한 잠자리를 대신해 텐트에서 잘 것이고, 교통에 문제가 생기면 대체 가능한 길을 지도에서 찾아볼 것이고, 필요에 따라 외국어를 배우거나 어플을 통해 대화할 것이다. 약, 예방주사, 제대로 된 식사를 통해 병에 걸리지 않도록 할 것이다. 시간이 많은 만큼 좋은 사람들을 많이 만날 거라 생각한다. 또 군이 편한 걸 기대하지 않는다면 어쩌면 기대를 뛰어넘는 가능성이 열릴 거라 믿는다. 만약 여행 중에 문제가 생긴다 해도, 무엇을 원하는지 알고 긍정적으로 생각한다면 재빨리 해결책을 찾게 될 것이다.

버스가 정류장 바닥에 그려진 선을 넘으며 끽 하는 소리와 함께 멈추었다. 짐으로 꽉 차 금세라도 터질 듯한 배낭을 집어 들자, 버스 안 승객들이 호기심 어린 눈으로 날 쳐다봤다.

큰 마을에 도착한 후, 나는 구글맵에서 찾아낸 고속도로 A1번 출구 쪽으로 성큼성큼 걸어갔다. 엄지손가락을 치켜세운 채 오른

팔을 앞으로 뻗고 매우 설득력 있는―내 생각에 그랬다는 말이다―미소를 지으며 나의 골판지 표지판에 관심 보일 자동차를 기다렸다. 그 표지판에는 검은 매직으로 'A1번 고속도로 브레멘 방향'이라고 적혀 있었다. 그 아래 스마일 그림도 그려 넣었다.

30분이 지나도록 자동차들은 나를 지나쳐갔고 아무도 내 표지판에 눈길조차 주지 않았다. 난 계속 기다렸다. 하지만 단 한 대도 멈추지 않았다.

그럴싸하다고 생각했던 내 미소는 점점 위축되었고, 팔이 아파 왔다. 자유의 향기대신 매연가스만 얼굴로 쏟아졌다. 아침까지만 해도 그렇게 따뜻하던 햇살은 한낮의 무자비한 열기가 되어 나를 괴롭혔다. 쉴 만한 그늘도 없었다. 내 안에서는 낮은 목소리로 경고를 보내기 시작했다.

'히치하이커 시대는 끝났어. 요즘엔 누구도 그렇게 여행하지 않아! 아무도 널 태워주지 않을 거야. 결국 제대로 시작도 하기 전에 오늘밤 집에 가게 될걸!'

"저 아래 버거킹 근처로 가보는 게 어때요?"

내 머릿속에서 나를 한심하게 여기던 목소리는 지나가던 행인의 말에 놀라 사라졌다.

"아, 네. 고맙습니다."

대답하면서 나는 스스로를 비웃고 있었다. 야심차게 세계 여행을 떠났는데, 과연 해낼 수 있을지 스스로 의문을 갖는 데 고작 고속도로에서의 1시간 반으로도 충분하다니.

그렇게 웃어버리니 신기하게도 부정적인 생각이 날아갔다. 난 그 자리를 의욕으로 채우고 배낭을 어깨에 맸다.

그리고 몇 분 후, 나는 짙푸른 오펠 코르사 뒷좌석에 초등학생 두 명과 나란히 앉아 있었다. 그렇게 우리는 아스팔트 위를 달렸다. 창문 유리 너머 녹색 덤불숲이 희미한 줄무늬로 바뀌어갔다.

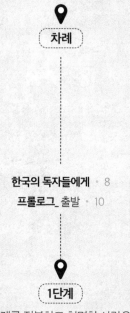

차례

한국의 독자들에게 · 8

프롤로그_ 출발 · 10

1단계

어리석은 사람은 세계를 정복하고 현명한 사람은 자신을 정복한다

: 유럽, 대서양 그리고 카리브 제도 · 18

2단계

망한 것 같은 오늘이 이 삶의 전부는 아니다

: 야생의 맛, 남아메리카 · 52

3단계

바로 이 순간, 살아 있음을 느껴본다

: 남태평양의 환상적인 섬들 • 152

4단계

우리의 여행이 계속되어야 하는 이유

: 한국, 일본, 중국 그리고 중동 • 228

에필로그_ 다시 집으로 • 382

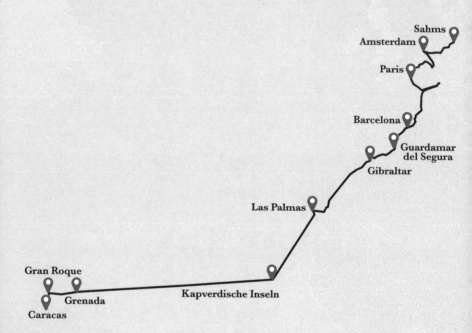

어리석은 사람은 세계를 정복하고 현명한 사람은 자신을 정복한다

: 유럽, 대서양 그리고 카리브 제도

2013년 7월 1일 ~ 2014년 3월

독일 북서부에 있는 오스나브뤼크에서 어떤 스웨덴 사람들이 나를 태워주었다. 히치하이크로 차를 타면 대부분 따뜻하게 환영해준다. 결국 누군가를 태우고 싶은 사람이 태워주니까 말이다. 그들은 이런 여행이 익숙하지 않은 나에게 새로운 즐거움을 선물해줬다. 내가 조바심을 낼 필요가 없었던 이유이기도 하다.

　이전에 만난 적이 없어도 그리고 앞으로 만날 일이 없어도, 대화를 나누다 보면 흔히 예상하는 것과는 달리 조금도 어색하지 않다. "어디서 오는 거죠?" "어디로 갈 거예요?"와 같은 질문으로 시작해―타고 가는 시간에 따라―종종 유쾌하면서도 깊이 있는 대화로 이어지기도 한다. 히치하이킹을 통해 잠깐이지만 다른 사람들의 삶을 들여다볼 수도 있었다. 그런 기회가 아니었다면 관심사 또는 나이, 한정된 사회 환경 등으로 인해 결코 그들을 만나지 못했을 것이다. 고속도로에선 의사, 목수, 가정주부, 악어농장 주인, 교도소 수감자, 심지어는 마피아 일원까지… 정말 다양한 사람들을 만나게 된다. 마치 텔레비전을 켜고 아무 생각 없이 이리저리 채널을 돌리다 마주친 프로그램처럼. 하지만 흥미로운 점은 그렇게 우연히 만나게 된 그 사람에 대해 짧은 시간 안에 많은 걸 알게 된다는 것이다. 직업, 출신 지역, 생활환경까지도 말이다.

해가 질 무렵 암스테르담에 도착했다. 내 첫 번째 목적지였다. 그다음에 나는 파리를 거쳐 바르셀로나로 갈 작정이었다.

"오늘 저녁엔 파티를 해야지!"

그 사이에 나와 친구가 된 두 명의 스웨덴 사람과 난 그렇게 외쳤다. 그들이 예약한 저렴한 호텔 방에 짐을 팽개쳐 놓고 우린 밖으로 나갔다.

원형으로 모여 있는 암스테르담 중심가의 좁은 골목길과 운하에는 사람들이 넘쳐나고 있었다. 붉은 티셔츠를 입은 젊은 남자한테 이 사람들이 전부 어디로 가는 거냐고 묻자, 그가 함께 가자고 했다. 그의 가슴팍에는 흰색으로 다음과 같은 문장이 적혀 있었다.

'술집 순례―넌 그 밤을 기억하진 못할 거야. 그러나 잊을 수는 없을걸!'

잠시 후 우리는 다함께 붉은 조명이 켜진 술집에 들어갔다. 문에는 '특별 이벤트! 맥주 단 1유로!'라고 써진 전단지가 붙어 있었는데 그걸 본 스웨덴 친구가 신이 나서 소리쳤다.

"정말 천국이 따로 없네!"

눈을 끔뻑였다. 차 안은 햇살로 가득했다. 아직도 어지러운 머리를 손으로 쳤다. 잠이 덜 깬 건지, 마리화나와 술에서 덜 깬 건지 알 수가 없었다. 세 가지 다 섞였던 것 같다. 네 시간 전에 택시를 타고 함께 호텔로 돌아온 우리는 스웨덴 친구들의 차에서 자야만 했다.

목이 말랐다. 대시보드에 있는 물병을 집어 꿀꺽꿀꺽 마시며 차 문을 열었다. 차가운 바람이 상쾌하게 불어왔다. 호텔 주차장을 눈으로 훑어보면서 손가락으로는 호주머니를 뒤졌다. 남아 있는 돈, 오래된 껌, 작고 너덜너덜한 쪽지가 나왔다. 붉은 티셔츠를 입은 남자들과 술집 앞 보도 위에 앉아 수다를 떨 때, 그중 한 사람한테 받았던 쪽지였다.

난 쪽지를 도로 호주머니에 넣고 남은 돈을 세기 시작했다. 아아아… 안 돼! 전 재산 50유로에서 무려 35유로를 지난밤 입안에 털어 넣고 말았다. 잘했어! 아주 잘했다고! 완전히 빈털터리가 된 내 자신을 비웃지 않을 수 없었다.

한 가지는 분명했다. 난 당장 일자리와 잠잘 곳을 구해야 했다. 최선의(아니 유일한) 선택은 우리를 '술집 순례'로 데리고 갔던 그 남자의 명함이었다. 오늘 난 그 남자를 방문하는 첫 번째 사람이 될 것이다.

난 본델 공원을 가로질러 걸었다. 한여름의 공원을 감싸 돌고 있는 편안한 분위기는 학생과 예술가 들을 나른하게 만드는 마법 같았다. 길가 벤치에선 긴 금발머리 남자가 무심히 기타를 튕기며 노래를 불렀다. 기타 케이스는 어서 돈을 넣어달라는 듯 열려 있었다. 그 남자의 뒤에는 비쩍 마른 젊은 여자가 커다란 배낭 두 개를 지키고 있었다. 남자와는 대조적으로 여자는 짧은 머리를 하고 있었고, 왼쪽 콧구멍에는 피어싱을 했다.

"너희는 어느 나라에서 온 거야?" 두 사람한테 말을 붙였다.

슬로베니아에서 왔다는 그들은 거리에서 버스킹으로 돈을 벌며 몇 달째 유럽을 여행하고 있었다. 우리는 잠시 수다를 떨었는데 서로 잘 통한다는 걸 금세 알 수 있었다. 내가 일자리를 구하는 동안 잠시 내 배낭을 봐줄 수 있는지 물어보았다. 내 눈에는 두 사람이 믿을 만해 보였다. 그들은 기꺼이 그러겠다고 하면서, 어쨌거나 저녁 늦게까지 그 자리에 있을 거라고 말했다.

몇 시간 후에 난 신바람이 나서 공원으로 돌아왔다. 파티 투어 가이드 일자리를 구했기 때문이었다. 그런데 그 자리로 돌아왔을 때, 내가 보고 있는 장면을 믿을 수가 없었다. 아니, 당연히 보여야 할 것이 보이지 않는 상황을 믿을 수 없었다. 비가 내리고 내 앞에는 가로등 옅은 불빛 아래 놓인 벤치가 있었다. 해가 질 무렵 그 자리에는 분명 슬로베니아에서 온 젊은 연인과 내 배낭이 있었다. 그런데 지금은 아무것도 없다!

당황한 나는 주변을 둘러보았고 덤불 속까지 뒤졌다. 하지만 사

신나게 걸어봐 인생은 멋진 거니까

람 그림자도 보이지 않았다.

'아냐, 이럴 순 없어. 안 돼!'

심장이 쿵쾅거리며 뛰었다. 그 상황이 믿겨지지 않았다. 빗방울만이 어깨에 톡톡 떨어지며 존재를 알리고 있었다. 배낭 안에는 신분증이 있었다. 남은 돈도. 모든 게 전부 그 안에 있었다. 집 떠난 지 겨우 하루 지났는데, 모든 여행 경비는 술 마시는 데 써버리고, 나머지 물건들도 몽땅 잃어버렸다! 내가 왜 그렇게 순진하게 그들을 믿었을까? 내가 사람 보는 눈이 이렇게 없었나? 내 안목에 기대지 말았어야 했는데….

"크리스!"

날 부르는 소리가 나는 쪽을 보니 무리 지어 서 있는 나무 그늘에서 두 사람이 걸어 나왔다. 나는 그들을 향해 뛰었다. 내 심장은 다시 쿵쾅거렸다.

"미안, 놀랐어? 갑자기 비가 쏟아져서 저 위쪽에 가 있었어."

긴 머리 음악가가 설명했다. 안도감으로 긴장이 풀어진 나는 그의 목을 끌어안았다.

7월 한 달 동안 암스테르담에서 파티 투어 가이드로 일하고 나는 자연스레 표지판을 들고 파리를 향해 출발했다. 파리까지는 생각했던 것보다 오래 걸렸다.

안 좋은 예감과 달리 결과적으로 반전이 일어나는 경우는 많다.

이번에도 그랬다. 내가 파리에 도착했을 때는 새벽 4시였다. 도시는 잠들어 있었지만 유일하게 나와 내가 타고 있는 자동차만 깨어 있었다. 운전자는 나를 위해 파리 개선문 주변을 몇 바퀴 돌았다. 이 도시에 우리만 있는 기분이었다. 이 특권을 누리는 순간이 너무 비현실적이었다.

무료 숙박을 찾을 수 있는 '카우치서핑'을 통해 알게 된 숙소 주인도 비현실적으로 친절했다. 이른 시간이었는데 불구하고 에펠탑과 몽마르트 언덕의 전망이 내다보이는 작은 아파트의 문을 흔쾌히 열어주었다.

파리에서는 일주일 동안 지낼 예정이었다. 유럽에서 가장 물가가 비싼 도시 중 한 곳에서 내 형편을 넘어서는 생활을 하지 않기 위해, 난 '하루에 5유로'라는 상한선을 정했다. 2유로는 식사, 3유로는 기타 비용으로. 쉽지 않았지만 비교적 버틸 만했다. 물가가 비교적 싼 다른 나라에서는 하루에 단 1유로로 생활이 가능했으며, 때로는 더 적게 쓰기도 했다. 파리에서 머무는 동안 무려 33유로나 썼지만 유명 관광명소는 다 보았다. 그리고 서둘러 스페인으로 떠났다.

2013년 8월

28도의 쾌적한 날씨에 나는 빠른 걸음으로 바르셀로나를 걷고 있

신나게 걸어봐 인생은 멋진 거니까

었다. 이 지역 어딘가에서 축제가 열린다는 소문을 들었는데 그곳에 가면 묵을 만한 곳이 있을까 싶어서였다. 날씨는 좋았지만 배낭이 너무 무거웠다.

"축제는 어디?"

길에서 처음 사람을 만나자마자, 그 당시엔 완전 초보였던 스페인어로 이렇게 겨우겨우 물었다. 지중해 지역 사람들의 전형적인 피부빛, 검은 머리카락, 사람 좋아 보이는 얼굴의 자그마한 중년 여자였다. 그녀는 웃으면서 스페인어 혹은 카탈로니아어로 뭐라고 말한 후―당연히 난 알아들을 수 없었다―영어로 '따라와'라고 했는데 영어 실력이 내 스페인어 실력보다 그리 나아 보이진 않았다.

그녀가 내게 보여준 인내와 관심 덕분에 우리는 어떻게든 대화를 나눌 수 있었다. 그녀는 콜롬비아 출신으로, 이미 수년 전부터 바르셀로나에 살면서 유치원 아이들을 가르치고 있었다. 난 내 여행에 대해 부분적으로 설명해줬다.

"어디서 자?" 이렇게 물어보며 포개어진 두 손 위에 머리를 대고 베개를 베는 흉내를 냈다. 난 배낭 위에 얹어놓은 매트리스를 가리키며 어깨를 으쓱해 보였다. 그녀는 웃더니 손가락으로 날 가리키며 "너 잠자리 같아"라고 말하고는 이번엔 자신을 가리키며 "우리 집."이라고 했다. 난 무슨 말인지 이해했고 웃으면서 큰 소리로 "고마워, 고마워!"를 외쳤다.

싱글맘이었던 그 콜롬비아 아줌마는 내 나이 또래의 두 아들을 키우고 있었다. 그리고 그 아들들은 며칠 동안 내 가이드 역할을

해주었다. 그런데 내 스페인어 실력은 고작 말 몇 마디 정도였다. 의사소통을 제대로 할 수 없어 너무나 답답했던 나는 엄청난 속도로 언어를 배우기 시작했다. 그 아줌마는 마침 2주 동안 휴가여서 나를 상대로 영어 실습을 하며 좋아했다. 아줌마의 영어 실력도 늘릴 수 있었다.

아줌마는 내가 좀 더 머물기를 바랐지만, 일주일이 지난 후 난 다시 여행을 떠났다. 말과 함께 자랐던 나는 어릴 적부터 스페인의 목축장에서 일해보고 싶었다. 마침 아버지가 몇 년 전 코스타 블랑카의 무르시아 동쪽에 있는 목장에서 안달루시아 종마를 한 마리 사왔다. 그래서 그 지방이 나의 다음 목적지였다.

히치하이킹으로 바르셀로나를 빠져나가는 건 정말 어려웠다. 스페인에는 거지 또는 범죄자들이나 히치하이킹을 한다는 편견이 퍼져 있었기 때문이다.

간신히 목장에 도착했을 때 다행히 주인은 아버지와 종마를 모두 기억하고 있었다. 나는 어렵지 않게 그곳에서 아르바이트 자리를 얻었다.

언덕 아래는 널따란 모래 언덕이 있는 푸른빛 소금 석호였는데 그곳은 자연보호구역이었다. 그리고 그 뒤로는 기다랗고 황량한 해안을 낀 바다가 펼쳐졌다.

바다에 접해 있는 내륙은 건조한 소나무 숲과 오렌지 농장이었다. 말을 돌보는 것 외에도 나는 마구간 청소, 정원일, 돼지 도살, 각종 수리작업도 해치워야 했다. 때로는 여행객들과 외출도 했는데, 그건 정말 즐거운 일이었다. 근방에 사는 이민자들이 정기적으로 말을 타러 오기도 했다. 그들 중에는 독일 출신 건축가도 있었다. 83세의 그 노인은 목장에 자기 소유의 말이 있었다.

"네 나이에 혼자서 그런 여행을 하도록 부모님이 허락했다는 건…."

어느 날 그 노인과 함께 나갔다가 내 세계 여행에 대한 계획을 말했더니 이렇게 얘기를 꺼냈다. 그는 자신의 말을 뒤로 끌어당겨 나와 속도를 맞추었다.

"처음엔 엄청 반대하셨죠. 아마 제가 금방 잊어버렸으면 하셨을 거예요." 난 웃으며 말했다. "그런데 장비도 사들이고, 예방주사도 맞고, 구체적으로 준비를 시작하니 서서히 실감하셨죠. 진짜 떠날 건가 보네?"

"그래서? 포기시키려고 계속 설득하시지는 않았어?"

"저를 앉혀놓고 제 이성에 호소하셨죠. 죽을 수도 있다는 걸 알고는 있는 거냐? 그래서 전 그럴 수도 있다는 걸 잘 알고 있고 그럼에도 불구하고 꼭 할 거라고 말했죠. 왜냐면 15년이 지난 어느 날 사무실에 앉아서 '아, 그때 했어야 했는데'라고 후회하느니 좋아하는 걸 하다 죽는 게 낫다고 생각했어요."

노인은 고개를 끄덕였다.

"나도 꼭 그랬지. 그러다 여기로 오게 된 거고. 그래, 이제는 뭘

신나게 걸어봐 인생은 멋진 거니까

하려는 거야?"

"저는 이제부터 세계를 정복하려고요." 난 윙크를 했다.

노인은 고개를 저었다.

"어리석은 사람만이 세계를 정복하고 싶어 하지. 현명한 사람은 자신을 정복하려고 한단다."

난 히죽 웃음이 나왔다. 내 농담이 암시하는 것을 그는 이해하지 못한 것 같았다. 그러나 그 말에는 많은 것이 담겨 있었다. 난 잠자코 그 말을 반복하며 마음에 새겼다.

"항공편은 어떻게 하려고?" 그가 물었다.

"비행기를 탈 계획은 없어요. 비행기를 이용하면 이동한다는 느낌이 안 들 것 같아서요. X점에서 비행기를 타고 Y점에서 내리면 여행을 한 게 아니죠. 요트에서 일하면서 바다를 건널 거예요."

그는 눈썹을 치켜 올렸다.

"요트를 운전할 줄 알아?"

나는 거기에 대해 생각해본 적이 없다고 고백했다. 그는 씽긋 웃었다.

"운이 좋군! 난 전에 요트 강사였어. 비싼 요트를 바다에 가라앉게 할 수는 없지."

"제가 요트 탈 기회를 잡을 수 있을까요?"

"잘 준비하면, 아니 그럭저럭 준비를 한다면. 뛰어난 선장은 경험만큼 자세도 중요하게 생각하지. 대서양 횡단 시즌은 11월 말부터 2월까지인데, 그때 요트로 항해하는 사람들 중에는 늘 다른 손이

필요한 경우가 있지. 요트는 공짜로 타는 대신 조수로 일하는 거야. 내가 자네라면 지브롤터 해협으로 가겠어. 거기라면 출발할 사람들이 많거든."

노인은 내게 너무 소중한 정보를 주었다. 대서양 횡단 시즌을 코앞에 둔 그때 그를 만난 것이 마치 운명처럼 느껴졌다. 그 후 그는 내게 요트 관련 책, 요트 항해에 필요한 나이프, 옷 등을 가져다주었다.

"나 같은 늙은이한테 이제 이런 것들이 필요 없어. 자네가 요긴하게 쓰면 좋겠네."

그 물건들은 모두 내게 꼭 필요한 것들이었다. 그리고 여행하는 내내 아주 요긴하게 나를 도와주었다.

2013년 11월

11월 첫째 주에 난 스무 번째 생일을 맞이했는데, 생일 3일 전에 엘 레푸지오를 떠나 남쪽으로 갔다.

나를 태워준 화물차의 커다란 앞 유리창을 통해 푸른 수평선에서 솟아난 거대한 바위가 보였다. 지브롤터였다! 대서양으로 가는 관문! 이 문이 내게도 열리기만을 간절히 바랐다….

점심 때 나는 걸어서 국경을 가로질렀다. 그 길에서 비행기 출발을 알리는 신호등 앞에서 기다려야 했다. 스페인 국경선 바로 뒤에 영국인들이 비행장을 만들었고, 그곳을 걸어서 지나는 사람들은 매번 비행장을 통과해야만 했다. 섬에 사는 원숭이 무리, 전형적인 영국식 건축물, 흥미로운 역사 덕분에 지브롤터는 주말 나들이로는 더없이 적합한 곳이다.

"여기 칠판에 메모를 남겨. 자리를 찾으려면 말이야."

항구 사무실 직원이 말했다.

뒤를 돌아서며 난 침을 꿀꺽 삼켰다. 거기에는 나처럼 요트나 보트로 대서양을 건너려는 사람들의 구직광고 메모가 꽉 차 있었다. 지원자 중 적지 않은 사람들이 이미 경력자였고, 심지어는 공식 자격을 갖춘 사람들도 있었다. 난 풀이 죽어서 그 사무실을 나왔다. 경쟁이 이렇게 치열한데 요트의 조수로 일할 기회가 내게 올까? 올해 안에 대서양을 건너기는 애초에 그른 것처럼 보였다.

난 부둣가로 갔고 거기서 닥치는 대로 많은 사람들을 만났다. 그러다 보니 다시 자신감이 생겼다. 항구 사무실에 일자리를 구한다는 메모를 남긴 사람들은 그 칠판에만 매달리는 것 같았다. 하지만 나는 직접 사람들을 만나면서 인상을 심어주는 방법을 택했다. 물론 이것마저도 폴란드인 두 명, 젊은 영국여자 한 명, 호주인 한 명과 경쟁해야 했지만.

항구에 정박해 있는 어느 작은 프랑스 요트의 조종석에 앉아서 난 태양과 갈매기, 약간의 위스키와 함께 생일을 보냈다. 요트 안에 머무는 비용을 버스킹으로 마련해 지중해 공간에 머무를 계획이었다. 밤에는 체코인들과 함께 '컨테이너'가 되었다. 말하자면, 사람들이 버린 쓰레기 중에 쓸 만한 걸 찾아 쓰레기통을 뒤졌다.

그들은 그렇게 쓰레기로 버려진 것을 먹으면서 4년이 넘게 생활 중인데 한 번도 건강에 문제가 있었던 적이 없었다고 한다. 심지어 그는 파리의 어느 쓰레기통에서 새 아르마니 슈트를 줍기도 했었다. 그의 친구는 한 술 더 떠서 미군 기지에 있는 쓰레기통에서 컴퓨터, 태블릿 PC, 스마트폰을 주웠다. 이 기계들은 콘센트가 맞지 않아서 버려진 것일 뿐, 고장도 없이 멀쩡했다. 모든 것이 이렇게 버려지고 있다니 정말 깜짝 놀랐다. 독일에서만 매년 약 2,000만 톤의 음식물 쓰레기가 버려진다고 한다. 한 사람당 250킬로그램에 해당하는 양이다.

저녁에 우리는 보물찾기에서 발견한 특별한 음식으로 내 생일 축하파티를 열었다. 쓰레기통에서 주운 꽝꽝 얼어 있는 피자를 전자레인지에 데워서 먹었다. 그리고 난 핸드폰으로 짧게 내 쌍둥이 형제에게 생일 축하 메시지를 보냈다.

2013년 11월

기적처럼 3일 후에 놀라운 일이 벌어졌다. 어느 이탈리아인이 태국인 아내와 함께 자신이 직접 만든 매우 아름다운 요트로 대서양을 건널 계획을 세웠다. 그런데 그 부부와 함께 대서양을 횡단할 계획이었던 조수 두 명이 나타나지 않은 것이다. 그에게는 엄청난 골칫거리였지만 내게는 구원의 동아줄이었다. 그는 그 전날에 대화를 나누다가 나에게 관심을 갖게 되었고, 항구 앞 바다에서 몇 번 시범 항해를 한 후에, 카나리아 제도까지 나를 데려가기로 했다. 별 문제가 없다면 카리브해까지 같이 갈 수도 있다고 했다.

난 너무 좋아서 기절할 뻔했다. 아마 나의 새 선장님은 칠판에 붙은 메모들을 보지 못했던 것 같다. 아니 어쩌면 메모는 봤지만 영어 단어를 몰랐을 수도 있다. 그래서 수많은 쟁쟁한 지원자들의 구직광고를 읽을 수 없었던 것이다.

난 나의 행운을 믿을 수 없었다. 일주일도 채 지나지 않아 난 이미 (이런 조수자리를 찾는 사람으로서 처음으로) 58세 이탈리아인과 그의 아내와 함께 길이 13미터에 넓이 4미터짜리 멋진 요트를 타고 있었다.

그들은 일단은 카리브해까지 갈 계획이지만 이후에 태국까지 항해할 수도 있었다. 태국인 아내는 약간의 뱃멀미를 앓고 있어서 안전을 대비해서 도와줄 사람이 필요했던 것이다.

우리가 지브롤터의 거리로 나온 것은 늦은 오후였다. 난 행복했고 흥분 상태였다. 드디어 내 여행에서 제대로 첫걸음을 뗀 순간이었다. 이미 4개월 전부터 여행을 했지만 대서양 횡단은 '세계를 향해 가는' 가장 중요한 단계로 느껴졌다. 설명하기 힘든 자유의 광경이 내 눈앞에 놓여 있었다. 그건 말로는 표현할 수 없는 느낌이었다. 서쪽으로는 수평선만 보이고 깊고 푸른 바다가 끝도 없이 펼쳐져 있었다. 또한 이날은 살면서 처음으로 하루 종일 바다 위에서 보냈던 날이었다. 나는 처음으로 갑판 위에서 해가 지는 것을 보았다.

"태양이 물속으로 사라져도 눈을 떼지 마." 이탈리아 아저씨가 은밀한 어조로 말하면서 나를 의미심장한 눈으로 쳐다봤다. "어쩌면 네 선원 인생에서 단 한 번뿐인 순간일지도 몰라. 저기에서 녹색 섬광을 보게 될 거거든. 그 빛은 여기서 죽은 영혼들이 모여 만든 거라네. 아주 특별하지."

신비로운 분위기에 휩싸인 나는 그대로 굳었다. 선원 생활에서 이런 순간을 또 경험하게 될까? 우리는 함께 일몰을 구경했다. 그리고 실제로 그 일이 일어났다. 녹색 빛이 모습을 드러내기 시작했다.

"저건가요?"

내가 물었지만 그는 아무런 대답을 하지 않고 바다만 봤다.

날씨는 화창했지만 물결이 거세어서 배가 이리저리 뒤흔들렸다. 갑판 위로 바닷물이 계속 쏟아져 들어왔고 내 발밑으로 물이 흥건했다. 우리는 6번째와 7번째 매듭 사이에 있는 제노바(앞돛대 맨 앞에 있는 커다란 돛)를 움직여서 바람을 뒤로 보내며 드디어 바다로 출항했다. 행복한 그 순간을 모두 만끽했다. 감사하게도 뱃멀미의 손길이 내게는 닿지 않았다. 그러나 모두에게 그런 건 아니었다. 아저씨의 아내는 눈을 감고 배의 중앙에 놓인 소파에 앉아 있었다. 그곳이 배의 흔들림이 가장 적었기 때문이다. 그런데도 몇 분마다 수프 냄비에 대고 구토를 했다.

아저씨는 파란색 양털 모자가 달린 회색 조깅복을 거의 매일 입

신나게 걸어봐 인생은 멋진 거니까

었다. 그가 몇 년 동안이나 전기기계 회사를 운영했었다는 건 금방 알 수 있었다. 그는 독일 사람들의 정확성과 시간 엄수를 매우 비이탈리아적인 것으로 평가하면서도 끊임없이 이탈리아 사람들의 게으름에 대해 불평을 쏟아냈다. 상사로서 그는 당연히 항상 옳았다. 그리고 유쾌하고 다정한 성격이었지만 불같이 화를 낼 때도 있었다.

그의 아내는 통통한 편이었는데, 아저씨가 시인하는 것보다 남편에게 훨씬 더 많은 영향력을 행사했다. 그녀는 잘 웃었고, 항상 자신에 대해 3인칭으로 말했다. 황당한 문법 실수로 매일 나를 즐겁게 해주었으며 종종 아이처럼 굴기도 했다. 그렇지만 결정적인 순간에 사람에 대한 독특한 안목과 예상하지 못했던 민감한 감성으로 사람들을 놀라게 했다. 뱃멀미로 고생하지 않을 때 그녀는 엄청난 식욕을 보이며 굶주린 듯 먹어치웠는데, 덕분에 늘 뺨에 살이 통통히 올라 있었다. 음식 배급량 때문에 늘 배가 고팠던 난 그녀가 부러웠다.

두 사람은 영어를 한 마디도 못하기 때문에 이탈리아어로 대화했고, 스페인 실력은 비슷해서 우리는 겨우 의사소통을 할 정도였다. 그래서 난 스페인어로 말하고 두 사람은 내가 이해할 때까지 이탈리아어로 말했다. 아내와 더 많이 대화를 했기 때문에, 아시아식 억양이 뒤섞이곤 해서 이상하게 들렸을 것이다.

5일이 지난 후 우리는 카나리아 제도에 도착했다. 정말이지 너무도 고단한 여정이었다. 우리는 자동 조종 장치 없이 전 여정을 바람과 파도와 대항하며 키를 돌려야 했다. 이 말은 다르게 말하면 열두 시간은 아저씨가, 열두 시간은 내가 키를 잡았다는 의미다. 그러나 그는 항해 지도도 봐야 했고, 라디오도 들어야 해서―또 나이도 들었고 나보다 약해서―실제로는 내가 매일 열다섯 시간 정도를 키 뒤에서 보내야 했다. 게다가 두 시간마다 키를 바꾸어야 했다. 잠시도 편안하게 잠을 잘 수가 없었다. 나침반의 미세한 붉은 LED 등을 제외하곤 모든 스윙에 방향 표시라곤 없었다. 무엇이 현실이고 무엇이 꿈인지 분간하기가 어려웠고, 피곤한 두 눈이 길을 안내하고 있는 가느다란 작은 바늘을 놓치지 않으려면 엄청난 인내와 집중력이 필요했다.

그러나 나는 충분히 보상을 받았다. 한밤중에 바다 동물의 인광으로 인해 해면이 반짝거리는 걸 여러 번 경험했다. 특정 조건에서만 빛을 발하는 아주 작은 생물체를 물속에서 발견할 수 있었다. 어둠 속에서 그것은 마치 푸른 형광색 지하수가 비 오듯 쏟아지며 배에서 멀어지는 것처럼 보였다. 몇 번이고 돌고래 떼를 만났는데, 돌고래들은 파도 속에서 생기발랄하게 헤엄치며 호기심에 우리를 한참이나 따라오곤 했다. 새벽의 여명과 노을빛 속에 잠겨 있는 바다를 내 눈 가득 담을 수도 있었다.

우리보다 500년을 앞서 크리스토퍼 콜럼버스가 갔던 대서양 위의 그 길을 똑같이 따라가기 전에 우리는 그란 카나리아에서 마지막으로 멈추었다. 많은 양의 식료품을 마련하고 우리는 젊은 이탈리아 남자를 새로운 동료로 맞이했다. 지원자는 넘칠 정도로 많았

다. 족히 50명은 되는 젊은 청년들이 대서양을 건너려고 요트의 빈 자리를 찾고 있었다. 진즉에 자리를 찾을 수 있던 것에 나는 다시 한 번 감사했다.

2013년 12월 ~ 2014년 1월

12월 24일. 우리는 세네갈 서쪽에 있는 카보베르데섬에서 며칠간 머물기로 했다. 집을 떠나 가족들과 헤어져 처음으로 맞이하는 크리스마스였다.

가족들이 너무나도 보고 싶고 가족과 함께하는 크리스마스가 그리웠지만 색다른 크리스마스에 나는 신이 났다. 따뜻한 날씨 덕분에 난생 처음으로 크리스마스를 수영복을 입은 채 보낸 것이다. 와우! 배에서 내려 터키석 같은 푸른빛 물속으로 뛰어들면서 환호성을 질렀다. 부츠를 신고 다운재킷을 입은 채 추위에 떨며 크리스마스 예배를 마치고 집으로 돌아가고 있을 내 가족들이 있는 비 내리는 축축한 독일 북부 지방을 생각했다.

그다음 항해는 큰 문제없이─비상키와 찢어진 밧줄을 잃어버리고 배에 탄 사람들 간의 약간의 마찰이 있었던 걸 제외하면─순조롭게 이어졌다. 그런 좁은 공간에서는 아무것도 숨길 수 없었고 피할 수 없었다. 시간에 대한 인식도 변했다. 하루가 24시간에서 세 시간으로 줄었다─다음 교대까지의 시간이다. 그리고 무슨 요일인지가 아무런 의미가 없었다. 월요일인가? 수요일 아니면 목요일? 에이, 아무려면 어때.

어느 날 저녁, 대륙에서 수천 킬로미터 떨어진 곳에서 공중에서 활강하던 새 한 마리가 완전히 기진맥진한 상태로 배의 조종석으로 날아들었다. 그 새는 두 시간 정도 쉬면서 내가 준 물을 조금 마시고는 다시 공중으로 날아갔다. 대서양 한복판에서 새를 보게 될 줄은 생각도 못했다. 반면, 바다의 수면 위를 나는 물고기는 많았고 밤이 되면 몇 마리가 갑판으로 떨어지기도 했다. 드물게는 오징어나 문어 같은 두족류가 뛰어들기도 했다.

육지에서 보낸 마지막 휴가로부터 2주 반이 지났을 때―그 전날 몇몇 거북이가 예고한 대로―드디어 섬 윤곽이 수평선의 신선한 담청색 위로 나타났다. 그리고 얼마 지나지 않아 우리의 발은 단단한 육지를 밟았다. 더 정확히 말하자면 카리브해의 그레나다섬이었다.

난 길게 펼쳐진 해변을 기대했었는데 해안가는 대부분 절벽으로 둘러싸여 있었고, 열대 식물이 무성하게 자란 산들이 솟아 있었다. 검은 피부의 그레나다섬 주민들은 카리브 속어가 섞인 영어로 말했고 '퐁'이라는 재미있는 의식으로 인사를 했다. 우선 두 주먹을 서로 붙인다. 그리고 '존중', '어이' 혹은 '사랑'이라고 말하며 주먹으로 가슴을 두 번 친다. 섬 주민의 60퍼센트는 습관적으로 꾸준히, 그리고 20프로 정도는 가끔 대마초를 피우는 것 같았다. 주로 세인트 빈센트섬에서 녹색 각성제를 가져와서 그램당 1유로로 거래를 한다. 암스테르담보다 열 배는 쌌다.

이탈리아 부부는 마르티니크까지 항해를 하고, 거기서 집까지는 비행기로 이동할 예정이라 배는 비싼 운임비를 내고 유럽으로 보내려 했다. 아내의 뱃멀미가 더욱 심해져 태평양을 횡단하는 것이 불가능했다. 비싼 운임비를 절약하려고 이탈리아 아저씨는 만약 내가 이탈리아로 함께 항해를 한다면 2,000유로를 주겠다고 제안을 했다. 하지만 거절했다. 난 돈보다는 남아메리카에 더 끌렸다.

그레나다섬에서 한 달 반을 지내면서 나는 정박되어 있는 한 아일랜드인 소유의 요트를 섬겼다. 말하자면 그 아일랜드인이 한 달 동안 다른 곳에 가 있는 동안 나는 공짜로 배에 살면서 요트를 관리하고 지켰다. 여기에는 책임감을 갖고 밥 말리의 음악을 크게 틀고 "내 보트 훔쳐가지 마"를 목청껏 부르는 것도 포함된다.

"배 안에서 마리화나를 발견하면 그건 네 거야."

아일랜드 사람이 이렇게 말했다. 약간의 마리화나가 배 안에 있긴 했다.

난 창으로 낚시하는 걸 연습하고 섬 주민들과 많은 시간을 보내면서 틈틈이 혹시 남아메리카로 가는 배가 있는지 살폈다. 베네수엘라 북부에는 해적선이 많이 출몰하고, 아직 시즌이 시작되지 않았기 때문에 그레나다섬에서 그 방향으로 가는 배는 많지 않았다.

2014년 3월

처음 며칠간은 천국이었지만 그 스위스 사람들은 어딘지 모르게 나한테 불만인 것 같았다. 부정적인 분위기가 느껴져 난 전력을 다해 노력했다. 하지만 그럴수록 그들의 불만은 더 커지는 것 같았다.

베네수엘라의 로스 로케스에 도착했을 때, 마침내 그들이 입을 열었다. 일단 내가 쉬지 않고 일을 해 자신들이 편하게 여행 중이라고 느낄 수가 없다고 했다. 하지만 내가 받는 것, 말하자면 아주 편안하게 교통편을 누리는 것에 비해서는 내가 충분히 일을 하지 않는다고 했다. 그들은 내가 한 일들, 가령 배에 목재 패널을 붙이는 것, 항해하면서 베이비시터로 아이들을 돌본 것, 그 밖의 티 안 나는 집안일 등을 전부 하찮게 여겼다. 난 계약한 대로 했고 거기에 맞게 일했다. 그들은 10일 동안 나에게 고작 100유로를 지불했다.

난 어떻게든 좋게 협상해보려고 애썼지만 별다른 해결책이 없어 결국 우리는 각자 여행하기로 했다. 그 부부가 한 말에 대해 난 진지하게 고민했다. "네 여행 방식은 문제를 만들 뿐이야. 네가 줄 수 있는 것보다 항상 더 많이 받으려 하거든." 이렇게 날 비판했다.

난 전에도 나에게 이런 질문을 던진 적이 있었다. 내가 기생충이었나? 다른 사람 돈으로 생활하고 여행을 하고 있나?

절대로 그런 걸 원한 건 아니다! 그래서 난 여행 중에 아르바이트를 꺼리지 않았고, 무료로 일해주거나 아주 적은 돈만 받았다. 난 한 번도 구걸한 적이 없었다. 내가 공짜로 요구한 건 딱 두 가지, 교통편과 물이었다.

그렇지만 여행 도중 만났던 사람들에게서 끊임없이 무언가를 받았다. 때로는 사람들이 계속 권유할 때까지 거절하기도 했다. 그들은 자발적으로 날 도와주고 그러면서 기뻐했는데도 내가 민폐였었나? 바르셀로나에서 만난 콜롬비아 가족들도 그렇게 느꼈을까? 내가 해줄 수 있는 것보다 더 많이 받지 않을 수는 없었나?

물질적인 것만 생각한다면 그럴 수도 있다. 그렇지만 사람 관계가 단순한 상업적 거래처럼 정확하게 비용이 책정되어 있는 건 아니다. 난 여행 도중에 나를 도와주었던 사람들이 손해를 봤다고 생각하지 않을 거라고 확신한다. 특히 고향을 떠나본 적이 없어서 많은 걸 경험하지 못했던 사람들은 나와의 만남에서 많은 걸 느꼈을 것이다. 서로 문화를 나누고, 손님을 맞이하며 기쁨을 느끼고, 내게서 어떤 얘기를 듣고, 친구를 사귀는 경험들은 분명히 그들에게 가치 있는 일이었을 것이다.

아주 가난한 나라에서는 거꾸로 내가 가진 것을 나눠주었다. 먹을 것을 나누어 먹고, 나중에 내게 필요할 수도 있는 옷을 주었다. 또 어느 곳에서나 많은 사람들과 연락을 주고받았다. 나를 재워준 페루 출신 가족의 딸이 독일에서 의학을 공부할 수 있도록 도왔다.

여행 중에 만났던 수많은 사람들이 좋은 친구가 되어 지금도 연락을 하고 있다. 심지어 내 결혼식에 와준 사람들도 있었다. 여행은 이렇게 돈으로 환산할 수 없는 소중한 선물을 주었다.

태양이 높게 떠 있었다. 해안에는 알록달록한 색의 나무 보트들이 정박해 있었고, 한 어부는 라디오 옆에 앉아 그물을 수선하고

신나게 걸어봐 인생은 멋진 거니까

있었다. 천국. 카리브해의 진주, 로스 로케스 열도에 딱 어울리는 별명이다. 숨을 깊게 들이마시고 뜨거운 모래 속으로 발을 집어넣었다. 한숨이 절로 나왔다. 난 마음속으로 지난 며칠간의 좋지 않은 기억들과 싸우는 중이었다. 편안한 주변 경치를 보며 스스로 격려하려고 애썼다.

부드러운 모래가 넓게 깔려 있었는데 여기에선 그것이 길이었다. 자동차는 거의 없었다. 섬이 너무 작아서 필요하지도 않았다. 어부에게 이탈리아어와 스페인어가 뒤섞인 말로 물어물어 찾아간 집은 제법 근사해 보였다. 간판에는 'Posada'라고 적혀 있었고 그 아래에 '트립어드바이저 위너 2013'이라는 문구가 적힌 은색 널빤지가 달려 있었다. 'Posada'는 분명히 여관이라는 뜻일 거다.

"Hola?"라고 열려 있는 문을 향해 소리쳤더니 친절해 보이는 50대 아줌마가 나왔다. 내가 선장을 찾았더니 그 아줌마는 깔깔 웃었다.

"여기 선장 같은 건 없어. 하지만 누군가 도움이 필요하면 내가 선장을 구해줄 순 있지. 넌 독일 사람이야? 아니면 이탈리아 사람?"

좋았어! 난 내 여행에 대해 설명했고, 15분도 채 지나지 않아서 그 아줌마는 어느 화물선에 공짜 자리를 구해주었을 뿐 아니라 방도 내어주고 요리를 하도록 해주었다. 상황이 극과 극을 달렸다. 30분 전만해도 스위스 사람들한테 버림받고 기죽어 있었는데 지금은 제대로 보살핌을 받고 있었다.

베네수엘라 구석구석의 요리뿐 아니라 경치, 사람들 사진이 실린 어느 요리책을 넘기다가 소름 돋게 하는 사진 한 장을 발견했다.

"오, 여긴 꼭 가봐야 해!"

물속 죽마 위에 지어진 벽 없는 목조주택과 검고 윤기 나는 머리카락을 가진 자그마한 사람들을 찍은 사진이었다.

"와라오 부족이야. 원시 부족이지." 여관 주인이 설명해주었다. "베네수엘라 동쪽에 있는 오리노코강의 거대한 삼각주에 살고 있어. 남아메리카에서 두 번째로 크고 아마존 다음으로 큰 강이야."

원시림 한가운데, 문명과 사회 기반 시설과는 완전히 동떨어진 곳이다. 정글 속 아메리카 원주민들과 잠시 동안 같이 생활한다는 생각에 난 솔깃했다. 물론, 유럽 대륙에선 우리가 '원주민'이다. 그러나 자연과의 유대감, 원시성 같은 건 이제 유럽에선 찾아보기 힘들다.

산업화가 이루어낸 모든 것을 포기하고 어떻게 살아가는지 호기심이 생겼고 궁금했다. 더구나 아마존 열대 우림에 사는 동식물을 가까이서 볼 수 있다는 가능성은 독일 북부 지방의 숲밖에는 모르는 탐험가의 영혼을 자석처럼 끌어당겼다! 와라오 부족들과 함께 살면 모든 것이 가능할 것 같았다. 열대 우림 한가운데, 바로 물가에 혹은 물속에서 자연 그대로 살아가는 원시 부족과 함께하는 모험은 그 자체로도 내게 너무 매력적이었다. 잭팟!

난 베네수엘라의 수도인 카라카스까지 가는 방법, 그리고 거기에서 오리노코강의 삼각주에 가까이 있는 시우다드 볼리바르까지 가는 방법에 대해 많은 정보를 수집했다. 베네수엘라의 몇몇 지역은 정치적 불안 때문에 여행을 피해야 하는데 다행히도 그곳은 안전한 지역이었다. 이제 내게 새로운 목적지가 생겼다. 와라오 부족에게 가자!

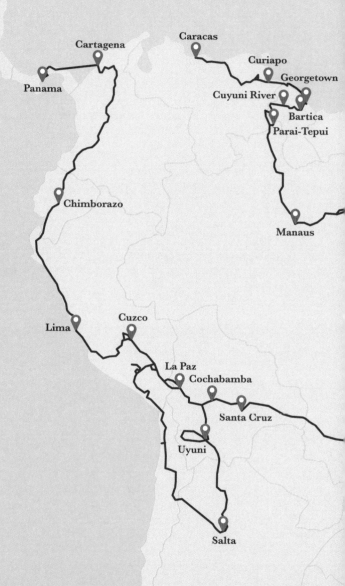

망한 것 같은 오늘이 이 삶의 전부는 아니다

: 야생의 맛, 남아메리카

Rio de Janeiro

São Paulo

2014년 3월 ~ 2015년 4월

난 베네수엘라의 카라카스로 향하는 식료품 기선을 얻어 타고 한밤중에야 도착했다. 한밤이었는데도 지하철 정류장 가토 네그로 역은 사람들로 왁자지껄했다. 장사꾼들이 담요를 펼쳐놓고 온갖 잡동사니와 냄비 안에 담긴 음식과 석쇠에 구운 음식을 팔고 있었다. 사람들은 착했고 깨끗하게 차려입고 있었지만, 버스와 지하철에서 조금 멀어지니 폐허 같았다. 곳곳에 쓰레기나 돌무더기가 길가에 널브러져 있었고, 많은 건물들이 무너지기 일보 직전이었다. 고층빌딩은 몇 개밖에 없었고, 관광객이라고는 눈 씻고 둘러봐도 보이지 않았다. 상점마다 긴 줄이 늘어서 있었다.

　사회기반 시설은 훼손되지 않았고 현대적이고 편안했다. 기차 내부에 'Made in France 2006'이라는 표지판이 있고, 그 옆에는 니콜라스 마두로 대통령의 사회주의 정당 홍보 문구가 걸려 있었다. 마두로 대통령은 1년 전만 해도 버스 운전사로 일했고, 휴고 차베스 전 대통령의 사망 후 갑자기 국가 지도자로 급부상한 인물이었다. 그에 걸맞은 경험과 자격도 없는 상태였다. 민중의 사람일 뿐이었다.

난 이번에는 버스를 타기로 했다. 일단 베네수엘라에서 히치하이킹을 하는 건 너무 위험하다는 얘기를 많이 들어서였다. 그리고 베네수엘라 북구 항구도시인 라과이라에서 중북부에 있는 시우다드볼리바르까지 약 600킬로미터를 이동하는데, 교통비가 고작 4유로밖에 안 되었기 때문이다. 지하철, 버스, 야간 버스, 택시 모두 합해서다. 4유로를 아끼려고 목숨을 거는 건, 정말이지 부모님한테 못할 짓이라고 생각했다.

베네수엘라에선 가솔린이 거의 공짜에 가까워서 버스 요금이 아주 저렴했다. 말 그대로 정말 싸다. 단돈 1유로면 44,000리터를 넣을 수 있었다. (하지만 인플레이션율은 눈이 돌아갈 정도다. 현재 환율이 1달러당 136,000볼리바르인데 내가 여행하던 그 당시에는 70볼리바르였다!)

가솔린이 너무 싸서 베네수엘라 사람들은 가솔린을 물 쓰듯 쓴다고 했다. 여행 중에 배에 기름을 넣는 걸 본 적이 있었다. 가솔린을 공급하는 긴 호스의 잠금장치를 잠글 필요도 없다고 생각하는 것 같았다. 잠금장치를 열어놓은 채 옆 배에 주유를 하러 호스를 옮기자 몇 리터의 가솔린이 강으로 흘러들어, 강 표면이 무지갯빛으로 반짝거렸다. 그곳에선 '환경보호'라는 말이 외국어처럼 낯설었고, 폐기물 처리에 대한 인식도 부족했다.

난 삼각주에 사는 원시 부족에게 갈 방법을 찾고 있었다. 그곳에 가는 길도, 교통편도 없는데다가 그 경로를 이용하려는 사람들도 극소수여서 쉽지 않았다. 그러다 운 좋게도 그곳에 같이 갈 선교사를 만났다. 사실 나는 세 가지 직업군이 그곳에 갈 가능성이 있지 않을까 생각했었다. 선교사, 의사, 상인(밀수업자). 이론적으로는 인류학자들이 가장 적합하지만 그 수가 너무 적어 가능성이 낮았다.

아직 해도 뜨지 않은 새벽에 우리는 작은 금속 모터보트에 올라탔다. 항공로로는 약 150킬로미터에 해당하는 거리였고 오리노코강을 따라 최고 속도로 여섯 시간을 달렸다.

강의 삼각주에는 얕은 섬들이 많았는데, 바다가 가까이 있어서 매일 수면이 몇 미터는 오르락내리락했다. 그러나 강물이 담수로 유지될 만큼 바다는 강에서 충분히 떨어져 있었고, 정기적으로 홍수가 나서 강물 좌우로 정글 식물들이 무성하게 싹을 틔우고 있었다.

와라오 부족의 마을인 아라투레는 좀 더 넓은 지류에 있었는데, 요리책에서 본 사진 그대로였다. 집은 물위로 솟은 나무기둥 위에 지어졌고, 벽이 없어 집 안이 훤히 들여다보였다. 집과 집 사이에는 나무 널빤지로 다리를 놓았는데, 어떤 것은 불안정하고 흔들거려서 거기를 지나려면 균형을 잘 잡아야 했다. 강가에선 아이들이 물속으로 뛰어들며 놀거나, 카약을 타고 있었다. 이곳 아이들은 물속에서 자란다고 해도 과언이 아니었다. 와라오 부족의 일상생활에 물은 너무나 중요해 와라어 언어로 'Ho'라는 짧고 단순한 단어로 말한다. 말린 야자수잎을 엮어서 만든 해먹도 이곳에선 신성하게 여기며 심지어는 해먹 소유주 앞에서는 존중하는 마음으로 만진다. 해먹은 와라어 언어로는 'Ha'다.

동사 변화도 없고 문법이랄 것도 없어서 와라어 언어를 배우는 건 아주 쉬웠다. 적어도 내겐 그렇게 느껴졌다. 내가 그저 단어를 나열하기만 해도 와라어 부족들은 무슨 말인지 이해했다. 와라어 언어에는 '사랑'에 해당하는 단어가 없다는 사실도 내겐 특이했다. "네, 부탁해요"에 해당하는 말도 없다. 그리고 "좋아!"를 말해야 할 상황에서 "고마워"에 해당하는 "Yakera"를 말한다. 와라오 부족들은 말을 많이 하지 않는다. 대화보다 중요한 건 그저 함께 있는 것이다.

처음에는 좀 수줍어했는데 곧 밝고, 평안하고 친절한 태도를 보였다. 와라오족 사람들은 체구가 아주 작은 편이었는데도 운동신경이 발달했고, 뛰어난 평형감각을 지녔다. 그들 대부분은 이미 13세에서 15세 사이에 배우자를 선택하고 얼마 지나지 않아 첫 아이를 낳는다.

선교사들이 하나님에 대해 말하기 전에는 와라오 부족들은 자

신나게 걸어봐 인생은 멋진 거니까

신들이 예전에 구름 속에서 살았다고 믿었다. 그리고 이 땅에 풍부한 먹을거리들은 무지개를 타고 미끄러져 내려왔다고 믿었다. 실제로 강에는 물고기가 가득했다. 나 역시 그 풍요를 누릴 수 있었다. 와라오 부족들이 심은 참마 뿌리와 카사바 줄기 덕분에 하루 두 시간만 일하면 나머지 시간을 해먹에 누워서 음식을 먹으며 보낼 수 있었다.

난 어느 빈 오두막에서 자야 했다. 삼각주에서 밤을 보내다 보면 온갖 무시무시한 짐승들의 울부짖음을 들어야 한다. 그런데 소리만 무시무시할 뿐 실제로는 시끄러운 양서류였다. 나중에 이 소리에 잔뜩 겁먹은 아르헨티나 사람 두 명을 만났었다. 그들은 엄청난 몸집의 재규어가 굶주린 채 먹잇감을 찾아 근처를 어슬렁거린다고 생각해 침낭 안으로 깊이 들어가 아예 꼼짝도 하지 않았다고 했다. 내가 그들에게 그 소리는 피에 굶주린 살쾡이 소리가 아니라 전혀 위험하지 않은 작은 두꺼비가 낸 소리라고 설명해주었을 때, 그들은 안심하면서도 다른 한편으로는 자신들이 바보가 된 것처럼 황당해 했다.

그 밀림에서 참 많은 경험을 했다. 특히 새로운 음식을 다양하게 맛보았는데, 예를 들면 카피바라의 일종인 국가 상징동물은 신기하게도 생선 맛이 났다. 이구아나 고기도 정말 맛있었다. 와라오 부족들은 이구아나가 코로 길을 찾는다고 설명해주었다. 그래서 파충류를 잡으면 다리를 묶어서 겨드랑이에 대고 문질러 사람 냄새를 수용하게 하면, 얌전해지고 길이 든다고 한다. 우리는 이구아

나의 배에서 알을 발견했는데 – 암컷 한 마리가 25개 이상의 알을 낳는다 – 맛있는 식재료가 되었다. 마을에서는 어디서나 집돼지들이 뛰어다녔다. 한번은 내가 갈색 강물로 샤워를 할 때 내 비누를 먹어치우기도 했다. 비누의 체리 향이 배고픈 돼지에게는 너무 유혹적이었던 것이다.

삼각 모양의 검은색 쇠파리 떼는 끔찍했다. 물린 자리는 아플 뿐 아니라 엄청 가려웠다. 모기도 끝없이 나타났고 우기가 되면 더 심해질 거라고 했다. 정기적으로 발바닥에서 개벼룩의 알을 바늘로 골라내야 했다. 종종 이놈들 때문에 염증으로 통통 부어오르는 발과 싸워야 했다.

난 참마와 카사바를 심고 수확하는 걸 돕기도 했고, 부족 사람들과 함께 카누를 만들었다. 강력한 짚불로 짧은 순간 태우며 카누 끝을 넓히고 모양을 만들어나간다. 와라오 부족과 사냥도 하고 낚시도 하러 갔다. 그들은 날카로운 감각과 뛰어난 본능으로 날 놀라게 했다. 한번은 와라오 족장과 그의 여덟 살짜리 아들과 함께 강의 지류를 따라 배를 타고 갔다. 강물 좌우 양쪽엔 식물이 무성하게 자라 있어서 벽이 있는 것처럼 뚫고 갈 수가 없었다. 사람 키만한 풀, 나뭇잎, 덩굴 식물, 온갖 양치류….

족장이 갑자기 손을 들어 조용히 하라는 표시를 했다. 난 숨을 죽인 채 조용히 물속에서 노를 꺼내 카약 옆에 걸쳐두고, 숲을 향해 귀를 기울이는 와라오 사람을 관찰했다. 내 눈엔 녹색 나뭇잎 외에는 아무것도 보이지 않았고 아무 소리도 들리지 않았다. 몇 분이 흘렀다. 그리고 그는 강의 반대편을 가리켰다. 우리는 천천히 강가로 다가갔고, 그는 조용히 활과 화살을 꺼내 아무런 소리도 내지 않고 카약에서 뛰어나갔다. 균형을 잘 잡아 땅에 착지하고는 곧 녹색 덤불 속으로 사라졌다. 몇 분 동안 침묵만 흘렀다.

그러다 날카로운 외침이 공중에 퍼졌다. 그의 아들은 순식간에 자리에서 일어나 긴 칼을 움켜쥐고 초록색 숲으로 사라졌다. 그 아이는 자기 아빠가 어디 있는지 정확히 알고 있었다. 난 대충이라도 방향을 짐작조차 할 수 없었다. 몇 분 후 덤불 사이로 족장이 활짝 웃으며 나타났는데 회갈색 털, 줄무늬 꼬리와 짧은 코를 가진 맥과의 포유류를 어깨에 둘러매고 있었고, 그 포유류의 목에는 와라오 부족의 화살 세 개가 꽂혀 있었다.

또 한번은 카약 세 개로 정글 깊숙이 외따로 떨어져 있는 작은 지류로 갔다. 난 늘어진 덩굴을 옆으로 치우며 갔고 그 뒤로 밀림에 떼지어 날아다니는 밝은 푸른색의 거대한 나비를 황홀하게 쳐다보았다. 크고 화려한 색깔의 마코 앵무새가 우리 머리 위로 새된 소리를 지르며 푸드득 날아갔다. 분홍색 돌고래가 호기심에 물 밖으로 고개를 내밀었고, 그 덕분에 마치 동화의 나라에 있는 듯한 인상을 주었다. 눈이 매서운 와라오 사람이 성인 남자 팔뚝만큼 두껍고 수 미터 길이는 되어 보이는 뱀장어를 가리켰을 때, 난 불현듯 현실로 돌아왔다. 물이 뿌옇게 흐려서 두꺼운 나뭇가지인 줄 알았다. 물속에서 실수로 그런 동물에 가까이 가서 전기 충격을 받을 수도 있다고 생각하니 오싹했다. 온몸이 마비되어 강바닥에 가라앉아 익사할 수도 있다. 다시는 혼자서 강에 수영하러 가지 않겠다고 결심했다.

쓰러진 나무 몸통과 덤불 아래를 통과해 지나기 위해 우리는 몇 번이고 보트 바닥에 납작 엎드려야 했다. 마침내 정글 속 작은 공터에 도착한 우리는 썰물로 수면이 가장 낮아질 때까지 기다렸다. 그런 다음 카약을 물로 채웠다. 왜 그렇게 하는지는 몰랐지만, 그냥 시키는 대로 하고 무슨 일이 벌어지는지 지켜보기로 했다. 가져온 나무 조각들을 잘게 찢어서 카약 안에 있는 물속에서 비틀어 짜자 나무에서 즙이 나와서 물과 섞여서 우윳빛 뽀얀 액체가 만들어졌다.

주변으로 시선을 한 바퀴 돌리고, 동의한다는 표시로 서로 고개를 끄덕이고, 우리는 동시에 보트를 뒤집고 창과 칼을 들었다. 그리고 아래로 흐르는 하얀 액체의 느린 움직임을 따라갔다. 이 하얀 액체가 물고기에 닿으면 물고기들이 배를 위로 향하고 방향을 잃은 채 수면 위를 헤엄친다. 우리는 창으로 물고기를 물 밖으로 끄집어내기만 하면 되었다. 나무즙의 독이 옅어져서 효력이 없어지는 데 20분 정도가 걸렸다. 마비된 물고기 열두어 마리 정도를 잡기에 충분한 시간이었다. 나머지 물고기들은 잠시 잠들었다 깨어나서 헤엄쳤다.

와라오 부족들은 정말 재치 있는 사람들이다.

2014년 4월

와라오 부족들과 3주 정도 함께 생활한 후에, 모터보트로 약 한 시간 거리에 있는 마을인 쿠리아포에 갈 수 있는 기회가 생겨서 난 새로 사귄 친구들과 이별을 했다.

와라오 족장은 내게 나무로 된 사냥용 무기를 주었는데, 난 줄을 빼고 그것을 지팡이로 가지고 다녔다. 가파른 좁은 길을 올라갈 때도 이용했고 배낭을 지탱하거나 사나운 개가 공격할 때도 요긴하게 썼다.

원래는 영어권 가이아나가 다음 목적지였는데, 쿠리아포에서 많은 사람들이 가솔린을 밀수하기 위해 그곳으로 갔다. 더구나 콜롬비아 코카인이 대서양을 건너 유럽으로 건널 때 이용되는 길에서 몇 킬로밖에 떨어져 있지 않았다. 쿠리아포에서 나는 가솔린을 밀수하는 배를 타고 가이아나 북쪽에 도착했고, 생활필수품을 실어 나르는 증기선을 타고 가이아나 수도인 조지타운까지 갔다.

국가 면적은 이전 식민국인 영국과 비슷했지만 조지타운에는 13만 5,000명 정도가 살고 있었다. 그리고 이 인구는 가이아나 전체 인구의 5분의 1에 해당된다. 인구 대부분은 인도 출신이고, 아프리카 출신들이 두 번째로 많은 비중을 차지했으며, 원주민이 세 번째로 많았다. 그다음이 중국인 그리고 백인들인데 백인 수가 너무 적어 내가 있는 동안 한 명도 볼 수 없었다.

난 조지타운에서 쿠유니 강가에 있는 금광 지역을 넘어 다시 베네수엘라로 가려고 했다. 서두른다면 브라질에서 곧 시작될 FIFA 월드컵 결승전에 맞추어 도착할 수 있을 것 같았다.

가이아나에서는 우선, 몰락한 작은 마을인 바르티카에 도착했다. 바르티카는 강이 서로 교차하는 지점에 있는 교통 요충지로 이곳을 통해 여러 광산 지역으로 갈 수 있다. 상인들이 그에 걸맞게 인력을 공급했고, 광산 회사는 귀국하면 매춘이나 마약으로 돈을 벌어야 하거나 이제 막 말라리아에서 회복한 사람들을 노동자로 채용했다.

광산 회사 사무실에서 난 이런저런 정보를 얻었다. 그리고 정글 안에 있는 좀 더 규모가 큰 광산 지역에 굴삭기와 펌프에 주유할 디젤 기름을 제공하러 군용 트럭이 가끔 정글의 비포장도로를 통해 왕래한다는 것과 어쩌면 그 트럭을 얻어 탈 수 있을지도 모른다는 걸 알았다.

마을에 도착해서 바로 20대 초반의 흑인 여자 두 명을 알게 되었는데 그들은 내게 숙박을 제공하겠다고 했다. "그런데 우린 게토 안에 살아." 그들은 내게 미리 이렇게 주의를 주었는데 난 상관없다고 했다.

우린 타르로 포장된 길을 걸어갔는데, 걸어갈수록 주변 집과 건물들이 점점 더 낡고 형편없어졌다. 울퉁불퉁한 길가에 있는 도랑에서는 시궁창 냄새가 났고, 가는 도중에 쏜살같이 달리는 오토바이를 여러 대 만났다. 붉은 칠을 한 간이식당에서 드디어 좁은 샛길로 꺾어 들어가 모래로 깔려 있는 뒷마당으로 갔다. 그 마당 한가운데에는 어두침침한 목조주택이 높다란 죽마 위에 세워져 있었다. 주택 아래의 기둥들 사이에는 곰팡이가 슨 소파가 있었는데, 그 소파 위에서 어두운 형체가 금속관을 소리를 내어 빨고 있었다. 마약을 피우는 중이었다.

"짐은 이웃집 거실에 갖다 놓는 게 좋겠어. 그물 침대만 꺼내. 여기다 두면 도둑맞아."

두 여자 중 한 명이 말했다. 주택의 뒤쪽 모퉁이에 별채처럼 보이는 작은 집이 있었는데 '흑인 여자'라고 불리는 매춘부 집이라고 했다. 해고된 실직자들이 의자로 모여들었다. 우리가 도착하자마자 나를 그리로 데려간 두 여자 중 한 명과 아이의 아버지가 싸우기 시작해, 난 잠시 동안 거리를 두고 떨어져 있었다.

난 그 붉은색 간이식당으로 가서 플라스틱 의자 위에 앉았다. 언덕 위에 있는 이슬람 사원에서 어떤 무에친(기도 시간을 알리는 사람)이 확성기를 통해 아랍어로 노래를 했고, 난 몇 블록 떨어져 있는 화려한 힌두 사원을 보았던 것이 기억난다.

"저 원숭이들은 저녁마다 저렇게 소란을 떨어!"

머리 전체를 면도기로 짧게 밀고 옆 머리카락만 가늘게 남겨서 늘어뜨린 한 남자가 팔짱을 낀 채 간이식당의 카운터에 몸을 기대고 있었다. 헤어스타일은 유난 맞고 황당했지만 그 남자는 잘생겼고 옷도 잘 차려입었다.

"금발머리 청년, 만나서 영광이네."

우리는 대화를 나누기 시작했다. 그는 카리브해의 섬나라인 바베이도스 출신으로, 의사 집안에서 태어난 것 같았다. 나중에 알게 된 사실이지만 언제 그가 자신에 대한 얘기를 하는지, 언제 진실을 털어놓는지 아는 사람은 없었다. 그러나 그의 교양과 날카로우면서 약간 아리송한 지성으로 미루어볼 때 좋은 집안 출신인 건 맞는 것 같았다.

"여기선 뭘 팔아요?" 내가 그에게 물었다. 아무리 봐도 소시지나 햄버거, 그 밖에 간이식당에서 팔 만한 것들을 파는 것 같지 않아서였다.

그는 조심스럽게 주위를 둘러보더니 작고 하얀 정육면체들과 금속관이 들어 있는 봉투를 책상 위에 요란하게 내려놨다. 그러더니 작은 정육면체들 중 하나를 금속관의 격자 같은 것 안으로 집어넣고 불을 붙였다. 작은 정육면체가 격자 안에서 녹자, 그는 금속관의 다른 쪽에 입을 대고 흡입했다. 숨을 뱉어내기 전에 잠시 동안 그는 숨을 멈추고 나를 자세히 들여다보았다.

"마법의 나라로 들어가는 입장권을 팔고 있지. 이 지역이 어떤 곳인지 다른 사람들이 말 안 해줬어?"

"게토라고 했는데요?" 내가 대답했다.

"이런! 순진하고 얼빠진 놈. 너를 여기로 데려온 여자 기억나? 그 여자 오빠는 가이아나에서 제일 큰 마약상 중 한 명이야. 여동생들이 오빠를 대신해서 여기서 보물을 팔고 있지."

"아저씨는요?"

"난 그 여자들과 제일 친한 친구의 엄마와 놀아나는 중이지. 여기를 감시하기도 하고."

그는 손가락 두 개로 처음엔 그의 두 눈을, 그다음엔 밖의 거리를 가리켰다.

"어떤 것도 내 감시망을 벗어날 수 없어. 경찰이 오면 이슬람 사원이 저 조그만 탑에서 내는 소리보다 열 배는 더 큰 소리를 내. 그 사이에 다른 사람들이 뒷문으로 도망쳐."

"경찰이 아저씨를 체포하지 않아요?"

"당연히 잡아가지. 하지만 난 그 조무래기 경찰 놈들의 상사 침팬지들보다 이 나라 법에 대해 더 잘 알아. 더구나 경찰들한테 모조리 뇌물을 먹여서 테이프로 입을 봉해놓았고. 나를 감방에 넣으면 자기들도 감방에 들어가야 할 걸. 한마디로 돈은 수다 떨고, 헛소리는 산책 갔어."

마침내 안마당으로 돌아왔더니, 좀비 같은 사람들이 마당 한가득 여기저기 퍼져 있었다. 그곳에다 해먹을 걸고 며칠을 보내야 할 판이었다. 때때로 라이터 켜는 소리가 들렸고, 작은 빛이 깜박거렸다가 금속관에서 나는 희미한 소리가 울렸다. 그 마약 중독자들은 내가 해먹에 누워서 손을 뻗으면 만질 수 있을 정도로 가까이 있었다. 하지만 그들 때문에 잠을 잘 수 없었던 건 아니다. 난 다른 사람들한테는 아무 관심이 없고, 오직 나만을 살아 있는 육체로 알고 물어뜯는 모기 떼 때문에 도저히 잘 수가 없었다. 모기 퇴치 스프레이는 불행히도 옆집에 맡긴 내 배낭 속에 들어 있었다.

　너무 위급한 나머지 빨랫줄에 걸린 어느 흑인 여자의 침대 시트를 가져와서 온몸을 돌돌 만 후에야 드디어 평화를 찾았다. 다행히 그 흑인 여자는 다음 날 그 일을 문제 삼지 않았다. 나중에 사람들이 왜 분홍색 시트를 갖고 여행하냐고 묻는다면, 마약 카르텔에서 받은 선물이라고 대답할 것이다.

　나의 새로운 친구들에게 간이식당의 남자와 만난 얘기를 하자, 그녀들은 나에게 주의를 주었다.

　"그 자식은 사이코패스야. 그냥 기분이 꿀꿀해서 권총을 꺼내 네 머리에 대고 쏠 수도 있어. 살인을 저질러서 13년 동안 감옥에 있었다고."

　사실 그 남자와 나는 아주 잘 통했다. 더구나 그 마약 카르텔에 사는 사람들은 내게 마치 제2의 가족처럼 느껴졌다. 그곳 상황은 항상 터무니없는 일의 연속이면서 흥미진진했다. 모든 사람들이 실제로 서로를 보살폈고 결속감이 대단했다. 그곳에는 미성년자들도 있었는데, 그 아이들에겐 가족도 없었고 이 비뚤어진 운명 공동체가 그들의 유일한 발판이었다. 마약상은 이 미성년자들을 마구 부려먹었지만 그럼에도 불구하고 혼자 거리를 떠돌며 사는 것보다는 그 공동체에서 사는 것이 그들에겐 더 나았다.

　난 매일 새로운 친구들이 팔고 있는 마약이 사람들에게 어떤 영향을 주는지 가까이서 지켜볼 수 있었다. 사람들은 생명체라기보다는 죽은 것이나 다름없는 좀비처럼 되었고, 이 악의 고리를 도저히 끊을 수 없게 되었다. 그전까지 실감하지 못했었더라도, 마약을 하면 인생이 철저히 망가진다는 걸 그곳에서 정확히 알았다.

드디어 난 금을 채취하는 지역을 향해 출발했다. 새벽 네 시경, 시내에 사는 사람이 미리 귀띔 해준 군용트럭을 탈 기회를 노렸고, 운전수가 친절하게도 나를 기꺼이 태워주었다.

트럭 짐칸에 실린, 기름으로 미끌거리는 디젤통 위에 앉아서 나는 열여덟 시간 이상을 쉬지 않고 차를 탔다. 기름 연료가 바지로 스며들어 엉덩이가 쓸리고 아팠다. 하지만 해가 나오며 온기가 돌기 시작했고 신비로운 느낌을 불러일으키는 안개 속에 누워 있는 열대 우림은 나에게 잊지 못할 풍경으로 지금까지 남아 있다.

차를 타고 지나는 진흙 수렁이나 시내는 물이 흘러넘치고 너무 깊었다. 수영장마다 있는 얕은 풀의 깊이가 못지않았다. 나는 가파르고 미끄러운 경사로를 뛰어다니며 운전수가 철사 줄에 감겨 있는 케이블을 큰 나무쪽으로 끌어당기는 걸 도와주었다. 이렇게 해야 트럭이 기어오를 수 없는 길을 타고 올라갈 수 있었다.

밤에 브라질 광산의 야영지에 도착했다. 난 몇 주간은 더 이상 앉을 수 없을 것 같다고 느꼈다. 온몸이 땀범벅이라 더럽고 냄새나고 배가 고팠다. 하루 종일 아무것도 먹지 못했다.

브라질 사람들은 포르투갈어밖에 몰랐지만 외국인이나 여행객을 환대해주었다. 내게 세탁을 할 수 있도록 빗물 저장통을 알려주고 막사 아래에 해먹을 걸 수 있는 장소를 내주었다. 그리고 밤에 손전등 없이 다니지 말라는 충고도 했다.

바로 그다음 날 아침에 난 내가 잔 곳에서 3미터 정도 떨어져 있는 나무를 보며 왜 그런 충고를 했는지 그 이유를 알게 되었다. 뱀이었다.

"한 번 물리면 두 시간 안에 천국에 가게 해달라고 마지막 기도를 하게 될 거야. 도움을 청할 수 있는 무전기를 갖고 있긴 하지만 네가 살아 있는 동안 구조하는 사람들이 도착할 거라고 기대하지 않는 게 좋아."

한 아저씨가 이런 말을 하며 긴 막대기를 들어서 팔 길이 정도 되는 회색과 푸른색의 줄무늬 뱀 머리를 세게 내리쳤다. 잠이 확 달아났다.

"고무장화를 신고 다니는 게 제일 좋아. 뱀들은 대부분 발목을 무는데 고무장화를 신고 있으면 고무만 물어뜯거든. 만약 뱀을 목격하면 움직이지 말고 가만히 있어. 뱀의 움직임을 잘 관찰하면서 심장 박동수를 낮춰. 그래야 생존 확률이 높아져."

다음 날 아침 수 년에 걸친 시굴로 폐허가 된 광업 지역으로 아르바이트를 찾아 나섰다. 그곳엔 전통적인 채굴 현장에 있는 수평갱이 없고, 언덕을 소방호스로 씻어서 깎아낸 후 진흙을 일종의 깔개 같은 것 위에서 씻었다. 그러면 진흙이나 돌보다 무거운 금만

남는다. 이렇게 토양을 가공하는 방식은 풍성한 경관을 갈색 호수와 드문드문 부러진 나무와 그루터기의 붉은 흙더미만이 쌓인 황무지로 만들어버렸다. 이런 가혹 행위에서 자연이 치유되려면 영원히 걸릴 것만 같았다.

난 일주일간 그곳에 고용됐다. 한창 유행 중인 라스타 헤어를 하고 있는 그는 친절했다. 일꾼들이 기거하는 막사에 모기장이 딸린 침대 하나를 배정받았고 요리사 한 명이 하루 세 끼를 제공하고 있었다. 이곳은 일요일 오후까지 일을 했고 크리스마스도 없었다.

내가 해야 할 일은 몇몇 다른 인부들과 함께 물대포로 점토질의 흙덩어리를 흐르게 만들고, 펌프를 막을 수 있는 잔가지와 돌을 치우는 것이었다. 다른 인부들은 쇄석기로 바위덩어리를 부수고 그 부스러기에 남아 있는 금을 씻어냈다.

"다음!" 사장이 지시했다. 남자 두 명이 두 개의 녹색 플라스틱 깔개를 들어 좀 더 높이가 높은 목재더미 경사 위로 끌어올린 후 거기서 털어냈다. 나무판자 위에서 그 질퍽거리는 걸 탁탁 두드리면 부드럽게 흐르는 물에 씻겨 천천히 아래로 흘러내리다가 대들보에 걸려 멈춘다. 그러면 두 명의 숙련 노동자들이 그것을 옆으로 쓸어내면서 넘쳐흐르는 물과 섞는다. 그리고 거기에 남은 침전물을 가끔 위로 밀어 올린다.

경사로 끝에 앉아 있는 감독관은 주머니에서 수은 병을 꺼내 소량의 방울을 진흙과 섞었다. 수은은 마치 작은 진주처럼 물과 함께 아래로 흘러내린다. 위로 밀려 올라간 무더기에서 점차 덩어리진 은색 테두리가 만들어지는데, 역류하는 물에서 노동자들이 손으로 씻어 내기에는 너무 무겁다. 수은에 포함되어 있는 것은 금이었다.

깔개에 묻어 있는 것들을 다 털고 나면, 숟가락으로 금을 플라스틱 용기에 옮겨 넣어서 감독관은 공목에 넣어 캠프로 가져간다. 그곳에서 그것을 깨끗이 씻은 후 펄펄 끓여서 수은을 증발시킨다. 마지막으로 순금에 산을 약간 뿌려서 광택을 낸다. 저녁에 인부들은 자신 몫의 무게를 잰다. 운 좋게도 그때는 금 수확량이 예외적으로 많아 우리 급여는 평소의 두 배가 되었다. 내 몫은 13페니웨이트(금 20그램 정도)였다. 내가 기대했던 것보다 훨씬 많았다.

2014년 6월

광산 지역에선 매우 만족하며 살았지만, 발가락이 지저분한 진흙에 감염되고 격렬하게 떨리는데다 엉덩이에 난 화농성 상처가 아물지 않았다. 난 베네수엘라까지 날 태워줄 교통편을 찾았다. 가솔린 밀수업을 하는 어느 베네수엘라 청년들이 100배럴에서 남은 40배럴을 금과 교환을 하면 바로 데려다 주겠다는 약속을 했다. 수요가 많아서, 하루하고 반나절이 지났을 뿐인데 텅 빈 푸른색 단단한 플라스틱 배럴을 실은 기다란 양철 보트로 출발할 수 있었다.

"넌 여기서 뭘 하는 거야?"

배로 오르는 좁고 기다란 판자에서 짧은 머리에 선글라스를 한 껏 올려 쓴 마른 몸집의 가이아나 남자가 나한테 물었다. 아디다스 운동화 속 흰색 양말이 종아리 위로 한 뼘 정도는 걸쳐져 있고, 어 깨에 검은색 스포츠 가방을 걸쳐 메었다.

"베네수엘라까지 태워줄 배를 찾고 있어요."

그는 고개를 끄덕이며 자신은 뉴욕에서 살면서 귀금속 중개 상 인으로 일했다고 했다. "엘도라도는 좋은 계획이 아냐." 강을 계속 거슬러 올라가려는 내 계획을 말렸다. "괜찮다면, 나랑 카이칸으로 갈 수 있어. 훨씬 더 남쪽인데, 네가 가려는 브라질 북부의 호라이 마주 가까이 갈 거야. 거기에 베네수엘라로 널 데려다줄 군용 헬리 콥터가 있을 거야."

난 지도를 갖고 있지 않았지만 헬리콥터라는 말에 귀가 솔깃했다. "좋아요, 언제 떠나요?"

"지금." 그는 다가오는 배를 가리켰다.

한 시간 정도 구불구불한 강줄기를 따라 달린 후 어느 거대한, 물위에 떠 있는 검붉은색 강철로 된 부함 앞에서 멈추었다. 뉴욕에 서 온 그 중개 상인의 인부들은 물가에서 굴삭기로 금을 찾고 있었 고 무거운 기계를 적재하였는데, 그 기계는 기계에 달린 강력한 수 압 지렛대로 부함 위로 올려졌다. 우리는 태양과 비를 막으려고 덮 개를 펼쳐 덮었고, 그 아래에 해먹을 걸은 후에 24시간 동안 모터 배가 상류로 천천히 거슬러 올라가는 것을 지켜보았다. 해안에서 는 때때로 악어와 다른 동물들이 나타났다. 한번은 엄청나게 큰 아나콘다를 보았는데, 처음엔 환영인 줄 알았다. 그런데 인부들은 수 미터 길이에 몸통이 가로등 기둥만큼 두꺼운 저런 뱀들이 여기에 선 드물지 않다고 했다.

오전에 우리는 아라우 산자락에 도착했고, 중개 상인과 인부 한 명 그리고 나 이렇게 세 명은 아메리카 원주민 마을이 있는 열대 초원의 풀들로 뒤덮인 고원으로 올라갔다. 열대 우림뿐 아니라 위에서 내려다 본 풍경은 숨이 막힐 정도로 아름다웠다. 그러나 이런 풍경은 그 뉴욕 남자의 눈에는 들어오지 않았다. 심각한 위기에 처해 있었기 때문이다. 그는 금이 엄청나게 집중적으로 묻혀 있어서 삽이나 스페이드처럼 아주 단순한 도구로도 엄청난 이윤을 챙길 수 있는 카이칸으로 굴삭기를 들여오려고 미국 달러로 100만 달러 이상을 투자했다. 그 굴삭기로 얼마나 벌었을까! 더구나 그는 도로를 건설해서 금을 찾는 사람들의 주공급원이 되어 물건을 실어 나르려 했다. 그런데 마을 주민들이 그의 사업을 방해하고 나섰다. 거기서 그냥 살겠다고 주장하고 나선 것이다.

"금과 함께 범죄, 술, 매춘이 따라와. 우리는 이 마을에 그런 것들을 들이고 싶지 않아. 너희들은 몇 년 안에 이 땅을 폐허로 만들고 떠날 거고, 우리는 엉망진창으로 망가진 땅에서 계속 오랜 세월을 살아야 해."

미국의 서부 지역 토착 인디언들이 어떤 취급을 받았는지 생각났다. 그 당시 미국 원주민들과 비교할 때 가이아나 원주민들은 많은 권리를 갖고 있었다. 그래서 그들은 뉴욕에서 온 돈 많은 투자

자의 야심찬 계획에 제동을 걸어 멈추게 할 수 있었다.

"내일은 아버지의 날이야. 여기 조금 더 머물러도 돼."

마을 주민 한 명이 나와 몇 마디 대화를 나눈 후 친절히 초대해주었다. 그렇게 난 마을 사람들과 친하게 지내기 시작했다. 그래서 몇몇 주민들은 내가 그의 스파이라고 의심을 했다. 내가 관심을 갖고 여러 마을 행사에 쫓아다녔는데도 의심과 갈등은 계속됐다.

마을 사람들은 평소에도 며칠씩 주변을 여행하기 때문에 모국어인 아레구나 외에도 영어, 스페인어, 포르투갈어와 몇 개의 방언을 할 줄 알아서 난 깜짝 놀랐다.

오두막은 소박했다. 나무와 나뭇가지로 지어졌고 바닥은 흙이었다. 마을 한가운데에는 70년 전 어느 미국 선교사가 건축한 나무로 지어지고 흰색 페인트가 칠해진 교회가 있었다. 나는 그곳에서 그 마을의 아버지들과 함께 축제 음식을 먹었다.

난 난생처음 붉은 감자 주스와 질경이 죽을 먹었다. 그 밖에도 카사바 녹말로 찐 빵과 카사바를 동글게 뭉친 요리가 있었는데 모든 사람들이 즐겼다. 처음에는 그다지 입맛에 맞지 않았지만 나중에 그 음식들을 그리워하게 되었다.

음식을 받을 때 난 아이가 없으니 아버지가 아니라고 했더니 "하지만 언젠가는 아버지가 될 거잖아, 아냐?"라고 친절하게 말하며 이미 반은 비어버린 접시를 다시 한가득 채워주었다.

난 호의에 보답하고 싶어 그 후에 아이들에게 밧줄을 선물로 주고 뱃사람들의 매듭짓는 법을 가르쳐주었다. 그리고 어른들이 금

채굴하는 것을 도와주었다.

　중개 상인의 계획 때문에 마을에서는 회의가 소집되었고, 거기에 다른 마을의 수장이 참석했다. 그는 돌아가는 길에 가끔 헬기가 착륙하는 지역인 세인트 루앙을 지나갈 참이었다. 그래서 나는 그와 같이 가게 해달라고 부탁했다.

　그는 50대 중반 정도였는데 머리부터 발끝까지 의장을 갖추고 살바도르 달리의 콧수염을 하고 있었다. 커다란 낫과 8리터짜리 디젤 양철통을 메고도 산악 지대를 어찌나 빨리 걷던지, 난 35킬로그램짜리 배낭을 짊어지고도 죽을힘을 다해서 겨우 쫓아갈 수 있었다.

　"서둘러야 해요?" 얼마 지나지 않아 난 정말 죽을 것 같아서 숨을 헐떡이며 물었다.

　"그래. 저것 때문이야"라고 말하며 그는 산중턱에 가득한 비구름을 가리켰다. "비가 오면 우리가 건너야 할 강물이 불어나서 며칠 동안 오도 가도 못할 거야. 그러니 빨리 가야 해. 서두르자!"

　난 이를 악물고 서둘러서 그의 뒤를 쫓아갔다. 이런 속도로는 더 이상 한 발짝도 못 움직일 것 같았지만, 나 때문에 그가 제때에 강을 건너지 못하는 상황이 벌어지면 안 되었기 때문이다. 그에게 먼저 가라고 하고 이 밀림에서 방향을 잃은 채 혼자 남을 수도 없는 노릇이었다. 난 내 신체의 한계를 넘어서고 있었고, 내 인생에서 그런 순간은 정말이지 몇 차례 없었다. 실제로 우리는 16킬로미터 거리를 쉬지 않고 두 시간 반 만에 뛰다시피 걸었다. 35킬로그램 배낭을 등에 지고 자갈과 바위가 있는 산길을 말이다.

배를 타고 세인트 루앙으로 건너갈 계획이었던 강에 도착했을 때, 난 낙타처럼 무릎을 꿇고 머리를 강에 처박았다. 수풀이 무성해 검은빛이었던 강물은 맑았고 매우 상쾌했다. 목이 너무나 말랐던 내게 강물은 차가운 레모네이드보다 열 배는 더 맛있었다.

세인트 루앙에 도착한 나는 마을을 뒤져 촌장을 찾아가 헬리콥터에 대해 물었다. 그는 내게 희망을 주었다.

"올 때는 연료나 식품, 이런저런 물품을 싣고 오지. 가는 길에는 대부분 사람들을 태우고 가."

"언제 와요?"

"올 때가 지나긴 했어. 미리 물건을 챙겨서 준비하고 있어. 조종사는 여기 몇 분밖에 안 있거든."

난 완벽하게 준비하고 헬리콥터만 기다렸다. 하지만 헬리콥터는 나타나지 않았고 이틀이 지났다. 어느 주민 집에서 허드렛일들을 도와주며 수다를 떠는 것 외에 기다려야 하는 시간을 의미 있게 쓰려고 했다. 여행을 떠나며 작은 성경책을 가져왔다. 여행 도중에 성경을 완독할 생각이었다. 성경이 왜 세계에서 가장 많이 읽히는지 예전부터 관심이 있었는데, 그 안에 무엇이 담겨 있는지를 아는 것도 교양의 일부라고 생각했었다. 임마누엘 칸트처럼 저명한 사상가는 왜 성경 안에 "모든 철학자들의 모든 저술보다 더 깊은 진실과 더 많은 명확함이 들어 있다"라고 했을까?

그래서 난 성경을 읽기 시작했다. 우선 신약부터 읽었다. 구약보다 이해하기가 쉬워 보였다. 하지만 칸트의 철학이 매우 불분명하게 표현을 했거나 내가 충분히 깊이 더 들어가지 않았던 것 같다. 깊은 진리 대신에 난 몇 가지 지혜의 말과 모순, 질문 들을 발견했고 그것들을 적어놓았다.

9일이 지난 아침에 가볍게 후두둑 하는 빗소리에 윙윙거리는 프로펠러 소리가 섞여 들려왔다.

"저 소리는…?"

"맞아, 헬리콥터 소리야. 서둘러!"

나를 아침식사에 초대했던 콜롬비아 사람이 소리를 질렀다. 난 그동안 그를 도와서 금을 찾고 있었다. 우리는 재빨리 끌어안아 작별 인사를 했고, 난 착륙장까지 빗속을 뛰었다.

비가 내리고 있었지만, 사람의 손길이 닿지 않은 원시 밀림의 풍광은 감동적이었다. '오'와 '우와'라는 감탄이 프로펠러의 소음에 묻힌 채 계속 내 입에서 터져 나왔다. 베네수엘라의 어느 작은 마을에 도착하기까지 20분 정도가 걸렸는데 그동안 내내 난 이 감탄사를 멈출 수 없었다.

"조심해. 이 지역엔 위험한 놈들이 많아."

조종사가 내게 충고했다. 이 충고와는 어울리지 않게도 내 얼굴에서는 웃음이 떠나지 않았다. 헬리콥터를 타고 그렇게 황홀한 지역을 비행하다니, 잊을 수 없는 환상적인 경험이었다!

게다가 난 여행을 하면서 그런 경고를 너무 많이 들어서 이미 무감각했다. 내가 머물렀던 곳에서 사람들은 내가 가려는 도시가 '정말 위험한 곳'이라고 항상 말했었기 때문이다. 베네수엘라에선 나더러 절대 브라질로 여행하면 안 된다고 경고했다. 브라질에 머물 때 내가 볼리비아로 가고 싶다고 말하자 사람들이 손으로 머리를 때렸다. 볼리비아 사람들은 인생을 포기한 사람만이 자발적으로 페루로 가는 거라고 믿었다. 그러나 여행하는 내내 난 단 한 번도 위협당하거나 도둑맞은 적이 없었고, 심지어는 공격당한 적도 없었다.

"어이 그링고(라틴 아메리카에서 영국인과 미국인을 폄하해서 부르는 호칭 – 역주), 주머니에 있는 걸 전부 탁자 위에 올려놔."

작은 뒷방의 경비대에서 검사관이 나를 향해 으르렁거렸다.

이전과 마찬가지로 베네수엘라에서도 내 경제 사정으로도 무시할 수 있을 만큼 저렴한 교통비 덕분에 난 버스를 탔다. 그런데 브라질 국경의 작은 마을에서 산타 엘레나로 가는 길에 검사관이 나더러 버스에서 내리라고 하고 경비대로 끌고 갔다.

경찰은 다른 물건에는 눈길도 주지 않고 내 지갑을 뺏더니 그 안에 있는 돈을 세었다.

"더 없어?"

"더 필요해요?"

나는 부드럽게 말했다. 그런 놈들에 대비해서 고액지폐는 봉투에 넣어 입구를 꿰맨 후에 속옷 안에 미리 숨겼었다.

직원이 구시렁거리며 내 여권을 휘리릭 넘기는데 괜히 가슴이 철렁 내려앉았다. 헬리콥터를 '히치하이킹'해서 국경을 넘었고, 헬리콥터가 아무도 살지 않는 지역 한가운데에 착륙했기 때문에 여권에 국경을 통과했다는 도장을 찍을 수 있는 베네수엘라 국경 초소를 지나지 못했었다. 결국 나는 불법으로 그 나라에 있는 셈이고, 국경 초소의 분위기에 따라 문제가 될 수도 있는 상황이었다.

그런데 그 남자는 무엇을 검사해야 하는지 모르는 것 같았다. 어쩌면 그러거나 말거나 상관없다는 생각이었을 수도 있겠다. 아무튼 나는 "좋아, 가!"라는 짧은 말과 함께 통과되었고 난 내 행운을 믿을 수 없을 지경이었다.

2014년 7월

브라질에서 나의 다음 목적지는 호라이마였다. 베네수엘라, 가이아나, 브라질 세 국경에 걸쳐 있는 이곳은 꼭대기가 편편한 산악지대로 작가 아서 코난 도일이 《잃어버린 세계》를 쓰도록 영감을 준 곳이다. 호라이마의 고원 지역에는 독특한 동식물군이 수천 년 넘도록 다른 지역과 격리된 채 살아오고 있었다. 많은 사람들이 이

산에 대해 극찬을 아끼지 않아서 난 브라질에서 FIFA 월드컵 결승전을 보겠다던 원래의 계획을 포기했다.

그래서 나는 몇 킬로그램의 오트밀과 납작한 완두콩을 챙겨서 호라이마로 출발했다. 산 바로 앞 마지막으로 큰 마을인 파라이 테푸이에서 가이드를 찾고 있었는데, 마침 호라이마에 가려던 펠리페라는 브라질 청년이 합류했다.

산에서 3일간 머무를 예정이었고 오전 오후로 나눠 거리를 계산해가며 등반했다. 비가 많이 내렸고, 소나기에 젖지 않은 물건들은 우리가 건너야 했던 강물에 빠져서 퉁퉁 불었다. 이 모든 상황에도 불구하고 경치는 꿈만 같았다.

언덕에서 경치를 내려다보며 즐기고 있을 때, 개미핥기가 불과 몇 센티미터 거리를 두고 나를 지나쳐 갔다. 이 동물을 그렇게 가까이에서 볼 수 있어서 기뻤고, 머리가 마치 꼬리처럼 보여서 엄청 웃으며 즐거워했다.

"오늘 브라질과 독일 한 판 승부야."

내 뒤에서 펠리페가 숨을 헐떡이며 말했다. 난 그를 향해 뒤를 돌아보며 말했다.

"네 생각엔 어디가 이길 것 같아?"

"독일이 이기면 넌 내려갈 때 날아가겠지."

그가 활짝 웃으며 말했다.

"7대 1로 독일 승!" 월드컵 경기 결과를 묻는 말에 마주오던 한 무리의 사람들이 우리에게 그렇게 대답했다.

펠리페와 난 배꼽을 잡고 웃었다.

"농담하지 마요. 어디가 이겼어요?"

"7대 1로 독일이 이겼다니까!"

그들이 다시 한 번 말했다. 나는 입을 벌린 채 마치 골치 아픈 수학 문제를 풀고 있는 것처럼 보이는 브라질 친구를 곁눈으로 쳐다봤다.

"Always look on the bright side of life(언제나 인생에서 밝은 면만 보아라)."

난 오르막 경사에 한 발을 올려놓으며 농담처럼 노래했고, 격려하는 의미로 그의 어깨를 두드렸다.

펠리페도 가이드도 먹을 걸 너무 조금 가져왔다. 다행히 오트밀로 이 상황을 극복할 수 있었다. 산에 오르기 전에 내내 완두콩 요리로 생계를 유지했는데, 그 지역에서는 매운 소스를 곁들인 완두콩 요리를 할 수 있는 냄비가 없었다. 더구나 날씨 때문에 밖에서 불을 피울 수가 없었다. 그래서 하루 세 번 오트밀을 먹고 그런 다음 펠리페가 가져온 참치와 정어리 조각을 디저트로 먹었다. 식수를 보충할 수 있는 물과 기회는 차고 넘쳤다.

비는 계속 내렸지만, 그다음 날 아침에 우리는 상쾌한 기분으로 등반을 시작했다. 높이 올라갈수록 날씨가 차가웠다. '경사길'이라고 부르는 작고 무성한 이랑들이 있어서 우리는 오르막길을 오를

수 있었는데, 그 이랑들 너머 이끼 덮인 나무에 흐릿한 색깔의 식물들이 매달려 늘어져 있는 빽빽한 습지대를 통과해서 등반했다.

정오가 막 지나서 고원의 가장자리에 도착했는데 환영 인사라도 하듯 몇 분 동안 해가 구름을 뚫고 비추었다. 내가 있는 이곳이 지구인가. 그곳의 광경은 다른 행성에 도착한 것처럼 이 세상의 것으로 보이지 않았다. 고원은 자연 그대로 야생의 모습이었고 높은 절벽, 절벽과 절벽 사이의 깊은 틈이 독특한 구성을 이루고 있었다. 작은 개울들이 절벽 뒤에 숨어 있는 구름을 향한 길을 만들어 고원을 관통하며 흘렀다. 개울과 개울 사이는 늪지의 풀과 꽃들이 강한 햇살을 받아 어둡지만 힘 있는 녹색, 노란색, 주황색, 붉은색, 검은색으로 뒤덮었다.

고원은 쥐 죽은 듯이 고요했다. 우리는 비를 피해 높은 지대에 있는 빈 동굴에 잠자리를 마련했는데, 그 동굴로 가는 길에서 몇 마리 작은 개구리와 전갈을 만났다. 너무 춥고 속옷까지 흠뻑 젖어서 오후 나머지 시간을 옷과 물건들을 말리고 몸을 따뜻하게 하면서 보냈다.

펠리페와 나는 험한 날씨에도 호라이마주에서 브라질, 가이아나, 베네수엘라 국경이 만나는 푼토 트리플로 가는 길고 긴 길을 걸었다. 그곳의 경치는 우리의 수고를 배신하지 않았다.

비가 내리고 안개가 너무 짙어서 우리의 시야는 30미터를 넘어가지 못했다. 그러나 불현듯 나타나는 개울, 분화구, 동굴, 흰색으로 희미하게 빛나는 크리스털 정원처럼 많은 것들이 우리를 환상의 세계로 안내했다. 모든 것들이 너무 황홀해서 2,500미터 고지에 있다는 건 까맣게 잊고 있었다.

"너를 위한 깜짝 선물이 있어."

마을 주민들이 다시 해산하는 동안, 펠리페가 나에게 웃으며 말했다. 그 전날 밤에 우리는 다시 파라이 테푸이로 돌아왔고, 열다섯 명의 원주민들과 함께 아주 작은 고물 텔레비전으로 FIFA 월드컵 결승전을 함께 시청했다. 다른 사람들은 모두, 한 명의 예외도 없이 아르헨티나를 응원했지만 난 목이 터져라 내 조국을 응원했다. 다행히 아무도 나를 말리지 않았다.

"아냐! 안 돼! 저리 꺼져!"언덕 아래에서 펠리페가 갑자기 소리를 지르며 내 곁을 쏜살같이 달려 지나갔다. 그리고 그의 배낭 속에 코를 박고 뭔가를 물어뜯고 있는 개들을 쫓았다. "정말 맛있는 빵인데! 너한테 깜짝 선물로 주려고 네가 눈치 채지 못하게 원주민한테 몰래 샀단 말이야."

가방에 주먹만 한 구멍이 나서 벌어졌는데도 신경 쓰지 않았다. 개들한테 욕설을 퍼부으며 그는 땅에 떨어진 빵 조각들을 주워 모았다.

"아무것도 없는 거보다 백배는 좋아."

난 이렇게 말하고 네발 달린 친구들이 흘린 침을 닦기 위해 물병을 움켜쥐었다. 카사바 빵은 사실 맛이 별로였지만, 5일 동안 하루

에 세 번씩 물과 함께 오트밀만 먹은 후라 그 빵 조각을 버린다는
건 꿈에도 생각할 수 없었다.

"전부 물에 적시자. 그러면 개가 물었던 거랑 물지 않았던 거랑
구별할 수 없을 거야."

펠리페가 이렇게 아이디어를 냈고, 잠시 후 우리는 나란히 앉아
서 그 축축하고 눅눅한 빵을 씹어 먹으며 앞으로 어떻게 할까 궁리
했다.

펠리페는 멕시코로 히치하이킹을 해서 갈 계획이었다. 내 여행
얘기에 감동을 받은 그는 카리브해를 통과하는 배를 얻어 탈 기회
를 잡으려고 했다. (3개월 후 그는 성공했다.) 난 아마존으로 출발해
브라질 북동쪽을 거쳐 남쪽으로 움직일 계획이었는데, 그러면 10월
말경에는 볼리비아를 거쳐 페루에 도착할 수 있었다. 나와 계속 연
락을 주고받고 있었던 파리 출신 서퍼인 빌프레드는 거기서 2주
반 정도를 나와 보내려고 했다.

"상파울루에 오면 우리 집에서 지내도 돼." 펠리페는 기꺼이 나
를 자기 집으로 초대했다. "우리 엄마는 사람들한테 음식 해 먹이
는 거 좋아해."

"당연히 가야지!"

난 웃으면서 마지막 빵조각을 입안으로 넣었다. 손으로는 물에
젖은 빵 부스러기들을 작은 덩어리로 만들고 있었다.

신나게 걸어봐 인생은 멋진 거니까

2014년 8월

브라질 북서부 마나우스의 아마존은 내가 생각했던 것과 완전히 달랐다. 내가 베네수엘라와 가이아나에서 보았던, 사람의 손이 닿지 않은 열대 우림 대신에 마나우스엔 오직 한 가지밖에 없었다. 그저 사방에 물뿐이었다. 강이 너무 넓어서 다른 편 강가가 시야에서 사라지기도 하고, 바다에 와 있다는 착각이 들기도 했다. 물 색깔이 서로 다른 강물이 만나면 그 두 강물 사이에 경계선을 뚜렷하게 볼 수 있어서 마치 물위에 균열이 생긴 것 같았다.

날은 끈적거렸고 긴팔을 입고 있으면 사우나에 들어앉아 있는 것처럼 땀이 흘렀다. 늪에서 최고로 번식력을 가진 모기 구름에 의해 온몸에 문신을 한 것처럼 물리기도 했다.

하늘이 돕기라도 한 것처럼 난 분홍색 모기장을 선물로 받았다. 잠을 자기 위해 모기장을 설치해야 했던 그물침대의 위장 무늬와는 어울리지 않았지만, 꽃무늬 침대시트와는 잘 어울렸다. 모기장 덕분에 전염병을 멀리할 수도 있었다.

남아메리가 대륙에서 나는 여러 가지 흥미로운 음식들을 맛볼 수 있었다. 난생처음 아르마딜로 속 동물과 해우류를 먹었다. 화려한 색깔과 특이한 모양의 과일들을 매번 새롭게 발견할 수 있었는데 그전에는 한 번도 본 적도 맛본 적도 없었고, 이후에도 다시 볼 수 없었다. 그 과일들은 제철이 아닐 때는 아이스크림으로 맛볼 수 있다. 내가 생각도 못했던 것들을 지구가 얼마나 많이 제공하는지는 믿을 수 없을 정도였다.

남아메리카와 브라질에서는 음식뿐만 아니라 손님이나 외국인을 접대하는 태도도 내가 알았던 것과는 완전히 달랐다. 물론 그곳도 도시의 영향을 받아서 내가 시골에서 경험했던 것보다는 낯선 사람을 경계했지만, 여전히 마음이 따뜻해서 낯선 사람을 주저하지 않고 집으로 초대했다.

"N̦o vai n̦o rapaz. Fica um pouco mais!"(가지 마. 조금 더 같이 있자!)

브라질에서 이 말을 수도 없이 들었다. 호스트들은 일주일만 더 머물다 가라고 몇 번이고 권유를 해서 그렇게 일주일, 또 일주일을 머물다 꼬박 한 달을 있었던 적도 있었다. 원래는 3일 정도만 있다 갈 계획이었다.

서로 믿고 가족처럼 지내는 건 브라질 북쪽 지방에서는 문화의 일부였다. 유럽으로 옮겨다 놓고 싶은 문화였다. 우리 독일 사람들은 외국인을 신뢰하지 못하고 주저하는 경향이 있다. 그러나 남아메리카에서 여행 내내 계속 이런 호의를 경험할 수 있었고, 그래서 내게 한 가지는 분명해졌다. 이 세계 사람들 대부분은 상냥하고 착하게 살려고 한다는 사실이다. 물론 나쁜 사람들도 있지만 그 수는 극히 적다.

낯선 사람에게 적대적이면 친절하고 선한 사람과의 만남을 놓칠 확률이 불편한 사람과 엮어서 힘들 확률보다 훨씬 높다. 물론 그렇다고 무모하게 낯선 사람을 믿으라는 얘기는 아니다. 그러나

신나게 걸어봐 인생은 멋진 거니까

어떤 사람이 나에게 악의를 갖고 접근했던 경우는 다섯 손가락 안에 꼽힐 정도다. 대부분의 경우 그런 사람과 잠시 대화를 나누며 질문을 하면 무언가를 계획하고 접근한 것인지를 금방 알 수 있다.

"어디서 왔어?"

어느 날 약국에서 나오는데 거리에서 어떤 사람이 이렇게 물었다. 난 모기 스프레이를 온몸에 뿌렸다. 말라리아 예방 주사를 맞았어도 그건 다섯 가지 말라리아 유형 중 하나에만 효과가 있었기 때문이다. 모기장, 긴팔 옷, 모기 스프레이가 훨씬 효과적이다. 물리지 않으면 무서워할 게 없다.

그 낯선 사람은 '난 너한테 뭔가를 팔고 싶어'라는 느낌을 가득 담아 그런 질문을 던지는 것 같았지만, 난 기꺼이 대화를 나누었다.

"오, 독일. 내가 아는 사람 중에서 독일에서 온 애가 있는데."

그렇게 말하며 나에게 담배 한 개비를 내밀었다.

"그래요? 독일 어디요?"

"그게… 큰 도시였는데….'

"프랑크푸르트요?" 떠보듯이 그렇게 물었다.

"그래, 프랑크푸르트에서 왔어!"

"이름이 뭐예요?"

"이름이 뭐였더라…?"

그는 선뜻 대답을 하지 못하고 주저했는데, 난 나를 얽어매려는 낚시였다는 걸 눈치 챘다.

"여긴 위험해. 도둑질을 당하지 않으려면 조심해야 할걸."

그는 화제를 바꾸었다.

내 마음속에 위험을 알리는 노란색 경고등이 켜졌다. 그는 자기를 믿게 하려고 두 번째 낚시를 던졌다. 다만, 신앙심을 가진 사람처럼 보이는 것은 실패했다. 그 잔꾀가 뻔히 보였다.

"내 여동생한테 데려다 줄게. 거기에서 숙박을 해결하면 우리가 여기저기 구경도 시켜주고 널 돌봐줄게."

마음속 신호등은 노란색에서 빨간색으로 바뀌었다. 자기와 함께 가자고 강요하며 내 안전을 들먹이며 강조했다. 하지만 난 넘어가지 않았다.

"여동생이 어디 사는데요?"

"여기서 멀지 않아. 자, 가자."

내가 다시 한 번 거절하자 그는 점점 더 위협적이고 공격적으로 되었다. 결국 그는 내 팔을 잡더니 자기 쪽으로 끌어당겼다. 나는 예의 바른 태도를 잃지 않았지만 큰소리로 고함을 쳤고, 그는 내 팔을 놓고 욕설을 하며 도망갔다.

2014년 9월

현지인의 팁에 따라 난 제리코아코아라의 그 유명한 해변을 보았다. 적은 강수량 때문인지 내가 상상했던 야자수가 즐비한 해변 천국의 모습은 아니었다. 그런데 그 해변을 독특하게 만드는 게 있었다. 해마와 복어가 사는 멋진 해안호가 줄줄이 늘어서 있고, 그 뒤로는 수시로 모양이 바뀌는 모래 언덕이 있었는데, 그중 가장 큰 모래 언덕은 스노보드로 100미터 이상을 내려갈 수 있을 정도였다. 거기에서 나는 동쪽 해안에서 리우데자네이루까지 6일 동안 히치하이킹을 했고, 어느 이른 아침에 산기슭에 도착했다.

가이아나의 금광 지역에 있는 동안 난 외부 세계와 일체 접촉하지 않았었고, 그 때문에 엄마는 살아서 나를 다시는 볼 수 없을까 봐 걱정하며 노심초사했는데 벌써 두 번째였다. 걱정이 된 엄마는 브라질 지인에게 GPS 추적기를 주었고, 그는 그것을 리우로 가져왔다. 난 여분의 양말과 함께 이 GPS 추적기를 받았고, 그때부터 우리 가족은 내가 살아 있는지, 도움이 필요한 건 아닌지 위성을 통해 알 수 있었다. 텔레비전을 통해서 리우데자네이루에 대해서 알 수 있는 건 이 도시가 만의 입구라는 사실 뿐이지만, 사실은 니더작센 주 크기의 인구밀도가 매우 높은 도시다.

도시 대부분 지역이 빈민굴이며 빈민가의 오두막에는 텔레비전, 냉장고, 오븐, 때로는 에어컨도 설치되어 있다. 처음으로 빈민굴이 형성된 시기는 19세기로 노예들이 자유인 신분이 되면서 사람들이 살 수 없는 것으로 알려진 돌 비탈길에 거주하기 시작했다.

독일 축구 국가대표팀은 월드컵이 열리는 동안 사회 프로젝트에 참여하여 좋은 인상을 주었다. 브라질과 아르헨티나 사람들은 뒤셀도르프나 쾰른 사람들만큼이나 힘들지 않게 살 수 있기 때문에 브라질을 떠나면 예외 없이 독일을 선호한다. 어디서나 이 말을 들을 수 있었다.

저녁이 되어 나는 리우에 머무는 동안 숙박을 하게 될 집에 도착했다. 거기서부터 난 어렸을 때 이미 생생하게 체험하고 싶어 했던 도시를 탐구했다. 바다 전망은 근사했고, 밤이 되면 음악, 춤, 와인, 맥주, 값싸며 인기 좋은 '카샤카 51'을 향해 모여든 이웃들이 있는 수많은 좁은 계단과 골목은 활기를 띠었다.

2014년 10월

아침에 너무 일찍 서둘러서 상파울루로 가는 116번 대로에 있는 주유소에서 열 시간을 기다린 후에야 근처 대도시까지 나를 태워 줄 트럭을 만날 수 있었다. 여행이 시작될 때 단단히 각오하고 그동안 기다리는 걸 충분히 연습해서 언젠가 한 대가 올 거야, 라고 스스로에게 주문을 외우자고 결심했는데 딱 그 꼴이었다.

상파울루에서는 호라이마에서 같이 여행했던 펠리페네 집에 머물렀다. 펠리페는 "우리 식구들은 나랑 너를 바꾸고 싶어 할 거야"라고 걱정했는데 무슨 소리인지 그제야 확인할 수 있었다. 식탁에서 난 펠리페 자리에 앉았다. 엄마가 요리를 좋아한다는 펠리페의 말은 허풍이 아니었다. 펠리페 엄마는 '대식가'인 나를 항복시킬 정도였다!

엄청난 양의 식료품을 챙긴 후에 난 한 구간씩 가야 하는 히치하이커로서는 가장 긴 구간을 가게 되었다. 11일 후에 빌프레드가 파리에서 페루로 왔고, 난 그때부터 상파울루에서 페루 남부도시인 쿠스코까지 장장 3,700킬로미터를 이동했다. 지구 둘레의 10분의 1, 독일까지 거리의 3분의 1에 해당하는 거리였다.

거기에서 나는 즉시 독일로 가야 한다는 좋지 않은 소식을 들었다. 내가 없는 동안 가족들은 내가 어린 시절을 보냈던 집을 떠나 다른 곳으로 이사를 했다. 태어나서부터 계속 그 집에서 살았기 때문에 이 소식만으로도 난 우울했다. 그 집은 나에게는 곧 '고향'이었고 '집으로 가야지'라고 생각할 때면, 항상 그 집이 떠올랐다. 비행기를 타지 않고 세계일주를 한다는 내 목표가 위험해졌다.

그런데 독일과의 이 마지막 유대감이 중단되는 것이 예상치 못했던 더 큰 문제를 일으켰다. 나의 거주지에 대해서 해당 관청에 전출입 신고를 해야 하기 때문이다. 법률고문에 따르면 내가 거기에 있어야만 해결될 수 있었다. 해당 관청은 여행이 전출입신고를 직접 하지 못하는 사유에 해당하지 않는다고 부모님께 통지해왔다. 지키지 않을 경우 벌금이 부과될 것이고 기한이 정해졌다. 페루 일정을 마칠 때까지 미루기에는 문제가 심각했다.

페루에서 빌프레드를 만나기까지 9일이 남았다.

"우리 집에서 샤워해도 돼."

소형차로 나를 국경 근처까지 데려다 준 사람이 제안했다. 내 몸을 내려다보니 충분히 샤워를 했다는 것에 의심의 여지가 없었다. 하늘색 폴로셔츠를 입고 멋을 잔뜩 부린 그는 나를 음탕하게 바라봤고 덕분에 난 그의 생각을 읽을 수 있었다.

"괜찮아, 고마워!"

"정말 괜찮아? 내 욕실에서 더 많은 걸 줄 수 있는데…."

그 말에 대답하기도 전에 그의 손이 빠르게 내 가랑이 쪽으로 움직였다. 그리고 거기 닿았다.

"어이!"

손이 닿자마자 난 얼른 그 손을 뿌리치며 제자리에 돌려놓았다. 브라질에서 그런 경험을 한 것이 처음은 아니었다. 예전이라면 이런 파렴치한 공격에 대해 주저할 것도 없이 즉각 대응하며 설득했을 것이다. 그러나 그동안 난 신앙과 한참 씨름을 했고, 그렇게 하는 것이 이웃에 대한 사랑을 실천하는 것이 아니라고 확신했다. 그래서 나는 차에서 내릴 기회를 노려 정중하게 동행을 거절했고 다른 교통편을 찾았다.

보도로 100미터도 안 되는 곳에 나무 두 그루가 있었고 그 사이에 걸린 파란색 현수막이 나를 반겼다. 난 평소처럼 오트밀과 물로 에너지를 보충했다. 이곳 사람들의 외모는 브라질 사람들의 그것과는 완전히 달랐다. 거의 와라오 부족처럼 생겼는걸, 이런 생각이 들었다. 그렇게 놀랄 일도 아니었는데, 볼리비아 인구의 60프로 이상이 원주민이었다. 많은 사람들이 뺨이 잔뜩 부은 채 돌아다니는 걸 보고 안쓰러운 마음이 들었다. 볼리비아의 치과 치료 상황은 형편없었던 것이다.

난 장거리 운전수들이 많이 들락거리는 쉼터를 찾아 나섰다. 남아메리카에선 대부분 이동 거리가 워낙 길어서 비교적 짧은 거리는 고속버스를, 긴 거리는 비행기를 이용하며 개인 자동차로 이동하는 경우는 거의 없다. 그런데 철도가 거의 없어서 물류는 대부분 트럭으로 운송하기 때문에 남아메리카에서 히치하이킹을 하려면 트럭을 얻어 타야 한다.

트럭이 저녁에나 도착할 것 같아서 난 뜨거운 낮 시간을 견디기 위해 잠깐 눈을 붙이려고 했다. 해먹에 누워서 앞쪽을 쳐다보는데 12미터 길이의 운송용 트럭이 운전수를 교체하려고 바로 내 앞에서 멈추었다. 난 두 명의 운전수에게 산타크루스까지 태워줄 수 있냐고 물어볼 기회를 놓치지 않았고, 그들은 내 부탁을 들어주었다. 그래서 그 두 명 중 한 명인 파울로라는 40대 중반의 브라질 남자와 함께 700킬로미터가 넘는 길을 출발했다. 그는 이사를 했는데, 다른 사람 일을 대신 맡았다고 했다.

우리를 스쳐지나가는 풍경엔 거의 아무것도 없었고 덤불만이 우거져 있었는데, 가끔씩 그 덤불 위로 바위로 된 고지대가 솟아 있었다.

"코카를 재배하는 농민들이 이 지역에 농장을 갖고 있어."

파울로는 녹색 덤불로 덮인 들판을 가리키며 말했다. 코카는 남아메리카산 약용식물로 이 나라에서 재배는 합법이지만 거기서 나온 코카인을 거래하는 건 금지되어 있다. 그러나 부정부패 때문에 거의 통제가 되지 않는다. 마약이 말도 안 되는 가격에 거래되어 브라질 쪽 지역은 거의 마약 중독자를 위한 순례지가 되었고, 마약 중독 피해자들이 이성을 잃고 소리를 지르는 모습은 일상적인 풍경이 되었다.

코카 농장을 지나자 평평하고 단조로운 대초원이 펼쳐졌는데, 우린 몇 시간 동안 그런 지역을 달렸다. 길가에 파종용 콩 씨앗과 비료를 광고하는 거대한 광고판이 서 있었다. 멈추는 일 없이 영원히 계속 달릴 거라고 느낄 정도로 한참을 달린 후 트럭은 드디어 어느 주유소에서 멈추었고, 그곳에서 나는 기억에 남을 사람을 만났다.

긴 회색 바지에 붉고 흰 격자무늬가 있는 셔츠를 입고 함부르크 스포츠 클럽 멜빵을 맨 피부가 흰 젊은 청년이 얕은 담벼락에 앉아 있었다. 난 그의 시선에 여러 번 눈을 깜박거려야 했고, 독일 북부의 어느 마을에 있는 것 같은 착각이 들었다. 설상가상으로 그는 북부 지방에서 흔히 쓰는 인사말인 "안녕, 안녕!"을 외치며 내게 말을 걸어 이 기괴한 상황을 더욱 황당하게 만들었다. 다만 우리 동네 노인들이나 사용하는 거의 사라진 사투리와는 약간 달랐다.

그는 증조부가 2차 세계대전 당시 다른 농부들과 함께 멕시코로와 거기서 볼리비아로 이주했고, 농업 식민지에서 자신들의 관습을 지켜왔다고 말했다. 그들은 독일 북부 지방의 옷을 입었고, 독일 사람끼리 결혼을 했고, 말이 끄는 마차를 타고 다녔으며 농장 건물을 지을 때 독일 화폐로 가치를 매겼다. 아미쉬파(재세례파 계통의 개신교 종파―역주)가 떠올랐지만 그는 자신들은 종교와는 아무런 관련이 없다고 말했다. 그렇지만 난 그들이 메노 일파의 신자들일 거라고 생각했다. 남아메리카 한가운데 완벽한 독일 북부 도시가 있다니 믿을 수 없었다. 놀랍게도 그들은 나보다 훨씬 더 독일 북부 지방 사람들 같았다. 전형적인 독일 북부 지방의 옷을 입고 북부 지방 사투리인 저지 독일어를 나보다 훨씬 잘했다. 단지 잘못된 장소에 살고 있을 뿐이었다. 제방, 등대, 모래톱이 있는 바다에서 멀리 떨어져 있을 뿐이었다. 아, 독일 북부 지방. 언젠가 다시 가겠지.

목적지까지 100킬로미터를 앞두고 우리는 눈을 붙이기 위해 멈췄다.

새벽 네 시에서 다섯 시 사이, 여전히 캄캄한 어둠 속에서 다시 출발했다. 그런데 헤드라이트 불빛이 점점 흐려져서 갓길에 차를 세우고 아침에 해가 뜰 때까지 기다려야 했다.

파울로가 시동을 걸려고 했지만 걸리지 않았다. "말도 안 돼! 모든 게 완벽해. 넌 차에 올라타서 시동을 걸고 출발하면 돼"라고 파울로는 그에게 차를 넘겨주었던 동료의 말투를 흉내 냈다. 결국 지나가는 트럭을 손을 흔들어 세웠고, 그 트럭은 배터리를 연결해서 우리를 수렁에서 구했다.

출발 후 15분 만에 다시 멈추어야 했다. 경찰이 거리에서 검문을 했기 때문이다. 경찰은 "다 괜찮습니다"라고 운전면허증과 그 밖의 서류를 살펴본 후 말하고는 창문을 통해 차 내부를 들여다보았다.

"아, 70볼리비아노(약 9유로)는 내셔야 합니다."

필요한 뇌물 액수를 직접적으로 말하다니 참 친절도 하지. 만약 외국인 할증료를 말하는 거라면 말이다. 왜냐하면 브라질에서는 교통경찰, 좀 더 자비로운 경찰한테 20레알(7유로 정도)을 지불했기 때문이다.

돈을 낸 후 출발했는데 이번에는 모터가 헐떡거리더니 꺼졌다. 납작한 집게 장비를 갖춘 어느 대형 트럭이 우리를 도와줄 때까지 또 다시 30분을 기다려야 했다.

30킬로미터를 더 가자 한 건설 현장에서 또 문제가 생겼다. 다행히도 도움을 청할 수 있는 굴삭기가 가까이 있었다.

"마감 시간이 급해요."

경찰이 다시 검문을 하며 우리에게 내리라고 했을 때 파울로는 이를 드러내며 냉소적으로 말했다.

"응급처치 상자는 어디에 있죠?"

우리는 그 상자를 찾을 수 없었다.

"같이 가시죠." 볼리비아 사람이 경비초소까지 우리를 안내했다.

"이건 심각한 법규 위반입니다. 2,000볼리비아노 정도로 끝내죠. 제가 정말 호의를 베푼 거예요."

"2,000볼리비아노요?"

파울로는 소리를 질렀다. 자기는 단지 병이 난 운전수를 대체했을 뿐이라고 설명했고 다른 곳에서 경찰이 이미 검문을 했다고 말했다. 전기 문제를 지적당했을 때 그는 거의 울려고 했다.

"점심식사비를 가져갔다고요."

"그러면 저 사람은?"

그 책임자는 날카롭게 나를 가리켰다. 대답 대신 나는 내 윗도리에 난 구멍 속으로 손가락을 집어넣었다.

"저 애는 길거리에서 노숙하고 있어요, 돈 없어요." 파울로가 내 대신 변명을 늘어놓았다. "우리 점심값밖에 없어요…."

그 사람은 지갑을 빼앗더니 그 안에 들어있는 걸 몽땅 가져갔다. 그리고 그는 종이 위에 무언가를 휘갈겨 쓰고는 우리를 놓아주었다. 송장이나 영수증도 없었다.

"오트밀도 괜찮다면, 전…."

"너 먹을 건 그냥 둬."

우리가 차에 올라탔을 때 파울로가 이렇게 말하면서 주머니를 뒤적거렸다. 그가 지갑에서 꺼낸 서류를 다시 지갑에 넣었을 때, 얼굴엔 짜증났던 흔적이 사라지고 없었다. 엄청 쿨한 사람이군!

전술상 오랫동안 길을 돌고 돌아서 드디어 산타크루즈의 목적지에 도착했다.

"도대체 왜 이렇게 오래 걸렸어요?"30대 후반의 여성적인 분위

신나게 걸어봐 인생은 멋진 거니까

기의 브라질 남자가 우리를 맞으며 물었다.

"얘기가 길어." 파울로가 한숨을 쉬며 말했다. "화물은 어떻게 하지?"

"집 안에 갖다 줘야죠! 당신네 회사가 계약서상 그렇게 약속을 했다고요. 당신이…"

"알았어, 알았다고. 진정해. 내가 처리할게."

파울로는 핸드폰을 꺼내서 어디론가 전화를 했다.

그렇게 흥분했던 브라질 남자는 금방 얌전해져서 나한테 와서 노닥거리려 했다. 내가 그를 도와줄 것이 없었으므로, 최소한 예의 바르고 친절하려고 노력했다.

"사장한테 알렸어. 직접 와서 내일 모든 걸 처리한다고 했어." 파울로가 나한테 돌아서더니 말했다. "그때까지 트럭 좀 봐줄 수 있어? 난 열두 시간 안에 브라질로 가서 직장에 복귀해야 해."

"그럼요." 난 열쇠와 트럭과 함께 남았고 디딤돌과 가로등 사이에 해먹을 걸고 그 안에서 쉬었다. 근처에 붉은색 칠을 한 높은 담이 있었는데 개인 소유였고, 경비실 입구는 50미터 떨어져 있었다. 경비실 직원은 녹색 잎을 비닐봉투에 담아 와서 입안으로 계속 집어넣었고, 양쪽 뺨이 빵빵하게 부풀었다. 사람들이 치아에 문제가 있었던 게 아니다!

"무슨 식물이에요?" 매끄러운 검은 머리칼을 가진 볼리비아인에게 물었다.

"코카 잎이야." 그는 우물거리며 작은 손가락으로 입안에 있는 녹색 덩어리에 하얀 가루를 털어 넣었다.

"베이킹파우더가 코카인을 빨아들여서 효력이 생겨. 베이킹파우더나 다른 촉매제가 없으면 이 잎들은 꽝이야. 뭐 노인들이 위장장애를 앓을 때 이 잎을 먹기도 하지만."

난 나중에 코카인이 고산병도 막고, 치아에도 좋으며, 부작용도 없이 수많은 긍정적 효과가 있다는 걸 알게 되었는데 그 긍정적 효과라는 것이 회의적일 정도였다. 원래는 잉카 문명에서 제사장들이 종교적인 목적으로 사용했고, 현재도 페루와 볼리비아에선 여전히 샤머니즘 의식을 수행할 때 필요하다. 어떤 사람들은 서양에서 장이 설 때 점쟁이들이 타로카드를 이용하는 것처럼 코카 잎으로 점을 치기도 한다. 또 어떤 사람들은 살라 후아스카_{Salla Huaska}와 같은 제례 의식을 관광객들에게 선보일 때 선인장에서 추출한 '유기농 마약 1회 복용량'인 불법 산 페드로_{San Pedro}를 사용하고, 유스호스텔에선 위험하지 않은 코카 잎이 인기 상품이다.

초기에는 노예들이 코카 잎을 씹으면서 일하면 더 오래하고 불평도 적어진다는 걸 식민지 개척자들이 알게 되면서 코카 잎을 일상생활에서도 사용했다고 들었다. 식민지 시대의 엑스터시인 셈이다!

며칠 후 아침이 되어도 파울로가 도착하지 않아 트럭을 두고 여행을 계속하기로 결정했다. 짐을 받아야 할 사람도 경비실 직원도

신나게 걸어봐 인생은 멋진 거니까

트럭 키 맡는 걸 꺼려서 난 포르투갈어로 쪽지를 써서 앞 유리창에 붙였다. 그 쪽지엔 '열쇠는 트럭의 '문제' 아래에 있다'라고 썼다. 볼리비아에서 스페인어를 사용하는 사람들이 의도적으로 복잡한 문장을 해석할 만큼 똑똑하지 않기를 바랐고, 파울로가 내가 열쇠를 깨진 배터리 아래에 놓아두었다는 걸 알 정도로 눈치가 있기를 바랐다.

그럼에도 불구하고 배낭을 메고 트럭을 떠났을 때 좀 찝찝했다. 트럭과 관련된 얘기가 어떻게 끝이 날지 내가 알 수 없을 것이기 때문이다.

2014년 10월

산타크루스 마을 외곽에서 출발해 아르헨티나의 부에노스아이레스에서 볼리비아의 코차밤바까지 가는 버스를 탔다. 몇 시간 후 버스는 경사로를 오르기 시작했고, 먼지 많은 초원은 열대 숲으로 변했다. 천천히 산 속으로 더 높이 구불구불한 길을 따라 갔고, 곧 안데스 산맥에서 안개가 끼고 비가 내리는 높이까지 올라갔다. 안데스 산맥의 볼모지에는 바위가 많았고 짧은 풀과 침엽수로 꾸며져 있었다. 마술과 같은 풍광이었다. 나는 창문에서 눈을 뗄 수가 없었다.

코차밤바에서 라파스까지 계속 갔다. 거기에 도착했을 때 하늘은 검은색에서 강청색으로 바뀌었다. 모직 옷을 겹겹이 껴입은 여자와 함께 내렸는데 버스 트렁크에서 그녀의 통나무 같은 흰색 플라스틱 비닐봉지를 꺼내는 걸 도와줬다. 그녀는 검은머리를 땋아 내렸고 작은 중산모를 쓰고 있었다. '콜라'Chola라고 불리는 그 모자는 여자들 사이에서 신분을 상징하며 높이가 높을수록 천이 좋고 더 좋은 모자였다. 그래서 이 모자를 쓴 시골 여자들을 콜리타Cholita—작은 콜라—라고 불렀고 도시 한복판에서 이런 옷차림을 한 사람들은 은근 깔봄의 대상이 되었다.

넓은 치마 아래에 버클 신발과 검은색 스타킹을 신은 그녀는 금이빨을 반짝이며 웃으면서 내게 고맙다고 인사를 했다. 나는 배낭을 둘러메고 페루 국경으로 가는 길을 찾아 나섰다.

나도 모르게 숨을 가쁘게 쉬며 냉기를 빨아들이고, 돌과 연기 냄새가 나는 산지의 공기를 들이마셨다. 라파스는 4,300미터 고도에 있는 세계에서 가장 높은 곳에 위치한 수도다. 그런데 대부분의 정부 건물이 있는 수크레를 수도라고 주장한다.

라파스의 역사적 구역은 분지에 있고 높다는 의미인 알토Alto에, 높은 가장자리 지역이 현대적인 곳이다. 난 때로는 아주 알록달록하고, 기괴한 형태로 지어진 건물 외관에 감탄했다. 영화 〈스타워즈〉 무대 배경과 1970년대식 건축양식을 섞어놓은 것 같았다. 그런 건물들을 전에는 한 번도 본 적이 없었다. 볼리비아에서만 볼 수 있는 독특한 건축물이었다. 상업용으로 사용되는 이 건물의 평평한 지붕 위에 건물주들은 이 지역과 전혀 어울리지 않는 서양식 외관을 지닌 집을 지어놓았다.

라파스에서 페루를 향해 계속 여행을 했다. 감자, 옥수수, 퀴노아 등 영양분 함량이 높은 작물을 경작하는 경작지를 스쳐지나갔다. 옛 스페인 정복자들은 이 곡물을 '가난한 사람들이 먹는 것'으로 간주하고 동물들에게 먹였고 그 때문에 원주민들은 그 작물을 자신들의 주식으로 유지하기 위해 수십 년 동안 싸웠다. 그때만 해도 유럽에서 그것은 '건강식품'으로 알려지지 않았던 것이다.

오른쪽으로는 여전히 티티카카 호수가 펼쳐져 있었고, 수평선 위로 눈 쌓인 봉우리가 빛났다. 거리는 진흙투성이였고 교통법규 따위에 아무도 신경을 쓰지 않았다. 충돌하기 일보 직전 몇 센티미터 앞에서 먼저 브레이크를 밟는 사람이 우선권을 베푸는 셈이었다.

나중에 태국에서 본 툭툭처럼 여기에서도 택시는 세 발짜리 모터자전거였다. 심지어는 그냥 자전거도 있었다. 사람들은 볼리비아 사람들과 많이 닮았는데, 다만 이곳에서는 여자들이 콜라를 쓰지 않을 뿐이었다. 그 대신 '아갈로스'Aguallos라는 여러 색깔의 줄무늬가 있는 수건이 있는데, 그 안에 장본 것은 물론이고 아이까지 넣어서 등 뒤에 지고 다닌다.

아침에 한 트럭 운전수가 숨막힐 듯 아름다운 페루의 경치를 지나 쿠스코까지 100킬로미터를 데려다주었다. 그다음은 볼모지가 멀리까지 펼쳐졌는데, 나무 한 그루 없는 거대한 목초지로 야마와 알파카가 그 위에서 풀을 뜯고 있었다. 집의 벽과 작은 마을의 담

장에는 당을 홍보하는 내용이 그려져 있었고, 때때로 벽돌을 굽는
커다란 가마가 보였다.

2014년 10월

난 빌프레드와의 약속 시간에 맞추어 쿠스코에 도착했다. 그는 2주 반 동안 나와 함께 지낼 예정이었다.

쿠스코는 잉카제국의 도시 마추픽추로 가려는 여행객들에게 인기 있는 출발지였다. 우리도 그렇게 하려고 했는데 그 전에 난 할 일이 있었다.

나는 마나우스에서 브라질 거리예술가를 알게 되었다. 그녀에게 내 여행 계획을 말했을 때, "오, 쿠스코에 내 오랜 친구 볼버가 사는데. 벌써 몇 년 동안 못 만났어. 거기 가게 되면 내 안부를 전해줘"라고 부탁했던 것이다. 그리고 난 그러겠다고 약속했다.

문제는 쿠스코 인구는 35만 명이나 되는데 내가 그 남자에 대해 아는 건 볼버라는 이름뿐이었다. 그래도 난 그 남자를 찾는 일에 매력을 느꼈다. 소셜 미디어에 기대지 않고 어떤 사람을 찾아낸다는 것이 가능할까? 그게 알고 싶었다.

내가 만났던 그 예술가처럼 그도 거리예술가이거나 히피일 가능성이 높다는 것이 단서였다. 빌프레드와 나는 아르마스 광장('비상집합소'라는 뜻인데 남아메리카 모든 도시에 있는 중앙 광장이 이 이름이다)에 있는 여행 안내소에 짐을 맡긴 후 도시의 대안지역인 산

블라스로 갔다. 거기에서 거리예술가에 대해 알고 있을 것 같은 사람이면 무조건 붙잡고 물어봤다.

"혹시 골버를 말하는 거예요? 그 에스키모 개 두 마리 키우는 사람?"

수공예품을 만드는 어떤 사람이 나에게 물었다.

음, 이름이 비슷하긴 한데. 억양에 따라 볼버와 골버가 헷갈리게 들릴 수도 있을 것 같았다.

"아마도요. 어디에서 만날 수 있어요?"

"삭사이후아만의 폐허에 살아. 근데 마라쿠예야 가게에 일하러 와. 저녁에 가면 만날 수 있을 거야."

그렇게 했다. 향초 냄새가 나는 가게에는 아프리카산 드럼 몇 개와 디제리두(호주 원주민 목관악기 – 역주)가 있었고 벽에는 여러 색깔의 티셔츠와 바지가 걸려 있었다. 낮은 테이블엔 뼈와 준보석으로 만든 장식품이 놓여 있었다.

내가 생각했던 것보다 훨씬 빨리 골버라는 남자와 마주쳤는데 그는 공중그네 곡예사였다. 난 그녀의 인사를 건넸다.

"아, 고마워! 완전 깜놀인걸!" 골버는 이렇게 말하며 윙크를 했다.

"너 차스키야?"

"차스키?"

"잉카에서 소식이나 편지를 전달하는 사람을 그렇게 불러. 너처럼 두 다리로 전국을 누비고 다니지. 너처럼 그런 배낭을 짊어지고 말이야!"

난 그 말이 맘에 들었다.

마추픽추를 오르는 것 외에도 6,000미터 높이의 사화산인 차차니 등반도 우리 계획에 있었다. 이 높이에서는 공기가 얼음처럼 차고 산소가 희박해서 한 걸음 한 걸음 옮기는 게 평소보다 다섯 배는 힘들었다. 그러나 산 정상에서 우리의 발아래 수평선이 펼쳐졌을 때, 그 순간은 평생 동안 간직하고 싶을 정도였다.

함께 시간을 보내고 빌프레드는 유럽으로 돌아갔고, 나는 세계에서 가장 넓은 소금 사막인 볼리비아 우유니에서 관광 가이드로 잠시 일했다. 거대한 선인장부터 플라밍고, 부글부글 끓는 온천, 새끼 야마까지 그곳에는 놀랄 만한 것들만 있었다.

크리스마스를 며칠 앞두고 나는 아르헨티나 북부에 있는 살타로 갔다. 거기서 빌프레드의 친구들과 크리스마스를 보낼 생각이었다.

2014년 12월

트럭 운전수가 브레이크를 밟았고, 트럭이 덜커덩거리며 멈추었다. 그는 먼지가 잔뜩 낀 유리창을 통해 흘낏 밖을 내다보았다.

"아또차에 도착했어."

이미 자정이 넘었고 볼리비아의 이 작은 마을은 음울하고 황량

해 보였다.

"정말로 여기에서 내릴 거야?"

"네, 괜찮아요. 고맙습니다!" 난 배낭을 집어 들고 문을 연 후 뛰어내렸다. "운전 조심하세요!" 그렇게 인사하고 보닛을 짧게 두 번 두드렸다.

그리고 널찍한 모랫길을 힘을 주어 걸었다. 추운 날씨였고, 창백한 달빛이 진흙으로 지은 집을 비추었다. 골목의 그늘에서 웅크리고 있던 어떤 사람이 걸어 나왔다.

"안녕하세요?" 내가 거기 있다는 걸 알리려고 말을 건넸다. 그 남자는 깜짝 놀라 뒤로 물러났다. 나보다 머리 하나는 작은 키에, 몇 미터 길이의 털실과 플라스틱 폐기물로 둘둘 만 낡은 자전거 헬멧을 쓰고 있었다. 정상은 아니군, 이런 생각이 들었지만 그래도 "여기 근처에 잠잘 만한 장소가 있을까요?"라고 물었다.

잠시 동안 그는 한마디도 하지 않고 날 빤히 쳐다봤다. 다시 묻자 그는 고개를 끄덕였다. 헬멧에 달린 폐기물이 이리저리 흔들렸다. 오랫동안 마약을 남용한 결과일 가능성이 높았다.

우리는 한밤의 작은 마을을 함께 걸었다. 잠시 후 요새처럼 성벽이 쌓인 커다란 광장에 도착했다. 더러운 가로등이 희미한 노란빛을 주변에 비추고 있었다.

"여기가 괜찮은 거예요?" 내가 물었다.

헬멧을 쓴 남자는 고개를 끄덕이더니 어느 집 모퉁이 뒤쪽 어둠 속으로 비틀거리며 걸어갔다. 난 지붕을 설치하는 데 쓰는 골함석 앞에 서 있었는데, 쓰레기가 가득했다. 5성급 호텔은 아니지만 몇 시간 눈을 붙이기에는 나쁘지 않아 보였다.

난 침낭과 함께 매트리스를 한쪽 구석 비스듬한 곳에 펼쳤다. 그리고 그 속에 배낭을 넣었다, 누군가 배낭을 집으려면 나를 밟고 건너가야 했다. 또 다른 도난 방지 수단으로 가방 위에 검은 쓰레기봉투를 얹어두었다. 그렇게 하면 귀한 물건이 들어 있을 거라는 생각을 못 할 뿐 아니라, 누군가 가방에 손을 대려고 하면 쓰레기봉투에서 부스럭거리며 시끄럽게 소리가 난다. 자, 이제 자야지.

잠이 오지 않았는데 바스락 소리에 그나마 올까 말까 한 잠이 확 달아났다. 아까 헬멧 쓴 남자인가? 몸을 일으켰더니 열두 개 정도의 눈이 날 쳐다보고 있었다. 들개였다! 등줄기로 소름이 쫙 끼쳤다. 가장 가까이 서 있는 들개는 고개를 숙이고 으르렁거렸다. 다른 개들도 곧 으르렁거리기 시작했다. 입술이 위로 말려 올라가고 어둠 속에서 치아가 빛났다. 들개들은 수척했고 흉하게 생겼으며 몸 여기저기에 털이 빠져 있었다. 사냥 중이야. 그들의 몸짓으로 추측할 수 있었다. 이 황량한 지역엔 쥐 몇 마리 외에는 먹잇감이라곤 없었던 것이다. 엄청 굶주린 것이 분명했다.

볼리비아에서 한밤중에 어린아이들을 공격하는 개떼 이야기를 들은 적이 있었다. 물론 난 어린아이가 아니었지만 비스듬히 누워 있으니 키가 비슷해 보일 것이다. 잽싸게 내가 가진 기회를 세어봤다. 그러나 할 수 있는 일은 많지 않았다. 발은 침낭 속에 있어서 움직일 수 없었다. 내가 도망을 친다 해도 들개들은 나보다 세 배는 더 빠를 것이다. 그들은 수적으로도 훨씬 우세했다. 이 짐승 무리가 나를 공격하면, 그야말로 최악이다.

난 조금 겁이 났다. 하늘을 향해 기도를 하고 하나님께서 나를 돌봐주시길 빌었다. 그러는 동안 죽고 나면 상상도 할 수 없이 훨씬 더 나은 삶이 하늘에서 나를 기다릴 것이라고 확신했지만, 지금 이 순간에는 지구 위의 이 짧은 생애에 매달리고 있었다.

쓰레기봉투를 뒤지던 몇 마리가 합류해서 내 앞의 빈 공간을 채웠다. 길은 완전히 막혔다. 그런데 그들은 선뜻 공격하지 않았다. 주눅이 들었던 것일까?

"저리 가!" 난 스페인어로 고함을 쳤고 가능한 한 카리스마 있게 보이려고 노력했다. 실제로 몇 마리는 흠칫 몸을 움츠렸다. 세 마리는 뒤로 물러나기도 했다. 그러더니 더 크게 짖고 위협하듯 으르렁거리며 아까보다 더 가까이 다가왔다. 그들을 위협하는 건 좋은 생각이 아니었다.

그런데 들개들은 내게서 2미터 정도 거리를 유지하고 그저 공격 자세를 취하고만 있었다. 위험하다고 생각하는 건가? 그럴 수 있다. 침낭 속에 들어 있는 백인 남자를 본 건 처음이었을 테니까.

바로 그때였다. 개들이 갑자기 이리저리 날뛰었다. 당나귀 한 마리가 달려와서 쓰레기통 속에 있는 비닐봉지를 물어뜯으며 위아래로 흔들었고, 그 바람에 봉지 안 쓰레기들이 길바닥에 쏟아졌다. 들개들은 나를 까맣게 잊고 막 도착한 불청객을 향해 사납게 짖어댔다. 당나귀는 도망치는 대신, 귀를 착 붙이고 머리를 숙이고 역습을 했다. 난 입을 벌린 채 들개 무리가 어떻게 짐을 실어 나르는 짐승에게 쫓기며 광장을 가로질러 달리는지 지켜보았다. 난 정말로 내가 깨어 있는 건지 확인하기 위해 팔을 꼬집어야 했다. 꿈이 아니었다! 새벽까지 당나귀와 들개 무리는 내게서 멀찍이 떨어진 곳에서 싸움을 벌였다.

당나귀가 나를 구하다니. 아무도 내 말을 믿지 못하겠지.

2015년 1월

난 칠레 북부 지역을 거쳐 페루의 쿠스코로 돌아왔다. 동사무소에 전출입신고를 해야 하는 '사소한' 문제가 여전히 남아 있었고, 어떻게든 이 문제를 해결해야만 했다.

부모님은 시청에 전화를 해서 내가 여행을 중단하지 않고도 전출입신고를 할 수 있는지 문의를 했지만 대답은 딱 잘라서 "안 된다"였다.

근거가 인정되는 예외적인 경우에는 서명이 있는 위임장으로도 가능하지만, 오랜 기간 병원에 입원해 있거나 일 때문에 어쩔 수 없이 부재하는 경우 등이 해당된다. 사적인 여행은 안 된다. 전출입 신고를 무시하면 수천 유로까지 벌금이 부과될 수 있다. 독일로 가는 항공권보다 훨씬 비싸다.

별로 희망이 없는 상황이었다, 내 경우엔. 엄마는 그 '덕분에' 크리스마스에 나를 볼 수 있을 거라 기대를 하고 계셨다. 반면 난 별로 걱정이 안 되었다. 이상하게도 어떻게든 해결이 될 것 같았다. 내가 지금까지 겪은 수많은 행운들은 쉽게 오지 않았기 때문이다.

난 신분증과 위임장을 우편으로 가족에게 보내고 전화를 걸어 이렇게 말했다,

"내 생각엔 어떻게든 가능할 거 같아. 관청에 가서 한 번 더 물어 봐."

"하지만 네가 꼭 와야 한다고 말했다니까." 수화기 저편에서 엄마가 걱정스럽게 말했다.

"알아. 그래도… 한 번만 더 해봐줘."

난 엄마가 한 번 더 해보겠다고 약속할 때까지 설득했다.

내가 보낸 서류들이 독일에 도착하자마자, 아빠는 그것을 갖고 다시 한 번 관청으로 갔다. 쓸데없는 짓이며 또 퇴짜 맞을 거라고 확신하면서. 아빠가 줄을 서서 사무실로 들어가려고 하는데 공구 상자를 든 기술자들이 큰소리로 사무실 안으로 밀려들었다.

"당신들 골칫거리를 해결할 비법을 갖고 왔어요."

그는 두 명의 관청 직원에게 웃으면서 말했다. 사무실 복사기와 프린터가 그 전날부터 고장 상태였고, 직원들은 애타게 수리를 기다리고 있었던 것이다. 그는 복사기를 고치면서 대화에 끼어들었다. 그와 대화하느라 담당자는 내 서류들이 유효하지 않다는 걸 인지하지 못한 채 내 전출입 날짜를 기록하고 서류에 도장까지 찍어 줬다. 게다가 별 질문도 없이 말이다. 이렇게 전출입 신고가 처리되었다.

신나게 걸어봐 인생은 멋진 거니까

문제가 해결되어 가벼워진 마음으로 나는 페루의 수도인 리마까지 남아메리카 서쪽 해안을 히치하이크로 이동했다. 리우에서 알게 된 내 친구들이 내가 잠잘 만한 곳을 마련해주었는데 그곳에서 내 인생에서 가장 참혹한 난관에 부딪혔다.

중년의 여주인이 사망한 직장 동료의 시신이 안치된 곳으로 나를 데리고 간 것이다. 관은 옅은 색의 목재로 만들어졌고, 관 뚜껑은 열려 있었다. 관의 가장자리는 리본과 꽃병으로 덮여 있고 70명 정도의 조문객들이 거기에 카드와 꽃을 놓았다. 장례식장 3층에 있는 방은 소박했다. 아무것도 없는 벽 앞에는 플라스틱 의자가 나란히 늘어서 있고, 어두운 타일 바닥은 우중충했다. 방 입구에 식탁보가 덮인 탁자 세 개가 놓여 있었고, 그 위에는 핑거푸드와 커피가 마련되어 있었다, 그러나 분위기는 착 가라앉아서 무거웠다.

"가자, 가족들을 만나야지."

여주인이 이렇게 말하고 사망한 분의 남편과 자녀들에게 나를 소개했다. 자녀들은 다 성장해서 어른들이었다. 난 가족 모두와 악수를 하며 위로의 말을 건넸다.

"아내가 살아 있었다면 자네랑 기꺼이 대화를 나누고 싶어 했을 텐데…." 남편이 씁쓸하게 웃었다. 그러고는 열려 있는 관을 가리켰다. "인사해요."

우리는 눈길을 내리고 관 쪽으로 가서 그 안을 들여다보았다. 붉은 벨벳 위에 50대 여성이 누워 있었다. 검은 머리칼은 잘 빗겨져 있었고, 눈은 감겨 있었다. 붉은 입술 위에는 웃음기가 남아 있었고, 그녀의 손은 평화롭게 배 아래쪽에 놓여 있었다.

"심근경색이었어." 나와 동행한 사람이 속삭였다.

난 가슴에 손을 대고 고개를 끄덕이고는 가장자리에 있는 의자에 앉았다. 고통과 슬픔에 둘러싸여서 침울했고 무기력해졌다. 딱히 뭘 해야 할지 몰라서 볼리비아에서 선물로 받은 스페인어 성경책을 펼쳐서 읽기 시작했다.

"이보게?"

난 고개를 들어 올려다보았다. 그 남편 분이 내 앞에서 서 있었다.

"우리를 위해 몇 구절을 읽어주겠나?"

그는 성경을 가리키고 있었다.

"아, 네, 네."

이렇게 대답하고 이 상황에 맞는 구절이 있는 곳을 찾아 뒤적였다.

이런 상황이 낯선 내가 뭐라도 도움이 될 수 있어서 마음속으로는 기뻤다. 내가 성경 구절을 읽자 그는 만족한 듯 고개를 끄덕이고 자녀들에게 신호를 했다. 그들은 사람들을 불러 모았다. 난 긴장하며 조문객들이 관 주위에 반원으로 둘러서는 걸 지켜보았다. 아, 뭔 일이지? 누가 한마디하는 시간인가? …잠깐만… 설마….

난 당황하며 그 남편을 쳐다보았고, 그는 기대에 차서 나를 바라봤다. 그가 무엇을 기대하는지 눈치 챈 순간 내 안색이 파래지는 것을 느꼈다. 사람들은 나한테 장례행사에서 영적인 부분을 수행하는 목사님의 역할을 기대하는 것이 분명했다. 말도 안 된다. 난 다시 한 번 더 그 남편 분을 간절히 바라보며 고개를 저었다.

'아냐! 그를 실망시킬 순 없어.' 마음속으로 난 자신을 타일렀다. '해보자. 성경에서 몇 구절을 읽고 기도하면 될 거야. 뭐 크게 잘못 될 만한 것이 있겠어?'

난 일어섰다. 조용했다. 심장이 쿵쾅거리며 뛰었다. 이제 못한 다고 할 수도 없었다. 난 그 자리에 온 사람들에게 환영인사를 했 다. 내가 누구인지 짧게 말하고 성경을 펼쳐서 그 페이지를 읽었다. '잘했어, 좋아. 근데 이제 뭘 하지?' 긴장하고 흥분해서 손이 떨렸다. '고인과 관련해서 뭐라도 말해야 하나? 그녀의 삶에 대해 말해야 하나?'

불편해서 헛기침이 나왔다. 난 고개를 살짝 들었다.

"죽는다는 건 항상 슬픈 일입니다". 그래 계속해! "…지금 우리는 모두 슬픔에 빠져 있습니다. 고인께서…." 아, 이런…! 고인의 이름 이 뭐였더라? "…그분이…" 난 눈으로 사람들의 얼굴을 훑었다. 도 와주세요! 내가 뭘 찾고 있는지 아무도 눈치 채지 못하고 있다. "… 이렇게 생을 마감하시다니… 진심으로 애도를 표합니다."

난 하마터면 손바닥으로 머리를 칠 뻔했다. 필요한 스페인 단 어들이 생각나지 않았다. 두루뭉술한 단어밖에는 떠오르지 않았 다. 심장은 두근거리고 난 더듬더듬 말을 이었다. "아마 여기 계신 많은 분들이 개인적인 추억을 간직하고 있을 겁니다…. 그분과…." 내 눈은 조문객들이 가져온 꽃에 꽂힌 카드를 미친 듯이 훑고 있었 다. 어딘가 이름이 적혀 있을 거야! "그, 그분과…." 아 없네, 어디에 도 없어! "고인과의 추억을 말입니다."

총체적 난국이야! 멈추어야 해! "손을 모아 기도합시다. 하느님, 가족들을… 음… 고인의 가족들을… 그리고 그 지인들을… 위로 해주소서…." 난 정말이지 울고 싶은 심정이었다. "당신께서… 고 인을… 거두시어 그에게 당신의 평화를 주소서… 아멘."

조문객들은 놀란 표정으로 나를 쳐다봤다. 나는 타이타닉호를 빙산에 부딪치게 한 조타수 같다고 느꼈다. 왜 바닥엔 내가 숨을 구 멍도 없단 말인가? 난 완고한 표정으로 방을 가로질러서 조문객 무 리 속에 있는 내 동료들 옆에 섰다.

"이름을 말하지 않았어!"

나를 이곳으로 데려왔던 여주인이 충격이 가시지 않은 얼굴로 말했다. 남편이 상황을 무마하려고 했고 짧게 인사말을 했다. 내가 장례식을 망쳐버려서 당황하고 있었다. 그가 말을 마치자, 여주인 이 재빨리 나를 끌고 방을 빠져나왔다. 사실 난 예의를 갖춰 인사 를 하고 싶었다. 하지만 남편의 붉어진 얼굴을 마주하느니 자리를 피하는 게 나았다.

한 가지는 확실했다. 여기 있었던 사람들은 나를 절대 잊을 수 없을 것이다.

2015년 1월

난 버스를 타고 리마 북쪽으로 가서, 에콰도르로 가기 위해 어느 주유소에서 기다리고 있었다. 내가 가려는 방향으로 가는 차가 거의 없어서 나를 태워줄 차를 좀처럼 찾을 수 없었다. 결국 모래가 덮인 중앙분리대에 세워진 트럭 행렬로 가서 운전수들에게 일일이 물어보자 한 운전수가 관심을 보였다.

"우린 우선 짐부터 실어야 해. 그걸 도와주면 태워주지!"

공평하게 들렸다. 짐은 온갖 종류의 식물 화분, 봉투와 보따리였는데 중앙분리대에 놓여 있었던 것들이다.

두 개의 작은 관목을 움켜쥐어서 재빨리 옮겨 적재해야 하는 자리에 내려놓았다. 그리고 그다음 또 두 개. "빨리 끝낼수록 빨리 출발할 거야!" 인부 중 한 명이 그렇게 말하며 꽃무더기를 움켜쥐었다. 우리는 속력을 내서 일을 해치우고 있었다. 태양이 타는 것같이 날이 뜨거웠다. 트럭 짐칸이 점차 채워지고 있었다.

날이 저물 무렵이 되어서야 트럭 짐칸에 덮개를 덮었다. 난 티셔츠를 벗고 부채질을 했다. 드디어 끝났다. 몇몇 사람들이 트럭에 올라탔고, 트럭 바퀴는 구르기 시작했다.

난 타지도 않았는데 출발하다니. 난 천천히 움직이고 있는 트럭을 따라 잡으려고 총알처럼 뛰어갔다.

"이봐요, 기다려요! 날 태우고 가야죠!"

운전수는 트럭을 멈추고 창밖으로 머리를 내밀었다.

"미안, 자리가 없어."

어이가 없어서 난 멍하니 서서 트럭 뒤꽁무니를 쳐다봤다.

'인생에서는 이런 일도 일어나는 거야. 거기서 뭔가를 배우도록 해.'

이런 상황에서 아빠는 이렇게 말씀하셨을 거다. 그게 현명한 생각이고, 아빠 말이 맞을 것이다. 일이 오후에 끝나고 밤까지 이어지지 않았던 것에 기뻐해야만 했다. 하지만 이런 생각은 위로가 되지 않았다. 나의 고통스런 경험을 상대화시킬 수는 있어도 없앨 순 없었다.

그때 성경에서 읽었던 구절, 원수를 축복하라는 말이 머리에 떠올랐다. 운전수는 원수는 아니지만 나에게 나쁜 짓을 했다. 다만 내가 꽁하니 이 일을 마음에 두고 그를 용서하지 않는다면 난 그걸 여행 내내 끌고 가는 사람이 된다. 운전수는 그러거나 말거나 더 이상 신경도 쓰지 않을 것이고.

이 일에 대해서 계속 화를 내는 대신 난 그냥 흘려보내기로 결정했다. 운전수에게도 좋은 일이 생기기를 바라기로 했다. 처음엔 쉽지 않았지만 점차 만족스런 웃음이 내 얼굴에 퍼져나갔고 난 다른 차를 찾아 나섰다.

에콰도르에서는 일주일을 머물렀지만 많은 일을 겪었고 새로운 친구들도 많이 사귀어서 그때를 되돌아보면 너무 짧게 있었던 것 같은 아쉬움이 든다.

우리는 사화산인 침보라소 위에서 몇몇 학생들과 함께 눈싸움을 했다. 5,000미터 높이에서 말이다. 다시 말하지만, 적도에서 눈싸움을 했다.

신나게 걸어봐 인생은 멋진 거니까

난 기꺼이 이 나라에 더 오래 머무르고 싶었다. 그러나 태평양을 가로질러 항해 시간을 놓치지 않기 위해 곧 파나마로 가야 했다. 그렇게 난 에콰도르에서 콜롬비아까지 여행했다. 사람들은 게릴라전을 조심해야 한다고 했는데 이틀 만에 그들의 말을 확인할 수 있었다. 가는 도중에 반란군이 공중에서 다리를 폭파시켰다. 아무도 다치지는 않았지만 오랜 시간동안 꼼짝도 할 수 없었다.

표면적으로는 정치적인 갈등 때문에 그런 공격을 한 것처럼 보이지만 사실은 코카인 때문이다. 그래서 경작지를 국내에 두지 않는 한, 그다지 걱정할 것이 없었다. 콜롬비아산 코카인 1그램은 대략 5유로다. 그런데 유럽이나 미국에선 1그램이 100유로에 팔린다. 마약 상인들이 목숨을 내놓고라도 하려는 수익이 생기는 사업이다. 이것만 빼고는 콜롬비아 사람들도 베네수엘라나 에콰도르 사람들처럼 외국인과 손님을 환대했으며, 유쾌하고 여유로운 라틴 아메리카의 생활 방식이 넘쳤다.

파나마와 콜롬비아 사이의 빽빽한 밀림지역에는 사람이 다닐 수 있는 길이 없었다. 그래서 난 역사적인 항구 도시 카르타헤나를 향해 떠났다. 그곳에서 파나마로 가는 요트에서 일자리를 찾을 셈이었다.

난 다시 배를 찾아다녔다. 카르타헤나 요트클럽은 내가 부두를 통과하지 못하게 했지만, 입구의 흰 벽에 메모를 붙이게는 해주었

다. 조만간 모든 배 소유주들과 대화를 나눌 수 있을 것이었다.

"뭐 새로운 소식이라도 있나?"

대머리의 건장한 캐나다 사람이 물었다. 그 전날 요트클럽에서 알게 된 사람인데 반려견과 함께 다니는 사람이었다. 그는 자기 배에서 살아서 해안가를 걷다가 몇 번 마주쳤다. 퀘벡이 고향이라고 했다. 수년 동안 스트립쇼 클럽에서 매니저로 일했는데, 지금은 부동산 거래를 하고 있었다. 재미있는 성격이지만, 그에게 문제를 만들 경우 험해진다.

"아직요. 어제부터 찾기 시작한 걸요." 난 희망에 부풀어 대답했다.

"오늘 저녁에는 어디서 잘 거야?"

"저기요." 난 산책로를 가리켰다. "저기 공사장이요. 굴삭기와 야자나무 사이에 해먹을 걸었어요. 경비원이 괜찮다고 했어요."

"바다가 보이네?" 그 캐나다 아저씨는 웃으면서 자기 배에서 아르바이트를 하며 지내지 않겠냐고 물었다. 난 대환영이라고 했다.

다음 날 난 키가 아주 큰 스웨덴 사람과 얘기를 시작했다. 나를 태워줄 배를 찾는다고 말하자, 그가 "요리할 줄 알아?"라고 물었다.

난 눈썹을 치켜 올렸다.

"저요? 요리요? 아 뭐⋯."

"지금 요리사가 계속 실패를 해. 코팅된 냄비에 쌀을 태웠다니까!"

'요리를 해본 지 오래되지는 않았지. 그 사이에 실력이 늘었는데. 그런데 전문 요리사로 일한다고?' 이런 생각을 하며 돌려 말했다.

"쌀을 태우지는 않죠."

"좋아. 산블라스 제도에서 파나마까지 가는 전세 항해는 일주일 걸려. 이게 메뉴판이야. 총 여섯 명이고."

그 스웨덴 사람은 기다란 종이를 내게 내밀었다. 재빨리 훑어보았다. 대부분 음식들이 내가 한 번도 조리를 해본 적이 없는 것들이었다. 타이식 치킨 커리, 푸타네스카 파스타, 랍스터, 치킨구이. 읽고만 있어도 배가 고팠다.

"생각해볼게요. 언제 답을 드려야 해요?"

"한 시간. 그때까지 네 여권이 필요해. 내일 아침 출발하거든." 이미 그는 활기찬 걸음으로 서둘렀으며 어깨너머로 한 번 더 말했다. "여기서 한 시간 후에 만나는 거야!"

난 머리를 움켜쥐고 고민했다. 정말 좋은 기회인데. 내가 요리를 조금만 더 잘할 수 있다면 좋을 텐데. 내가 이 요리를 하며 일주일을 버티려면 정말 기적이 필요했다. 나는 내 숙소인 캐나다 사람의 배로 달려가서 선실로 뛰어들었다.

"내일 아침 일찍 전세 요트로 파나마까지 갈 수 있는 기회가 생겼어요." 말을 꺼냈다. 대머리의 그 캐나다 아저씨는 스마트폰을 보고 있었다. "…근데 제 생각엔 포기하는 게 나을 거 같아요."

"왜? 네가 원하던 거 아냐?"

"맞아요. 근데 요리사 자리예요. 전 요리를 잘 못하거든요."

"넌 제대로 걸렸어!!!" 캐나다 아저씨는 갑자기 넓적한 손으로 식탁을 탕하고 내려쳤다. 난 깜짝 놀라서 몸이 움찔했다. "내가 예전에 주방장이었다고! 메뉴 리스트 갖고 있어?"

난 메뉴가 적힌 종이를 내밀었다.

"아! 겁낼 거 없어! 이런 건 어린애도 할 수 있어. 일단 앉아서 한 번 훑어보자. 근사한 일주일을 보낼 수 있을 거야!"

벌써 몇 가지를 설명해주었고, 난 기대감에 차서 내 여권을 그 스웨덴 사람에게 가져갔다. 그리고 밤늦게까지 앉아서 리스트에 있는 요리를 전부 배웠다.

"요리에서 제일 중요한 건 세 가지야. 첫째, 간을 철저히 본다. 둘째, 눈으로 먹는다. 셋째, 뜨거울 때 내놓는다."

우리는 재료를 준비하는 것부터 요리를 그릇에 담고 장식을 하는 것까지 훑었다.

요리사로 배에 올라탄 나는 나의 요리 스승에게 받은 향신료를 섞기도 하면서 '속성' 요리 코스를 끝냈다. 속으로 여전히 떨고 있었다.

"와, 우리 할머니 요리보다 더 맛있는걸!"

놀랍게도 여행객 중 한 명은 일주일 내내 놀랐고, 스웨덴 사람은 나에게 이렇게 말했다. "누가 너에 대해 추천장이 필요하다고 하면, 나한테 전화하라고 해!"

같이 여행한 사람 모두 만족할 만한 요리를 만들어 무사히 항해하게 되어 난 캐나다 아저씨한테 정말 고맙게 생각했다. 하지만 내가 고마웠던 건 그뿐만이 아니다. 난 인생에서 중요한 것을 깨달았다. 캐나다 아저씨가 그랬던 것처럼 나도 나중에 다른 사람들의 일

을 가능하게 만드는 그런 사람이 되고 싶었다. 어떤 사람이 혼자서
는 할 수 없는 일을 한 발자국 앞으로 나가도록 돕는 건 어려운 일
이 아니다. 몇 가지 유용한 팁을 주거나, 중요한 만남을 주선하거나
그저 용기를 북돋우는 몇 마디 말을 건네는 것으로도 충분하다. 다
른 사람의 미래에 투자하는 데 많은 노력과 시간이 필요한 건 아니
지만, 그 작은 돌이 어마어마한 눈덩이를 만들 수 있다.

2015년 2월

콜롬비아와 파나마 사이에 있는 산블라스 제도는 '카리브해'라는
단어에서 연상할 수 있는 그대로였다. 밝고 고운 모래가 깔린 해변
과 수백 개의 야자수가 늘어선 환상적이고 목가적인 수많은 작은
섬들. 주변엔 청록색 물, 화려한 산호초, 스노클링을 하기 위한 조
각배들이 있었다. 화보에서 튀어나온 것 같은 풍경이었다.

그 섬들엔 구나 얄라 원시 부족들이 살고 있다. 구나 족은 전통
적으로 낚시로 먹고 살았지만, 그동안 관광 사업에 많이 의존하게
되었다. 상품으로는 야자열매도 있었고, '몰라'Mola라고 부르는 화
려한 자수 같은 수공예품도 포함되었다. 사람들이 가장 많이 찾는
몇몇 몰라는 의상도착증처럼 보이는 남자들이 만들기도 한다.

흥미롭게도 그들은 성적 취향 때문에 그렇게 된 것이 아니라, 모
계 공동체에 의해 그렇게 길러졌다. 구나 족의 가정에서 오랫동안
딸이 태어나지 않으면, 어린 남자애를 마치 여자아이인 것처럼 키

운다고 한다. 여자애 옷을 입히고, 높은 음성으로 말을 하도록 훈련을 하고, 여자애가 할 일을 시킨다.

난 나중에 사모아 제도나 프랑스령 폴리네시아 제도가 있는 태평양에서 이와 똑같은 관습을 볼 수 있었다. 그러나 폴리네시아 제도에서는 아들들 중에서 가장 키가 크고 힘이 센 아들이 엄마를 도와 집안일을 할 수 있도록 딸처럼 키워진다. 이 남자애들은 대부분 키가 2미터 정도이고 힘이 세고 종종 면도를 대충한다. 그런데 여자 옷을 입고, 립스틱을 바르고 고음으로 말한다. 폴리네시아 사람들은 그런 남자애들을 '래 래'_{Rae - Rae}라고 부른다. 래 래로 선택되는 건 공동체 내에서 커다란 영예로 생각된다. 그러나 래 래 중에서 아주 적은 수만이 동성애자가 되고, 대부분의 경우 평생 동안 배우자 없이 산다. 힘이 센 래 래한테 태국의 레이디보이처럼 성적인 것을 기대하는 관광객은 이빨이 나갈 각오를 해야 한다. 머리에 꽃을 꽂았건 그렇지 않건 폴리네시아 남자들은 툭하면 주먹부터 나간다.

"파나마는 정말 아름다워."

내가 꼬마였을 때 좋아했던 야노쉬의 동화에서 본 적이 있다. 두 주인공인 곰과 호랑이는 강에서 '파나마'라고 적힌 나무로 만든 바나나 상자를 발견한다. 먼 곳을 동경하는 그들은 파나마로 여행하고 싶어 한다. 그러나 자신들도 모르는 사이에 계속 원 안에서 달리고 있었다. 오랜 시간이 지나 다시 집에 도착했을 때, 그들은 그 사실을 깨닫지 못했다. 식물이 무성하게 자라 있었고, 집은 완전히 무너졌다. 여전히 '파나마'라는 단어가 있는 바나나 상자의 잔해를 바닥에서 발견했을 때. 그들은 기뻐서 어쩔 줄을 몰랐다. 그들은 드디어 목적지에 도착했다고 믿었다. 그래서 곰과 호랑이는 다 무너진 집으로 가서 자신들이 꿈꾸던 장소에 있다고 기뻐하며 오래오래 살았다.

정말 달콤한 동화다. 대부분의 좋은 동화들이 그렇듯 그 안에는 어른을 위한 내용도 있다. 결국 그들은 실제로는 파나마에 있는 것이 아니라 늘 살았던 익숙한 그 집에서 행복했다. 외적인 환경이 바뀐다고 행복해지는 것이 아니라 내면의 눈이 바뀌어야 하는 것이다. 새로운 눈으로 옛것을 바라보면 모든 것이 새로운 행복 그 자체다.

후기 낭만주의 작가인 니콜라우스 레나우는 매우 현명한 말을 남겼다. "많은 사람들은 이미 머리에 쓰고 있는 모자를 찾는 것처럼 행복을 찾고 있다." 우리는 종종 행복하기 위해서 무언가가 더 필요하다고 생각한다. 돈을 조금만 더 많이 벌었으면, 몇 킬로만 뺐으면, 사랑스런 배우자가 있다면, 그렇다면 만족할 텐데. 이미 우리가 소유하고 있는 것은 그럭저럭 괜찮지만… 그러나 충분하지는 않다.

유럽에서 가장 가난한 사람들도 인류 역사상 사람들이 누려본 적 없는 사치를 누리며 살고 있다. 모퉁이에 있는 슈퍼마켓에서 우

신나게 걸어봐 인생은 멋진 거니까

리는 수천 가지 물건을 선택할 수 있다. 코르동 블루, 그 옆에 초콜릿 아이스크림, 더 옆으로 가면 바다 건너온 바나나. 100년 전이라면 이런 물건들에 여왕조차 시샘을 했을 것이다. 텔레비전, 스마트폰, 난방, 수도, 전기, 자동차. 스포츠센터, 병원, 세탁기. 삶이 지금처럼 편안하고 윤택했던 적이 없었다. 이렇게 생활이 나아졌으니 과거 사람들보다 훨씬 더 행복해야 하지 않을까? 이런 물질적 풍요를 갖지 못한 다른 지역의 수많은 사람들은 어떨까? 오히려 그 반대였다. 난 여행을 하며 대나무 오두막에 살지만 독일에서 포르쉐를 몰고 다니는 사람들보다 훨씬 더 행복하고 만족하는 수많은 사람들을 만날 수 있었다.

나처럼 세계여행을 했다고 저절로 행복해지는 것도 아니다. 그러나 여행을 하면서 인생을 감사하는 눈으로 바라보아야 하고 나의 크고 작은 경험들을 가치 있게 여겨야 한다는 것을 새롭게 배웠다. 그리고 그걸 통해서 난 아주 커다란 행복 덩어리를 발견했다.

오, 파나마는 정말 아름다워!

파나마는 정말이지 너무 아름다웠다! 아름다운 항구 포르토벨로는 파나마 만에 있는 역사적 소도시라고 불린다. 이끼가 뒤덮인 폐허가 된 바위 절벽, 여기저기 널린 낡고 오래된 대포들, 무너져버린 식민지 시대 건물들을 보니 비밀스런 해적의 은신처를 발견했다고 느껴졌다. 주변에는 그저 산과 무성한 녹색의 열대 우림뿐이었다.

지금 여기 실제로 있다는 게 믿어지지 않았다. 어렸을 때 파나마는 상상도 할 수 없을 정도로 멀리 있어서, 실제로 존재하는지조차 알 수 없는 곳이었다. 팀북투와 비슷한 느낌이었다. 그 당시 난 순진하게 그렇게 상상했다.

팀북투. 누구나 한 번쯤은 들어본 전설의 도시. 그러나 사하라사막에 접해 있는 아프리카 도시라는 걸 아는 사람은 많지 않다. 여기 파나마에서는 지구의 3분의 1만큼 거리에 떨어져 있다. 그쯤 될 것이다.

포르토벨로에서 히치하이킹을 해서 파나마 운하 입구에 있는 한적한 요트 항구인 쉘터베이까지 갔다. 매년 100척이 넘는 돛단배들이 운하와 태평양을 건너기 위해 이곳을 지난다. 그중에 나를 태워줄 배 한 척이 있을 것이다. 더구나 바로 지금, 2월 말부터 3월은 바다를 항해하기에 가장 좋은 시기다. 동쪽 계절풍이 이번 주에는 비교적 안정적이어서 출항하려는 사람은 열대성 폭우에 대한 걱정 없이 남태평양 섬에서 가장 긴 시간을 보낼 수 있다.

첫날밤에는 근처 한적한 해변에 해먹을 걸고 잤다. 해변 여기저기에는 작은 게들이 젖은 모래 위로 먹이를 찾아 기어 다니고 있었다. 바람이 카리브해의 향기를 실어왔고 밤하늘과 물이 맞닿는 곳에는 수십 척 컨테이너선들의 불빛이 빛났다. 모두 운하의 갑문을 통과하는 걸 기다리고 있었다. 하늘은 맑았고, 수도 없이 많은 별들이 내 위로 쏟아졌다.

난 거대하고 정교하고도 복잡한 우주에 다시 한 번 감탄했다. 여기 지구에서 알고 있는 것보다 얼마나 더 멀까? 그저 어느 천재의 작품일거라고 말하는 건 너무나 빈약한 표현이다. 저 밖에 또 뭐가 있을까?

이 지구 위의 짧은 내 생애는 근사했다고 말할 수 있다. 여기엔 배가 넘치고 경쟁은 치열하지 않아서 난 곧 배를 탈거라고 확신했다. 태평양을 항해한다고 생각하는 것만으로도 가슴이 두근거렸고, 그다음 날에는 마치 로빈슨 크루즈가 잠을 잤을 것만 같은 장소를 찾았다.

날이 밝자 배낭을 덤불 속에 숨기고, 제일 좋은 옷을 입고 수첩을 들고 부두로 달려갔다. 아직 대화를 나누지 않았던 선주들의 요트 이름을 수첩에 적고, 내 이름과 내 계획에 대해 알고 있는 사람들의 이름을 체크했다. 사람들을 많이 만날수록, 도움이 필요한 누군가에 대해 사람들이 알게 될 확률과 추천 가능성이 높아진다.

그러면서 배를 얻어 탈 기회만 물어보는 것이 아니었다. 여행에서 만나는 사람들과 좋은 관계를 만드는 것은 무척 즐거웠다. 나의 여행 방식은 특히 더 다른 사람들과의 관계에 의존했다. 좋든 싫든 인생의 다른 일들도 사실 마찬가지다. 다만 우리가 그것을 인식하지 못할 뿐이다.

첫날 난 벌써 태평양을 횡단할 계획을 갖고 함께 배를 타고 갈 사람을 찾는 배를 발견했다. 부부와 어린 아들인데 호주로 항해할 계획이었다. 다만 엄마가 여행 전에 병원 치료를 받아야 해서 한 달 후에나 출범할 수 있었다. 나한테는 문제될 게 없었다. 내게 시간은 충분했다. 우린 약속을 했고, 그걸로 해결되었다. 너무 간단했다.

그 시간 동안 카나리아 제도에서 알게 된 파나마 친구를 도왔다. 그녀는 파나마에서 여행사를 운영했는데, 운하를 항해하거나 요트 항해에 필요한 서비스를 제공했다. 그녀의 민박집에 살면서 파나마 운하를 항해하는 요트에서 밧줄잡이로 일하며 약간의 돈을 벌었다. 물이 갑문으로 들어왔다 나가기 때문에, 배를 내항의 중앙에 네 개의 밧줄로 고정시켜야 했다. 그렇지 않으면 소용돌이 때문에 배가 벽에 부딪쳐서 부서지거나 파손되기 일쑤였다. 그걸 막는 게 내 임무였다. 그래서 난 운하를 여섯 번이나 통과했는데 세 번은 수영을 해서, 또 두 번은 특별 허가를 받고 배를 타고 통과했다.

파나마 운하는 세계 8대 불가사의로 꼽힌다. 세계 역사상 가장 규모가 큰 건축 프로젝트로, 공사 중에 3만 명이 넘는 사람들이 목숨을 잃었다. 그들 대부분은 사고로 죽은 것이 아니라 열대병을 앓다 사망했다.

이 운하 덕분에 100만 명 이상의 선원들이 '세계에서 가장 큰 배들의 묘지'로 우회하지 않아도 되었다. 남아메리카 최남단의 뾰족한 혼 곶은 이미 800척이 넘는 배들을 재앙으로 몰고 갔다. 오늘날에도 파나마 운하를 거치지 않고 가는 방법은 2주일 걸리는 항해

밖에 없다.

파나마는 운하로 유명할 뿐 아니라, 한때 탈세자들과 돈 세탁하는 사람들에게 인기가 좋았다. 세금의 오아시스인 이곳에서는 사서함만 내건 회사와 거주지 등록이 전혀 문제가 되지 않는다. 금융 소유주와 현금에 대한 정보는 익명으로 보존된다. 파나마 주민들과 정부도 당연히 이 사실을 알고 있으며 공식적으로는 반대 입장을 표하고 있지만 암묵적으로 이런 시스템을 환영하고 있으며 아무것도 바꾸지 않을 것이다. 이 덕분에 파나마 시티의 스카이라인은 빠르게 발전했다. 서비스 분야가 파나마 경제를 이끌고 있으며, 운하 외에도 은행과 무역회사가 경제 발전을 거들고 있다. 더구나 호화로운 고급 주택, 따뜻한 기후, 저렴한 물가가 세금 천국을 더 살기 좋게 만들고 있었다.

2015년 3월

태평양 횡단을 떠나기 며칠 전 난 함께 가기로 했던 그 가족으로부터 이메일을 한 통 받았다.

'며칠 전에 친구가 같이 가기로 했어요. 우리는 그 친구와 함께 떠날 거예요. 더 이상 남는 자리가 없네요. 그래도 행운을 빌게요.'

뭐라고? 난 이메일을 두 번이나 읽었다. 마치 먹구름처럼 우울한 마음이 나에게 드리워졌다. 씁쓸했다. 두통과 피로로 내 얼굴에서 웃음이 사라졌다. 머리가 떨어지지 않도록 두 손으로 머리를 받쳐야 했다.

이제 어떻게 하지? 나는 몇 번이고 심호흡을 해야 했다. 그 부부한테 거절당한 게 문제가 아니라 시기가 문제였다. 태평양을 횡단할 배를 찾기 위해 가장 좋은 시기는 2월말부터 3월말까지였다. 지금 벌써 3월말이다. 가장 최적의 시기를 호주로 갈 배를 기다리느라 다 허비했다. 파나마에 제시간에 도착하기 위해, 정확히는 이번 주를 놓치지 않기 위해 난 에콰도르와 콜롬비아에서 나 자신을 그렇게 몰아치며 서둘렀었다. 지금 자리를 찾을 가능성은 희박했다. 난 머리를 더욱 움켜쥐었다.

약속을 한 직후 호주 사람이 한 말이 내 머릿속에 울려퍼졌다.

"소식 판에 붙여놓은 네 메모 없앴어. 이제 필요 없잖아."

난 그 메모를 붙여놓고 싶었지만 그는 필요 없다고 했다.

내가 아닌 친구를 데려가겠다는 말에 한마디 퍼붓고 싶었다. 이 거짓말쟁이! 하지만 난 멈추었다. 그들을 향한 저주의 말들이 내 속에서 들끓었지만, 난 나의 순수한 의도를 망치고 싶지 않았다. 아무도 다치게 하지 않겠다고 스스로 결심했었다. 예외는 없다. 그러나 어떻게든 화를 분출해야 했다. 저주를 하고 싶지는 않았기 때문에, 반대로 축복의 인사말을 생각해봤다. 좋은 여행을 되길 바라요! 행운을 빌어요! 날씨가 좋기를! 건강하세요! 조심하세요!

웃기는 일이지만, 냉소적이지 않으려고 애썼다. 근데 실제로 그게 도움이 되었다. 뿌린 대로 거둔다는 말은 정말 의미가 있는 것 같다. 나의 내면에서 말이다. 내가 고통스럽게 선택한 말들이 천천히 나의 내면에 영향을 주는 걸 깨달았다. 어찌 보면 간단한 일이다. 내리막길은 오르막길보다 훨씬 쉽다.

"다시 배를 찾아야 해." 파나마 친구한테 내가 왜 다시 쉘터베이에 있는지 이유를 말했다.

"정말 유감이야."

"괜찮아. 더 좋은 일이 생길 거야."

낙관적으로 생각해서 그렇게 대답한 것은 아니다. 그 반대로 가능성이 매우 낮다는 것도 잘 알고 있었고, 그래서 매우 불안했다. 눈에 보이지 않는 것을 의심하지 말라. 그렇게 믿어야 한다. 성경을 읽은 것이 차츰 나에게 영향을 주었다.

교통 체증을 피하기 위해 해가 뜨기 전에 파나마 북쪽으로 가는 버스를 탔다. 오전에 내가 정확히 한 달 전에 떠났던 장소에 다시 있었다. 내 걱정이 근거가 없는 것은 아니었다. 한 달 전에는 매일 다섯 척의 요트가 운하를 빠져나갔는데, 지금은 하루에 한두 척만 출항하고 있었다. 더구나 내가 가려는 지역과는 달리 멕시코나 칠레를 향하는 배들이었다.

그런데 실제로 좋은 일이 나를 기다리고 있었다. 그란 카나리아섬에서 알게 된 내 또래의 스웨덴 친구가 있었는데, 나처럼 여행 중이었다. 그는 스칸디나비아반도에서 자전거로 포르투갈까지 와서, 거기서 배로 그란 카나리아까지 왔다.

"난 카약으로 아마존에 가고 싶어." 내 기억 속 짙은 금발의 청년은 그렇게 말하고 있었다. "피트니스센터는 나한테 아무 의미가 없어. 제대로 된 목표가 필요해."

쉽지 않을 텐데. 난 진심으로 그렇게 얘기했다고 생각했다. 그가 그란 카나리아까지 왔던 것만으로도 거의 기적이었다.

그러나 통통하고 미성숙한 소년은 그 사이 예리한 젊은이가 되어 있었다. 어깨까지 내려오는 금발, 갈색으로 그을린 피부, 곱슬거리는 턱수염은 바이킹을 생각나게 했다. 정말 좋아 보였다. 건강해 보였고, 어린 티라고는 없었다. 아마존에서 노를 저은 것은 아니지만, 직접 만든 카약으로 에콰도르에서 브라질까지 갔다. 정말 존경스러웠다. 그가 대서양을 건넌 방법은 훨씬 더 대담했다.

이 젊은 스웨덴 남자는 그란 카나리아에서 배를 찾을 수 없어서, 다른 네 명의 히치하이커와 함께 경찰에게 뇌물 1,000유로를 주고 몇 년 전 해안 경비대가 압수했던 15미터 길이의 녹슨 범선을 훔쳤다. 모터도 무선전신기기도 조명도 없는 배로 더구나 아무런 항해 경험도 없이 그들은 무작정 대서양을 항해하기 시작했다. 내 눈에도 완전 미친 짓이었다. 포켓용 GPS와 자세하지 않은 지도만 갖고 항해한 것이다.

딱 절반 정도 항해를 했을 때, 그러니까 대서양 한가운데서 일이 터졌다. 돛대가 부러졌다. 그래서 전보다 훨씬 더 느리게 갔고, 다른 편 대륙까지 갈 수 있을지 의문이 들었다. 항로를 유지하기 위해 그들은 훨씬 작은 삼각형 돛을 이용해 임시방편으로 주 돛대를 만들어 이리저리 흔들리며 항해를 했다. 프랑스령 기아나 해변에서 600킬로미터 떨어진 곳에서 마지막 식량이 바닥났다. 엄청나게 아껴가며 배급했는데도 말이다. 무선전신기기도 없어서 도움을 청할 수도 없었다.

배는 너무 고프고 육지는 보이지 않는 최악의 상황에서 그들은 극적인 조치를 취했다. 술병과 배 안에 있는 모든 걸 동원해서 배에 불을 피워 신호를 보내기로 한 것이다. 배 안에 일부러 불을 지른 사람들을 본 건 내 일생에서 그들이 처음이자 유일했다.

그들은 믿을 수 없을 만큼 운이 좋았다. 베네수엘라 고기잡이배를 발견한 것이다. 그 배의 선장은 그들을 트리니다드 토바고(카리브해 남쪽에 있는 섬나라로 공화국 – 역주)에 내려주었는데, 이번에는 입국하는 데 문제가 있었다. 다른 자치령 카리브해 섬들과 마찬가지로 배 위에 체류하거나 본국으로 돌아갈 교통편을 제시해야 한다. 입국을 하기 위해 그들은 각각 마르티니크 행 항공권을 샀다. 이 섬은 프랑스령이라 유럽연합의 일부이고, 그래서 유럽연합법에 따라 유럽인에게는 가장 가까운 지역이었다.

그들이 남아메리카에 도착했을 때 그들은 구사일생으로 목숨을 건졌을 뿐 아니라, 그란 카나리아에서 남아메리카까지의 일반 왕복 티켓보다 더 많은 돈을 썼다.

난 나도 모르게 머리를 절레절레 흔들었다.

"언제부터 태평양을 횡단할 배를 찾고 있었던 거야?" 내가 그에게 물었다.

"몇 주 정도."

"찾았어?"

"없어." 그는 체념한 듯 말했다

"너한테 용기가 필요한 거 같다." 난 웃으며 말했다. 상황과 달리 난 긍정적인 기분이 되었다.

"체크 메이트!"

내 앞에 있는 사람이 웃었다. 동점이다. 마지막 게임에서 결정된다. 손가락이 체스판을 가로질러 휙 움직였다가 다시 제자리로 돌아왔다.

"여기에 얼마나 더 있을 거예요?"

벨기에 플랑드르 출신인 남자에게 물었다. 그는 30대 중반이었는데, 짧은 갈색 머리에 벌써 이마 부분이 넓어지고 있었다. 벗겨진 이마를 보충이라도 하듯 그는 수염을 길렀다. 그는 자신의 외모에 그리 신경을 쓰지 않았는데도 꽤 매력적이었다. 어느 남아프리카 선장과 함께 요트로 세계 여행 중이었다.

우리 뒤에서 요트가 쉘터베이의 물위에서 흔들거렸다. 우리 옆 테이블에서는 막 점심을 주문했다. 저녁에 마리나 레스토랑의 테라스에선 빈자리를 발견할 수 없을 것이다.

"더 오래 안 있어!"

우리는 체스판을 돌리고 벨기에 남자는 첫 체스 말을 옮겼다.

"난 더 이상 재미로 여행을 하지 않아. 직업상 업무야. 너도 알겠지만 〈80일간의 세계일주〉라는 텔레비전 다큐를 찍고 있지. 엄마

신나게 걸어봐 인생은 멋진 거니까

는 내가 천천히 평생의 반려자를 찾아야 한다고 하셨어. 그때 적절한 후보자를 찾아서 전 세계를 여행하고, 자식을 위해 그것을 기록하면 좋겠다는 아이디어가 떠올랐어."

난 웃음을 터트렸고 그러다가 몸이 흔들려서 체스판 위의 말 몇 개가 넘어졌다. 저 사람 엄마가 그렇게 상상을 했을지….

"정말로 이런 상황에서 미래의 배우자를 찾을 수 있을 거라고 생각해요?"

그는 히죽 웃었다.

"아니. 하지만 여행을 떠날 좋은 구실은 돼. 비용도 충당할 수 있고. 아무도 미래를 알 수 없잖아. 넌 여행 경비를 어떻게 충당하고 있어?"

난 생각에 잠겼다. 그의 질문 때문이 아니고, 까닥하다간 그가 내 루크를 잡을 참이어서다. "닥치는 대로 알바를 해요. 뭐든 하고 있어요. 청소, 요리, 수리. 베네수엘라에서는 군경찰 화장실 공사하는 데서 일했고, 가이아나에선 금광에서 채굴 알바하고, 리우 해변가에선 과일 샐러드를 팔았어요. 페루에서는 주유소에서 기름 넣는 일을 했어요. 여기에선 파나마 운하를 드나드는 배를 돕고 있어요. 돈이 충분한지 그렇지 않은지는 얼마를 버느냐와는 관계없는 거 같아요. 얼마를 쓰냐가 문제지. 형은 백만장자가 될 수도 있지만 버는 것보다 쓰는 게 많으면 빈털터리가 되는 건 순식간이죠."

"맞아." 그는 고개를 끄덕였고 결국 내 루크를 먹었다. "하지만 숙박과 식사를 해결하려면 그 정도 벌어서는 모자랄 것 같은데?"

아, 내 루크! 루크가 먹혀서 너무 아까웠다.

"잠은 대부분 텐트나 해먹에서 자요. 운 좋으면 누군가 집에서 재워주기도 하고요. 교통은 거의 히치하이크로 해결하고요. 그러니까 교통비는 안 들죠. 같이 차 타고 가다 보면 친구가 되기도 하고요. 일석이조예요. 식당에서 밥을 먹은 적은 없고, 술집은 완전 포기죠."

그는 깔깔 웃으며 내 여왕을 체스판 위에서 치웠다

"네 비밀을 알고 있지. 맥주를 멀리 하면 돈은 충분해."

"뭐 그렇죠." 난 그에게 윙크를 하고 체스판을 한 번 훑어본 후에 내 킹을 넘어트렸다. 졌다. 말을 너무 많이 했어!

그는 만족스럽게 웃으며 몸을 뒤로 젖혔다. 그리고 나한테 제안을 했다.

"오늘밤 저녁 먹으러 내 요트로 와. 어때?"

그 배의 선장은 남아프리카에서 온 백인 사업가였다. 그와 그 벨기에 남자는 12년 전 베네수엘라에서 알게 되었다고 했다. 그때 그 사업가가 벨기에 남자에게 만약 자기가 배를 구입하면 함께 세계 일주를 하겠냐고 물었다.

"오, 당연하지!" 그 당시 벨기에 남자는 그렇게 대답했다. 그들은 가끔씩 연락을 하며 관계를 유지했는데 10년 후에 벨기에 남자의 전화가 울렸다. "어이, 배 한 척을 샀어. 아직도 세계 일주를 할 생각이 있어?"

"오, 당연하지!" 주저하지 않고 대답했다.

그렇게 그 둘은 1년 전 지중해를 출발해 전 세계를 배로 여행하기 시작했고, 여행은 2년 후 아프리카에서 끝날 것이다.

태평양을 횡단하기 위해 며칠 전에 케이프타운에서 온 어느 젊은 아프리카 남자가 동행했고, 배에 빈자리는 없었다. 아프리카 사람들은 피부색이 검은 반면 남아메리카 백인들(보어인이라고도 부른다)은 밝은 피부를 가졌는데, 그들은 300년 전에 희망봉에 정착한 네덜란드 농부와 선원들의 후손이다.

이 배로 여행하는 건 정말 근사하겠는걸! 이미 자리가 다 찼다니 유감이야. 저절로 그런 생각이 들었다. 세 명 모두 좋은 사람들이었다.

배를 찾기가 여전히 쉽지 않았지만 시간은 아직 있었다. 그날 저녁 난 처음으로 진저비어를 마셨고 새로운 친구들을 사귀었다.

그다음 날 벨기에 남자와 나는 다시 체스를 두었다. 선장과 나는 수영을 하러 갔고 남아프리카에 대한 대화에 깊이 빠져들었다. 해가 질 무렵 우리는 해변가에서 브라이―보어 말로 그릴을 뜻한다―를 했다. 모닥불 주위에 놓은 두꺼운 통나무를 의자삼아 앉아서 우리는 지직거리는 불에 닭고기와 감자를 구웠다. 이따금 바람이 불쪽으로 불어서 밤하늘에 불꽃이 날렸다. 바다 위에는 컨테이너선의 불빛이 도시의 건물처럼 빛났다.

"크리스토퍼."

선장과 벨기에 남자가 약간 떨어진 곳에서 대화를 나누더니 손을 흔들어 나를 불렀다.

"너한테 다른 계획이 있을지도 모르겠는데, 우리하고 태평양을 횡단하는 건 어때?"

다른 계획이라고요? 아무 계획도 없어요!

"당연히 좋죠!"

난 완전히 흥분했고, 너무 좋아서 입이 귀에 걸리도록 웃었다. 그 자리에서 펄쩍펄쩍 뛰었다. 호주 사람들에게 거절당한 지 내일이면 7일째였다. 완전 불안한 상황이었는데 더 좋은 일이 생겼다.

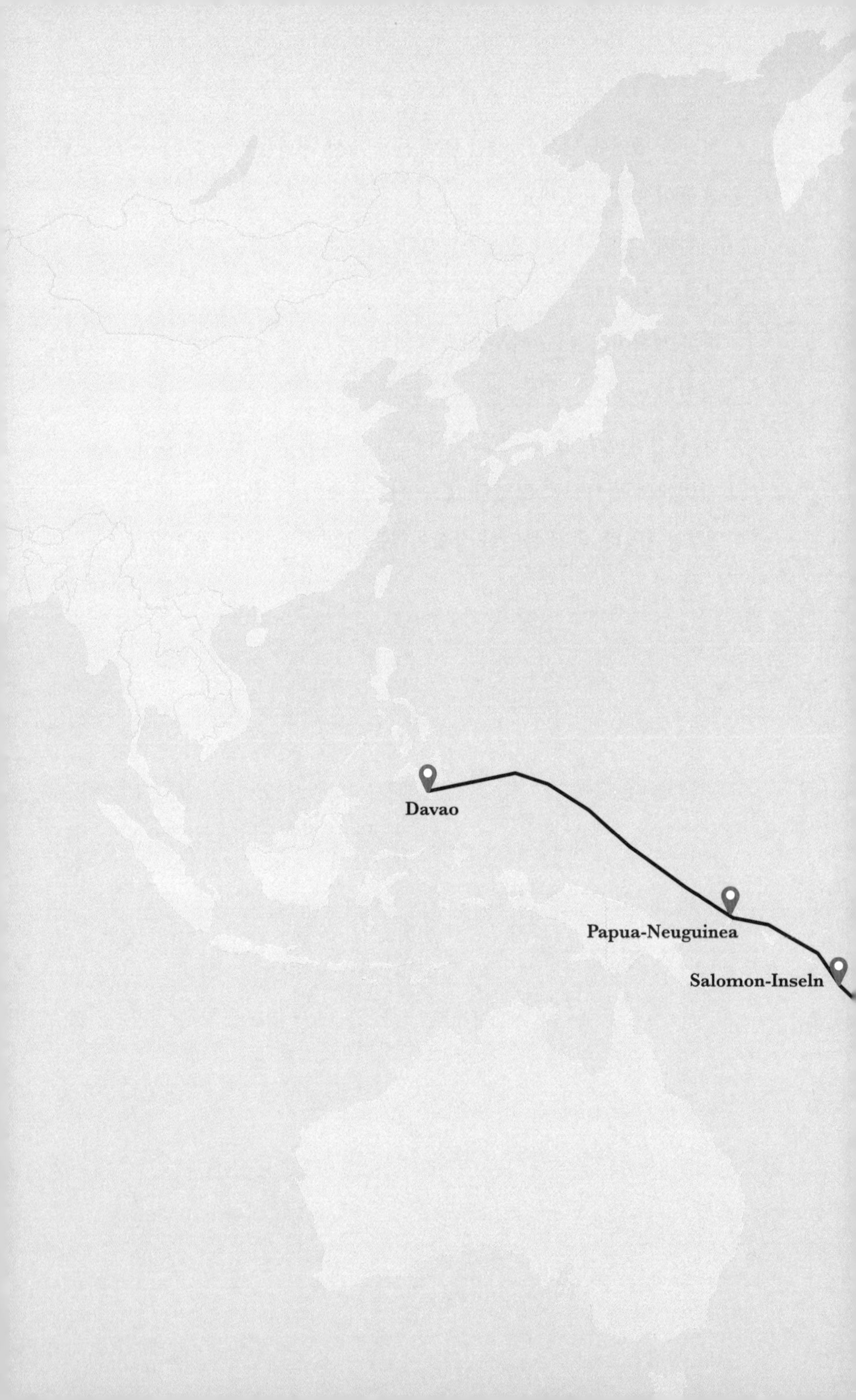

Davao
Papua-Neuguinea
Salomon-Inseln

: 남태평양의 환상적인 섬들

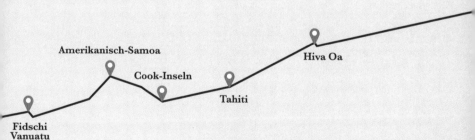

Amerikanisch-Samoa

Cook-Inseln

Hiva Oa

Tahiti

Fidschi
Vanuatu

2015년 4월~2015년 11월

부활절 이튿날은 우리가 마지막으로 단단한 땅에 발을 디딘 날이었다. 왜냐하면 그날 정오에 닻을 올리고 푸른 대양을 향해 떠났기 때문이다. 지구에서 가장 넓고 가장 깊은 바다인 태평양을 향해서 말이다. 사람들에게 태평양이 얼마나 넓은지 물어보면, 대부분 지구둘레의 4분의 1 정도라고 생각한다. 하지만 사실은 거의 절반에 달한다.

　예를 들어, 일본은 파나마보다 독일에 더 가깝다. 다르게 말하자면, 독일에서 일본으로 여행하는 사람이 거쳐야 할 거리는 다음 대륙의 해안에 도달하기까지 내가 가야 할 거리보다 더 짧다.

　심장이 두근거렸다. 나머지 세계와 격리된 채 살아가는 섬이 있다면 정말 좋을 것 같았다!

배가 출항하자마자, 우리는 바로 세 시간 교대를 시작했다. 우선 선장과 내가 세 시간 동안 돛과 방향타를 맡았다. 그리고 벨기에 남자와 그 보어인이 세 시간 동안 교대를 했다. 그렇게 하면 모든 사람이 최대 세 시간씩 쪽잠을 잘 수 있으면서 두 명이 함께 새로운 기상 조건에 맞춰 배를 운전할 수 있다. 한 사람이 바다에 빠져도 구조 작업을 진행할 사람이 있다.

생존 가능성이 높지 않은 그런 상황에 대비하는 것이다. 미국해안경비대의 통계에 따르면 바다에 빠진 선원 세 명 중 두 명은 의도하지 않게 바다에 매장된다고 한다. 내가 함께 항해했었던 어떤 선장은 이렇게 표현했다. "내 배에서 규칙은 단 하나다. 아무도 바다에 빠지지 않는다!" 폭풍우로 사망하는 경우는 별로 없다. 그때는 각자 안전에 매우 조심하기 때문이다. 주로 날씨가 맑고 화창한 날 바다에 빠진다. 날이 좋으니까 아무도 생각을 못하는 것이다. 바다 멀리에서 일이 생기면 거기까지 도움의 손길이 미치지 못한다. 구조 헬리콥터도 주유할 수 있는 용량에 한계가 있어서 일정 거리밖에는 못 간다. 기름을 채우러 다시 돌아와야 한다. 해안 가까운 곳을 제외하고는 혼자 있는 것이나 마찬가지다. 본토에서 몰랐던 맹장염이나 열대병이 갑자기 발병이라도 하는 경우 거의 바다 위에서 사망하게 된다. 실제로 많은 선원들이 예방 조치의 일환으로 맹장을 미리 제거한다. 난 그냥 갖고 있다. 언젠가 치명적일 수도 있겠지만 또 그렇지 않을 수도 있다. 왜냐하면 한 가지는 확

신나게 걸어봐 인생은 멋진 거니까

실하기 때문이다. 삶은 죽음으로 끝난다. 예외는 없다.

자유시간에 우리는 돛의 그늘에서 체스를 두거나 책을 읽거나 깊은 대화를 나누었다. 한번은 벨기에 남자와 내가 싸움을 했다. 그저 단순한 의견차이일 뿐 심각한 일도 아니었다. 그 싸움은 내가 여행에서 배웠던 소중한 교훈 중 하나가 되었다.

벨기에 남자가 그의 선실에서 쉬고 있을 때, 선장이 나를 꾸짖었다.

"앞으로 그런 쓸데없는 일은 그냥 무시해. 생각해봐. 네 주장이 맞는지 그렇지 않은지는 중요하지 않아. 상대방의 마음을 얻지 못하면, 넌 그 사람을 설득할 수 없어. 계속 네 주장대로 설득하려고 애쓰다 보면 이성적으로 토론할 수가 없어. 그저 감정적으로 대응하게 돼."

내가 이 말에 대해 곰곰이 생각하는 것을 보고 덧붙여 말했다.

"우리가 이성을 토대로 어떤 결정을 내리는 것 같지만 그렇지 않아. 사람들은 그렇다고 주장을 하지만, 대부분 느낌으로 결정을 하지. 그래서 회사들이 광고에 대차대조표를 싣지 않고 행복한 얼굴 사진을 넣는 거야. 가슴에 닿지 않으면 이론은 아무 소용없어." 그는 진지하게 내 눈을 바라보았다. "한 명이 더 필요해서 널 데려온 건 아냐. 알고 있지? 세 명으로 충분해. 너에게서 무언가 새로운 것을 보았기 때문에 내가 널 데려온 거야. 그 무언가에 내가 관심이

갔거든."

"무슨 얘기예요?"

"넌 파나마에 있을 때 숙소도 없이 밖에서 생활했지. 하루에 세 번 빵과 바나나를 먹으면서. 네 옷은 거의 중고인데다 너덜너덜했고 거의 2년을 가족도 못 보고 살았어. 네 목표를 달성하려면 한참 멀었고."

난 히죽 웃었다. 네 인생이 불쌍했어, 라고 말하려는 것 같았다.

"그런데도 넌 항상 유쾌했고 마음이 평온한 것 같았어. 널 보면 걱정이라곤 없는 사람 같았거든. 넌 자신이 누군지, 어디에서 왔는지, 어디로 가려는지 알고 있는 것 같았어…" 그는 잠시 말을 멈췄다. "그런 확신이 맘에 들었어."

"저를 좀 과대평가하신 거 같아요. 하지만 이 인생이 전부가 아니라고 생각하면, 걱정거리와 문제들이 사소해 보이는 건 맞아요. 괜찮을 거라고 생각만 해도 문제가 절반은 해결된다고 느꼈어요."

이틀 후 우리는 서경 85도쯤, 북위 0도, 남위 0도인 지점에 도착했다. 적도였다. 세계의 허리띠에 해당하는 곳이다.

이른 오전이었는데, 하늘은 맑고 바람이 상쾌했다. 배가 부드럽게 파도를 가르며 나아갔다. 한마디로, 황홀한 순간이었다!

젊은 보어인과 나는 적도에서 항해를 하는 것이 처음이었다. 뱃사람의 전통에 따라 적도제를 지내야 했다. 사소한 고문. 경험 많은 뱃사람 무리에서 이 의식은 이렇게 표현된다. 한참 전부터 선장과 벨기에 남자는 우리에게 일어날 수 있는 끔찍한 일들에 대해 농담을 했었다. 머리카락을 자르는 것 아닐까? 아주 아픈 곳에 피어싱을 하나? 화장실 물을 마셔야 하는 건 아니겠지? 이렇게 물어보면 그들은 재미있어 죽으려 했다.

GPS가 우리가 적도를 넘어섰다는 걸 가리키자마자, 선장과 벨기에 남자는 키득거리며 웃었다. 그리고 그들은 몇 분 후 갑판으로 기어 올라갈 준비를 했다. 벨기에 남자는 수영용 고글을 쓰고, 맨몸에 튼튼한 긴 줄을 두르고, 온갖 고문 도구가 담긴 양동이를 들고 있었다. 선장이 그 뒤를 따랐는데 흰색 침대 시트를 그리스식 토가처럼 허리와 어깨에 두르고 있었다. 그의 음울한 눈에 검은색 잠수 마스크를 쓰고 있었는데, 그 마스크 옆에 스노클링 장비가 대롱대롱 매달려 있었다.

"자, 갑판으로 집합!" 그가 소리쳤다.

벨기에 남자가 우리를 뱃머리 쪽으로 밀었다. 어찌나 진지하게 의식을 시작하는지 긴장이 되었다. 그는 어깨에서 미끄러져 흘러내린 밧줄로 우리를 단단히 묶었다.

"누가 방해를 하고 있습니까?!" 선장이 큰소리로 외치며, 우리 맞은편에 있는 구명보트에 상상의 왕관을 올려놓았다.

"신입 후보자, 아 대담한 해신(포세이돈에 해당하는 로마의 신 - 역주)이여!"

벨기에 남자가 우리를 소개했다.

"난 더 이상 필요하지 않아! 우린 충분히 갖고 있어!"

"탁월한 판단이십니다! 하지만 보십시오. 이들은 멀고 먼 나라에서 그저 당신, 전능하신 해신을 영접하기 위해 여기까지 왔습니다. 한 사람은 남아프리카에서 왔습니다."

"아프리카라고? 얼룩말이 사는 그 나라 말인가? 항상 얼룩말 한 마리를 갖고 싶었지! 그런데 줄무늬는 어디 있는 거지?!"

"줄무늬라고요? 아, 그렇죠. 줄무늬가 있어야죠! 즉시 대령하겠습니다, 오, 자비로우신 해신이시여!" 벨기에 남자는 양동이를 들더니 그 안에서 스프레이를 꺼냈다. 잠깐 동안 스프레이를 흔들고, 우리의 맨몸에 아래에서 위까지 두껍고 하얀 줄무늬가 생기도록 분사했다. 너무 더워서 우리는 짧은 바지만 입은 상태였다.

"아주 못생긴 얼룩말이구나!" 해양신이 침을 꿀꺽 삼켰다. "너무 볼품없는 녀석들이야! 뜨거운 열정도 없어!"

"세상에! 열정이 모자라는군요. 더 강력한 걸 보여드리겠습니다!" 벨기에 남자의 손이 양동이 속으로 사라지더니 두 개의 당근과 아주 매운 칠리소스를 꺼냈다. 그는 당근 위에 적어도 10인분은 될 듯한 양의 칠리소스를 바르더니 우리 입속으로 깊이 들이밀었다.

매운 음식에서 열정을 토해낼 수 있을까? 만약 그럴 수 있다면, 바로 우리가 증인이다! 얼굴이 완전히 진홍색으로 변했고, 눈에선 눈물이 코에선 콧물이 줄줄 흘렀다.

"하하하! 그놈들 참 달콤해 보이는군!"

"달콤하다고요? 뱃놈들… 아니 이 얼룩말들 참 달콤하죠!"

벨기에 남자는 이번엔 메이플시럽 뚜껑을 열고 우리한테 쏟기 시작했다.

"맛있겠군! 더 없나?"

"당장 더 대령하겠습니다, 오 해신이시여!" 그는 굽신거리며 대답을 하고 우리 몸 위에 토마토 페이스트 튜브를 짜서 뿌렸다.

"정말 멋진 잔치야! 최고의 한 해를 시작하고 있네!"

"당연하죠, 해신이시여!" 벨기에 남자는 적포도주가 들어 있는 물총을 우리 얼굴에 대고 쏘았다.

"내 힘의 맛을 보여주어라!"

"기꺼이 그래야죠, 오 신 중의 신이시여!" 그 말과 함께 벨기에 남자는 날계란으로 우리 머리를 쳤다.

"아 한 가지가 빠졌구나! 바다의 냄새가 빠졌어!"

"좋아요. 바다의 향기가 최고죠!" 벨기에 남자는 정어리 통조림을 열어서 기름이 뚝뚝 떨어지는 생선을 우리 어깨와 머리 위에 부었다.

"봐라! 이제 얼룩 생선이 되었구나! 이제 그들은 내 왕국의 일부가 되었디! 들여보내라!"

그들은 우리를 풀어주었다. 드디어 우리는 씻을 수 있었다. 정말이지 우리는 끔찍한 냄새를 풍기고 있었다! 30분 이상을 박박 문질러서야 사람 꼴이 되었다. 정말 기억에 남을 만한 적도제였다.

신나게 걸어봐 인생은 멋진 거니까

구름이 약간 끼었으나 여전히 더운 어느 오후였다. 우리는 갈라파고스 제도를 통과했다. 허리케인 시즌이 아닐 때 적도 근처에서 예상할 수 있듯이 바람이 거의 불지 않았다. 배는 이리저리 가볍게 흔들렸고 뱃전으로 파도가 끝없이 부딪쳤다.

다윈이 진화론에 대한 영감을 받은 섬을 우리는 볼 수 없었다. 일주일 만에 처음으로 수평선에 아주 작은 회색 점처럼 보이는 다른 배를 봤다.

"Tenemos pescado para regalar!"

벨기에 남자 앞에 있는 무선 전신기에서 스페인 말이 튀어나왔다.

"영어로 해주세요!"

그는 무전기 저 끝에 있는 사람한테 자신이 이해할 수 없다는 걸 알리려고 노력했다. 난 총알처럼 일어나서 내 동료한테서 마이크를 뺏었다.

"다시 한 번 말해주시겠어요?"

난 무전기 너머의 사람한테 그의 모국어로 말했다.

에콰도르에서 온 어선이었는데 포획량이 너무 많아서 우리한테 생선을 나누어주려고 한 것이다. 피자집에서 최고 인기 피자를 권유하는 것처럼 여러 종류의 생선을 나열했다.

마치 전화로 생선을 배달 주문하는 것 같았다. 스페인어로 알려주는 생선 이름들 중에서 참치만 알아들었다.

신나게 걸어봐 인생은 멋진 거니까

"좋아요!"

난 배달 주문을 완료하고 우리 배의 앞머리에서 기다리라고 지시했다. 난 얼른 무전기를 끄고 갑판의 다른 쪽으로 달려갔다.

세상에, 벌써 도착했다! 육중한 어선 뱃머리가 철썩거리며 내려앉았다. 우리 배보다 적어도 두 배는 넓고, 네 배는 높은 배가 물에서 우뚝 솟았다. 배의 강철엔 새로 흰색 페인트칠을 했고, 조타수가 우리 배에 좀 더 가까이 다가오려고 회전수를 높일 때마다 바지선 뒤에서 검은 연기가 났다.

"좀 떨어져야 해요!" 우리 배 선장이 주의를 주었다. "그 선체 강철과 우리 배 파이버글라스랑은 부딪치면 안 돼요."

기동성을 높이기 위해서 우리는 돛을 거두었고 기계를 돌렸다. 바지선이 더 가까이 다가왔다.

'맘만 먹으면 우리 배를 통째로 움켜쥐고 우리를 바다에 내동댕이칠 수도 있겠는걸.' 속으로 이런 생각까지 들었다.

남아메리카 북쪽 바다엔 실제로 해적선이 나타나고 있었다. 하지만 납치된 선박들은 대부분 막 고기잡이 기회를 잡은 가난한 어부들이라고 들었다. 배 꼭대기에 8~9명의 라틴아메리카 계열 남자들이 있었다. 그들은 거의 20대인 것 같았고, 러닝셔츠에 짧은 바지를 입고 있었다.

"나도 막 그 생각이 들었는데." 벨기에 남자가 말했다. "근데 이제 너무 늦었어."

"잡아!" 어부 중 한 명이 디젤엔진의 소음 너머로 소리쳤고, 약

15미터 거리에서 그는 우리한테 로프를 던졌고 보어인과 난 손으로 그 로프를 잡았다. 갈고리는 아니었다.

선원들이 그 밧줄에 검은 쓰레기봉지를 맸다. "집어!" 그들은 그렇게 지시했고, 함께 줄을 끌어당겨서 그 봉지가 물위로 건너왔다. 밧줄이 앞뒤로 요란하게 흔들렸다. 난 그 플라스틱 봉지가 찢어지고 그 안에 든 것들이 바다로 쏟아져 내리는 장면을 상상의 눈으로 지켜보았다.

봉지가 멈췄다. 봉지가 우리 배의 난간에 닿자마자 우리는 그걸 끌어내리고, 매듭을 풀어서 얼른 밧줄을 도로 던져주었다.

"음식물 쓰레기가 들어 있는지 한번 봐." 선장이 농담을 건넸다.

비닐봉지를 칼로 찢어보니 그 안에 갓 잡은 최상급 품질의 참치가 있었다. 덤으로 길이가 0.5미터가 넘고 이미 내장을 다 빼낸 청상아리도 들어 있었다. 도대체 그 비닐봉지가 이 무게를 어떻게 견뎠는지 놀라울 뿐이었다. 해적이라니! 유럽 시세로 이 선물은 수백 유로가 넘었다! 감동이었다.

"아주 질릴 때까지 회를 먹게 될 거야!"

선장이 눈살을 찌푸렸고 모두 웃었다. 우리가 소리를 지르며 고맙다는 인사를 하자 에콰도르 어선의 주인이 휘파람을 불며 우리에게 작별인사를 했다. 그리고 그들은 배를 돌려 가버렸다. 난 무전기를 통해 잠시 더 그들과 수다를 떨었고, 다른 사람들은 이 신선한 식재료를 넣을 공간을 마련하느라 냉동고에 있는 불필요한 것들을 싹 다 버렸다. 대단한 결정이었다. 그 어부들은 우리에게

이 선물을 주기 위해 긴거리를 우회했고 많은 비용을 썼다.

"당신에게 되갚을 능력이 없는 누군가를 위해 무언가를 할 때까지, 당신은 오늘을 살지 않은 것이다."

《천로역정》을 쓴 영국 작가 존 버니언의 말이 생각났다. 이런 단순한 진리를 따르기 위해서는 박식할 필요도 부자일 필요도 없다. 그저 행동하면 되는 것이다. 어부들이 몸소 보여준 것처럼 말이다.

갈라파고스 제도 뒤에서 우리는 남동 무역풍을 만났다. 하루하루 드넓은 바다를 향하는 바람의 노선에 우리를 맡겼다. 2주일 후 우리는 남은 신선한 과일과 채소를 잘게 썰어서 음식 안에 넣었다. 그때부터 우리 식단에는 쌀이나 파스타처럼 오래 보관할 수 있는 건조식품만 올라왔다.

마실 물을 아끼기 위해 바닷물을 3분의 1쯤 섞어서 요리를 했고 그 덕분에 소금이 그대로 남았다. 설거지도 바닷물로 했다. 한번은 아침에 핫초콜릿을 준비하려고 주전자에 물을 끓였다. 매혹적인 코코아 향기를 맡으며 컵에 입을 대고 홀짝홀짝 마신 순간 매스꺼움과 구역질 때문에 얼굴을 옆으로 돌리고 핫초콜릿을 뱉었고, 내 눈썹이 위로 치켜 올라갔다 아래로 내려왔다. 나중에 알게 된 바로는 주전자가 설거지했던 물속에 담겨 있었는데, 누군가 그 주전자를 그대로 열판 위에 올려놓고는 헹구는 걸 잊었다. 그리고 내가 그 주전자에 물을 끓인 것이다!

그런 일은 나중에 떠올려보면 재미있지만, 막상 당하는 사람을 생각해서 조심해야 한다. 왜냐하면 그렇게 오랜 기간을 아주 좁은 공간에서 다른 사람들과 함께 생활하고 또 수면도 부족하다 보면 '날 골탕 먹이려고 일부러 그런 거야' 이런 생각을 하게 된다. 사실 그런 편집증적인 생각은 감옥 수감자들에게서 볼 수 있는 조광병의 변종이다. 오랫동안 항해를 하면 일어나는 현상이기 때문에, 염두에 두고 항상 마음의 평화를 유지해야 한다. 의심만으로는 처벌할 수 없다. 만약 확신할 수 없다면 다른 사람에게서 최선의 것을 수용해야 한다. 물론 실망을 하게 될 수도 있고 때로는 상처를 받기도 한다. 난 여전히 누군가 실제로 그런 것보다 세 배는 더 긍정적으로 평가하는 것이 누군가를 부당하게 취급하는 것보다 훨씬 더 낫다고 생각한다.

다른 사람에게 좋을 뿐 아니라 자신에게도 좋다. 다른 사람을 좋게 생각하는 사람은 남들에게도 그렇게 대접받는다. 누군가 잘할 거라고 기대하면 그 사람 안에서 그런 것이 나온다. 나쁘게 생각하면 나쁜 것만 나온다.

2015년 5월

바다 위에서 31일을 보낸 후 새벽 어둠 속에서 히바오아섬이 나타났다. 히바오아섬은 마르키즈 제도에 있는 섬 중 하나로 프랑스령 폴리네시아에 속하며 전사 부족이 산다.

문명과 격리된 채 산다는 것에서 우리는 무엇을 기대할까? 활과 화살을 든 야만인? 얼굴과 온몸에 칠을 한 부족 족장? 피어싱을 하고 허리에 치마를 두르고 문신을 새기고 쐐기를 든 원주민?

이 모든 것을 태평양 군도에서 볼 수 있지만, 단 프랑스령 폴리네시아에선 아니다. 문신 정도는 있을 수 있겠다. 드디어 땅을 밟는다는 기쁨에도 불구하고 만으로 들어갔을 때 난 실망감을 감출 수 없었다.

히바오아섬은 내가 상상했던 것처럼 자연과 전통이 보존된 그런 지역이 아니었다. 옛날에는 산중턱에 식인종의 원시 오두막이 늘어서 있었다. 실제로 초기 선교사들이 그곳에 가면 이빨로 물어 뜯긴 신발만 남고 말았다. 초기 자료에 따르면 폴리네시안인들은 그들의 적을 꼬챙이에 끼워서 불에 굽거나, 바나나 잎이나 빵나무 잎에 싸서 구웠다. 승리를 자축하기 위해서일 수도 있겠고, 어쩌면 그저 맛있었기 때문일 수도 있다.

지금은 현대식 SUV와 픽업 차량이 아스팔트길을 따라 산 위로 올라간다. 말뚝과 잎으로 지은 집을 찾는 건 헛수고다. 두개골과 전쟁용 몽둥이 대신에 전기, 수도, 텔레비전이 구비된 현대식 주택들이 있다.

초기 탐험가들은 인간 도륙, 다산을 기원하는 의식, 부족 전쟁에 대해 보고했다. 배에서 내려 처음 지역을 통과할 때 은행, 병원, 경찰서 그리고 현대 사회에서 기대할 수 있는 그런 시설들을 봤다. 젊은 사람들은 카누로 이웃 섬을 약탈하는 대신 프랑스령 폴리네시아를 이루는 118개 섬 중에서 가장 큰 섬인 타히티로 학업을 위해 비행기로 이동한다. 파리로 가는 젊은이들도 있다. 그렇다 파리로. 프랑스령 폴리네시아는 공식적으로 프랑스에 속하고, 그래서 벨기에 남자와 나는 입국관리국에서 입국 도장을 찍을 필요가 없었다. 유럽이 지구 반대편에도 있었다.

프랑스령 폴리네시아인들은 프랑스의 재정적 지원을 통해서 서구적 생활양식을 갖추게 되었다. 폴리네시아인들은 농업, 관광업, 진주 거래로 경제활동을 하는데 이것으론 부족하다. 그렇지만 예전에 이곳을 지배했던 식인 풍습에도 불구하고 문화만큼은 시대의 흐름에서 결코 뒤처지지 않았다. 콜럼버스가 운 좋게도 아메리카 대륙으로 가는 길을 발견하기 훨씬 이전인 700년 전부터 폴리네시아인들은 태평양 공간 전체에 무역망을 유지하며 배를 타고 2,000킬로미터 이상의 거리를 이동했다. 몇 주 동안 항해를 하면서도 아주 작은 섬 하나도 놓치지 않았다. 해류와 변화가 심한 바람을 따라 항해했으며, 나침반도 6분의 1도 갖추지 못했고, 당연한 말이지만 GPS 같은 건 존재하지도 않았다. 2도만의 편차로도 그들은 목표를 지나쳐 끝없이 펼쳐진 바다로 나가게 되어 거기서 죽음을 맞이했을 것이다.

굳이 비교를 하자면, 베를린에서 앙카라까지 여행을 하는 것과 같다. 문제는 길도, 지도도, 표지판도 없고, 도중에 누군가한테 길을 물어볼 수도 없다는 것이다. "저기 좀 봐. 잠자는 오리처럼 생겼어!"라고 표식을 할 만한 산도 없고, 숲이나 그밖에 기준이 될 만한 지형조차 없다. 난 이케아에서도 길을 잃고 헤매는데 말이다. 사방에 표지판이 있어도.

폴리네시아인들이 항해에 이용할 수 있었던 것은 해류, 물결, 별, 공기, 새들의 비행이 전부였다. 항해 지도 대신에 노래와 옛이야기의 도움으로 길을 외웠다.

태평양의 여러 문화권에서는 길을 찾는 데 노래를 이용한다. 비슷하게 호주 원주민의 '꿈의 길'이라는 것이 있다. 호주 원주민들은 그 노래에 따라 불모의 대초원을 수백 킬로미터씩 이동했다. 꿈의 길은 눈에 보이는 길이 아니라 야생의 땅을 가로질러 퍼져 있는 노래로 이어진 유대감이다. 그런데 이 노래의 가사가 부차적인 역할을 한다는 점이 매혹적이다. 리듬과 음역이 결정적이다. 걸으면서 주변의 소리에 주의를 기울이고 풍광을 관찰한다. 그렇게 꿈의 길이 노래하는 내용들을 알아챈다. 목적지뿐 아니라, 수로, 대피소, 그밖에 여행에 필요한 모든 것을 발견한다. 감탄 또 감탄만 나온다.

뛰어난 항해기술 외에도 폴리네시아인들은 문신으로도 유명하다. 마르키즈 제도에서는 종종 온몸에 문신을 한다. 그러나 세간의 견해와는 달리 폴리네시아인들이 처음으로 문신을 발명한 것은 아니다. 알프스에서 발견된 5,000살의 미라인 외치도 이미 문신을 하고 있었다.

마르키즈 제도의 주민들은 문신의 대가들이다. 문자가 없었기 때문에, 아주 정교한 문양으로 몸에 출신, 성공, 결혼 여부, 직위를 새겼다. 또한 장신구는 영적인 힘을 발휘해야 한다.

문신을 하는 사람들은 동물의 뼈로 만든 빗을 도구로 이용했다. 겉으로 보기에도 그렇듯 문신은 엄청나게 아팠을 것이고, 도구를 소독하지 않아서 상처에 심한 염증이 생기기도 했다. 보통 상처가 낫는 데 일 년이 걸렸다. 많은 사람들이 이미 그 전에 감염되기도 했다. 사람들은 고통과 위험을 감수해야 했다. 때로는 여성들도 그랬다.

폴리네시아에서 문신은 몇 년에 걸친 훈련, 정확하게 진행되는 의식, 엄격한 금기를 통해 이 과제를 준비하는 사제들의 영역이었다. '타부'taboo라는 단어는 폴리네시아 언어에서 유래했는데, 흥미롭게도 '금지된'이라는 뜻뿐 아니라 '신성한'을 의미하기도 한다.

2015년 5월

마르키즈 제도에서 일주일을 보낸 후 우리는 투아모투 제도의 환초를 향했다. 환초는 노릿 모양의 섬으로 그 한가운데에 해안호(산호초로 둘러싸인 얕은 바다)가 있다. 산호초에서 생성되었는데 해발 몇 미터밖에 되지 않는다. 넓이도 몇 백 미터에 불과하다.

거대한 대양 한가운데에 그렇게 좁고 금방 파도에 휩쓸려버릴 것 같은 땅이 있다는 게 너무나 인상적이었다. 해변은 눈이 부시게 하얗고 야자수 나무가 그림같이 서 있었으며, 청록색 물은 너무 맑아서 15미터 깊이 아래 바닥이 선명하게 보였다.

환초가 간직한 초현실적인 아름다움과는 별개로 해안호에서 주민들이 일하는 진주농장은 내게 너무 매력적으로 보였다. 난 요즘엔 진짜 진주가 사람들이 생각하는 것만큼 그렇게 훨씬 비싸지 않다는 걸 알게 되었다. 진주는 재산이 될 수 없다. 그저 몇 달러에 불과하다. 가장 비싼 진주는 약 10달러다. 그래서 진짜 진주로 만든 목걸이는 그렇게 비싸지 않다. 색깔이 좋으면서 크기가 크고, 거기에 은이나 금으로 세공을 해야 진주 액세서리가 값어치를 지닌다.

이 사실을 알고 난 후, 우리는 어느덧 기념품에 투자하기로 했다. 곧 좋은 기회도 생겼다. 타카로아 환초에 내렸을 때 어느 현지 여성이 직접 손으로 만든 진주목걸이를 구경하라고 권유했다. 종려나무 사이를 지나 그녀의 집으로 갔는데, 그 집은 섬 전체를 통틀어 하나밖에 없는 마을 안에 있었다. 모든 폴리네시아인들과 마찬가지로 그녀는 단단한 골격에 짙은 갈색의 곱슬머리였고 둥근 얼굴, 가느다란 눈을 가졌다. 기본 티셔츠에 반바지를 입었다. 내 눈에 많은 폴리네시아 여성들은 남성적인 것 같았고, 남편들 말에 의하면 싸움도 잘한다고 한다. 내가 들은 것처럼, 남성과 여성간의 싸움이 주먹다짐으로 번지는 경우도 종종 있다.

모래가 깔린 정원에는 짙은 녹색 철조망 울타리가 쳐져 있었고, 그 둘레에는 드문드문 꽃이 핀 녹색 덤불이 무성했다. 집은 밝은 분홍색이었다. 그 지역의 다른 건물들처럼 그 집도 홍수에 대비해서 땅바닥에 팔 하나 길이의 통나무를 늘어놓고 그 위에 지어졌다.

"여기서 기다리세요." 폴리네시아 여자는 그렇게 말하고 집 안으로 사라졌다. 입구에는 굴이 담긴 자루 몇 개가 달려 있었다. 제대로 왔군!

그녀가 집 밖으로 다시 나와서 우리에게 사과를 했다.

"타히티로 가는 마지막 항공편에 우리 집 장신구를 모두 팔았다는 게 이제 생각났어요! 이 목걸이밖에 안 남았어요."

그녀는 선장한테 목걸이를 내밀었다. 진주 중 세 개는 금빛이었다. 그다음 세 개는 분홍색, 그리고 그다음 세 개는 녹색이었다. 목걸이 하나에 이런 색깔의 배합이 3세트가 있어서 진주가 총 27개였다. 모든 진주가 같은 크기와 같은 모양에 나무랄 데가 없었다.

"얼마예요?" 선장이 물었다.

"원래 이 섬에서 우리가 관광객한테 진주를 파는 건 금지예요. 그러니까 아무한테도 말하면 안 돼요. 근데 이런 목걸이는 평소엔 130달러 아래로는 절대 팔지 않아요."

보석을 잘 모르는 내가 봐도, 가격이 괜찮았다. 진주알만으로도 그것보다 비쌀 것 같았다. 그런데 저렇게 배합을 하니 더 가치가 나갈 것이다!

선장은 아주 어려운 결정을 앞둔 것처럼 입술을 깨물었다.

"남아프리카에 있는 여자 친구한테 줄 선물을 사고 싶어요. 이 목걸인 정말 근사해요! 그런데 최고 100달러까지만 예상하고 있어서…."

그 폴리네시아 여자는 이해한다는 듯이 고개를 끄덕였다.

"좋아요. 당신이 우리 섬에서 좋은 추억을 만드는 게 중요하죠. 100달러에 가져가세요."

선장은 만족해서 지갑을 꺼내서 계산을 하고 우리는 그 여자와 헤어졌다.

"선장님이 안 사면 제가 사려고 했는데." 우리가 다시 작은 보트를 타고 해안호에 닻으로 정박시켜놓은 배로 돌아왔을 때 보어인이 말했다. "팔면 몇 백 달러는 받을 수 있을 거예요!" 우리 모두 그 말에 동의했다.

우린 그다음 날 출발해서 이틀 후에는 이미 아헤 환초섬에 도착했다. 그곳에서도 진주를 파는 사람을 만났는데 직접 우리 배까지 왔다. 이번에도 여자였다고 말해야 하나? 왜냐하면 래 래였기 때문이다. 앞서 등장했던 여자처럼 자란 남자들 말이다. 폴리네시아 여자들이 대부분 어딘가 남자 같다는 점을 생각하면 흥미롭다.

유럽에서 외모 때문에 갖게 되는 압박감이 얼마나 무의미한지를 분명히 알게 되었다. 사람들이 아름답다고 생각하는 건 세계 각지마다 다르다! 미국에서는 갈색 피부가 예쁘다고 하지만, 아시아 국가에서는 창백할 정도로 흰 피부를 좋아한다. 아프리카에서는 통통한 걸 아름답다고 생각하지만, 유럽에서는 무조건 마른 걸 선호한다. 유럽에서 남자들에겐 바지와 피지식 치마가 제격이다. 보는 사람 눈에 달린 문제다.

"전부 다 근사하네요." 래 래가 우리 배 선원실 탁자에 자기가 가진 액세서리를 늘어놓았을 때 선장이 말했다. 래 래는 수백 달러를 불렀다.

"근데 우리는 벌써 타카로아에서 진주를 샀어요."

"그래요?"

래 래는 눈살을 찌푸렸다. 그는 우리들보다 키도 크고 어깨도 넓었다. 그런데 머리를 길게 땋고 마스카라를 칠하고 머리위로 선글라스를 쓰고 있었다. 진주 액세서리를 담아온 검은색 가방을 제외하고 여자 옷은 입지 않았다.

"네. 그래도 생각 좀 해보세요." 선장은 자기가 산 진주 목걸이를 가지러 잠깐 자리를 비웠다. "당신이라면 이거 얼마에 팔겠어요?"

"실례 좀 할게요." 래 래는 목걸이를 집어 들고 진주 두 개를 서로 문질렀다. 그런 다음 눈 가까이 대고 자세히 관찰했다. "얼마 주고 사셨어요?" 이번엔 그가 물었다.

"100달러요." 선장이 우쭐해하며 대답했다.

래 래는 웃더니 목걸이를 선장한테 돌려주었다.

"이거 중국산이예요!"

우리 얼굴에 공포가 번졌다.

"확실해요?"

내가 물었다. 와아? 그럼 문 앞에 걸려있던 그 굴껍데기는 뭐였지? 모든 게 그렇게 믿을 만했는데!

래 래는 진주를 마주대고 문질렀던 자리를 가리켰다. 그 부분이 하얗게 변해 있었다.

"이건 플라스틱이예요. 이렇게 문지르면 색이 벗겨지잖아요."

선장은 다른 진주 몇 개를 문지른 후 손톱으로 진주표면을 긁었다. "이 사기꾼!" 그가 중얼거렸다. "바람만 불지 않아도, 당장 배를 돌려 쫓아가는 건데!"

이 일을 통해 우리가 배운 게 있었다. 잘 알지 못하는 것에는 투자하지 않는 게 좋다. 또 하나는 그 폴리네시아 여자가 한 말에 답이 있었다. "이 섬에서는 원래 관광객들한테 진주 파는 건 금지예요." 찜찜한 거래를 했을 땐 속아도 놀라선 안 된다.

2015년 6월

투아모투 제도에서 타히티를 향해 항해를 했고, 거기서 승무원 명단에서 내 전출신고를 했다. 배는 호주로 갔다가 선장의 고향으로 갈 계획이다.

"우리와 아프리카로 가자. 거기서 유럽까지 북쪽으로 관통해서 올라가면 되잖아."

선장이 제안했다. 많은 사람들이 아프리카 대륙을 통과하며 여행하는 꿈을 갖고 있다. 난 이미 배에 타고 있어서 그렇게 하는 데 어려움이 없었고, 집에 가는 걸 단축할 수도 있을 것이었다. 하지만 내가 꿈꾸던 건 아니었다. 난 아시아로 가려 했다. 한국과 일본에 가보고 싶었다. 태평양을 횡단하는 배들은 거의 전부 타히티를 경유하기 때문에, 내가 배를 찾기에 적합한 장소였다.

"네가 맞아. 자신한테 솔직해야 해."

선장은 내 결정을 존중할 뿐 아니라 격려해주었다.

난 프랑스어-독일어 사전을 샀는데 타히티에서 '노숙자'로 한 달 정도 지낼 수도 있을 거 같아서였다. 프랑스어를 배울 수 있는 좋은 기회였다. 그런데 타히티는 내가 예상했던 것보다 훨씬 위치가 좋아서 난 단 두 시간 만에 배를 구했다.

나의 새 선장님은 60대 중반의 노르웨이 사업가였다. 그는 아시아로 갈 계획이었고, 그곳에서 배의 나무갑판을 수리한 후에 세계 일주를 끝내려 했다.

원래는 손자랑 함께 항해를 하려했는데 취소가 되었다. 두 명이 여행하면 남은 여정이 더 안전하고 편안해지므로 그는 손자 대신 내가 동행하게 되어 아주 좋아했다. 모든 것이 완벽해 보였다! 할아버지와 나는 잘 맞았고 그의 배인 스웨덴산 할버그 로시 49도 성능이 아주 좋았다.

문제가 하나 있었는데, 내가 묵는 선실의 창문이 벌어져 있었는데 억지로 닫거나 열면 부서질 것 같았다. 마침 프랑스어 사전을 갖고 있어서 정말 다행이었다. 벌어진 틈에 사전이 딱 맞았으니 말이다. 그런 용도로도 사용하게 될 줄은 꿈에도 몰랐다.

우리의 다음 목적지는 쿡 제도였다. 쿡 제도는 공식적으로 뉴질 랜드에 속하고 폴리네시아 마오리족이 살고 있다. 폭풍우 치는 날 씨는 우리가 애초에 계획했던 니우에섬 대신 아메리카 사모아로 우리를 몰고 갔다. 넓고 확 트인 바다에서 인간은 자연의 힘에 대 해서는 왈가왈부할 수가 없다.

선박이 폭풍우에 약간의 피해를 입어서 수리를 끝낸 후 뉴질랜 드에서 하와이, 이스터섬까지, 폴리네시아인들이 거주하는 폴리 네시아 삼각지대를 떠났다. 몸에 문신을 새기고, 화환을 두른, 야생 적인 '학카스'(전쟁춤)를 추는 건장한 거인들 말이다. '폴리네시아 인'이란 말은 그리스 단어인 'poly'(많은)와 'nesos'(섬)가 결합된 단어다. 그래서 폴리네시아인은 '많은 섬'에서 온 사람들로, 태평양 해안초에 거주하는 총 세 개 민족과 문화 중 하나다.

폴리네시아인 외에 태평양 북서쪽에 미트로네시아인들이 사는 데 이름에서 알 수 있듯이 폴리네시아인들보다 훨씬 몸집이 작다. 마지막 집단은 멜라네시아인으로 이 이름은 'mela'에서 유래했으 며 '검은' 혹은 '어두운'을 뜻한다.

피지와 바누아투에 도착하면서 우리는 멜라네시아인들 지역에 들어갔다. 멜라네시아인들은 아프리카인들을 제외하면 세계에서 가장 검다. 동시에 우리는 아프리카 어린이의 외모를 지닌 10대부 터 20대에게서 특이한 현상을 보았다. 머리카락이 연한 금발이었다. 놀랍게도 멜라네시아인들은 유럽 출신 다음으로 금발이 많은 집단이다. 유전과는 완전히 별개의 문제였다. 푸른 눈과는 대조적으로 이들의 금발은 서구의 조상에 기인한 것이 아니라 완전히 독립적으로 발전했다.

그러나 그와 달리 발전 수위는 계속 낮아졌다. 적어도 바누아투에서 나는 서구의 영향을 전혀 받지 않은 지역에 드디어 도착했다고 느꼈다. 모험의 향기를 맡았다.

탄나섬에 발을 디뎠을 때 원시적으로 나무로 지어졌고 종려나무 잎으로 뒤덮인 집들이 눈에 띄었다. 보급선이 정기적으로 운영되는 마을에 있는 원주민 상인들의 벽이 있는 집만이 예외였다. 거리는 모래로 뒤덮였다. 주민들은 교통 기관―사실 교통 기관이 거의 없다―대신에 걸어 다녔다. 맨발 혹은 조리를 신고 다니고 있었다. 남자들은 티셔츠와 반바지를 입고, 여자들은 대부분 알록달록한 옷을 입거나 티셔츠에 치마를 입었다.

내가 제일 놀랐던 것은 많은 사람들이 아무것도 하지 않는다는 사실이었다. 바누아투 주민들은 몇 시간이고 아무 말도 하지 않은 채 서로 나란히 앉아 있을 수 있는 것 같았는데 지루해하지도 않았다. 그들은 섬에서 쾌적한 생활을 누렸다. 물론 추위라곤 느낄 수 없는 기후가 큰 몫을 했다. 더구나 토양이 비옥해서 몇 주만 지나도 먹거리를 충분히 수확할 수 있다. 열대지역에서는 생계를 위해 일 년에 3개월 정도만 일하는 것이 이례적이지 않다. 파종 및 수확기에는 바쁘지만, 그래도 일주일에 몇 시간만 일하면 되었다.

산, 밀림, 초원과 해변은 사람의 손이 닿지 않은 아름다운 자연을 간직하고 있었다. 독성을 가졌거나 위험한 동물도 없었다. 뜨거운 온천물이 야외의 드넓은 욕조에 그득했다. 어떤 장소는 100도까지 온도가 올라가서 요리를 하려고 불을 피울 필요도 없었다. 내 눈엔 그저 놀고먹는 천국으로 보였다!

"일하기가 싫으면, 2주 정도는 그냥 놀아요." 어느 주민이 이렇게 말했다. "어떤 때는 더 오래 쉬기도 하지만…."

원할 때 농땡이를 친다? 얼마든지 오래 동안? 어디 가서 등록을 해야 하나요?!

서구 산업국가에서 의사를 찾아가는 원인의 75~90퍼센트는 바로 스트레스다. 현대화와 자동화에도 불구하고 그렇다. 난 무언가가 잘못되고 있다고 느꼈다. 어쩌면 우리는 한 계절만 수확하면 충분하다는 바누아투의 생활 방식을 모범으로 삼아야 할 것이다.

탄나섬에는 놀랄 만한 것들이 더 있었다. 800년 전부터 계속 활동 중이고 지금도 3분마다 분출하는 야수르 화산의 풍광은 정말 근사했다. 분출되는 양은 극히 적어서 분화구에 가까이 가는 것이 가능한데 물론 조심해야 한다. 우리도 당연히 갈 계획이었다.

우린 포트 레졸루션에 정박했다. 유명한 선원 제임스 쿡이 자신의 배 이름인 HMS 레졸루션에서 따 이름을 붙인 곳으로 그는 200년도 더 이전에 이 배로 이곳에 정박했었다.

우리 배 옆에 세 척이 더 있었는데 내 나이 또래의 젊은 남녀들이 타고 있었다. 대안 여행자들 또는 네오 히피족들로, 그들은 낡은 배 몇 척으로 항해 커뮤니티를 만들어서 서커스 공연, 기부금, 수공예품 등으로 재원을 충당하고 있었다. 항해는 비용이 많이 들기 때문에 매우 독특한 계획이었다. 지금까지는 그럭저럭 꾸려왔다고 한다. 이 커뮤니티 회원 중 몇 명과는 내가 노르웨이인 배를 수리하는 일을 하며 두 달 동안 머물렀던 피지섬에서 이미 친분을 쌓았다. 전 세계 각지에서 온 많은 젊은이들이 한 지역에 함께 있다 보니 화산과 주변 지역을 같이 구경하면 좋겠다는 생각을 하게 되었다. 어느 날 아침 열다섯 명의 남녀 젊은이들이 포트 레졸루션의 해변에 모여서 배낭을 짊어지고 등반을 시작했다. 사람들이 우리에게 능선을 타고 열대 우림 지역을 통과해서 다음 만으로 이어지는 좁은 산길을 알려주었다. 우리들 대부분은 토착민들처럼 맨발로 갔는데, 토착민들이 흙 표면을 밟아놓아서 발아래 흙이 탄력이 있다고 느껴졌다. 길의 양 옆으로는 야생 덤불, 양치류, 나무, 열대지방의 덩굴식물들이 빽빽하고 짙은 녹색으로 우거져 있었다. 귀뚜라미가 올고, 곤충들이 윙윙거리고, 식물들은 순수한 자연의 풍성하고 신선한 향기를 뿜어냈다.

정상에 가까울수록 잎의 장막은 얇아지고, 반짝이는 바다의 전망이 드러났다. 능선에 도착하니 그곳에서 손으로 밭을 경작하는 토착민을 만나게 되었는데 꽤 많았다. 경사가 가파른 오르막길 덕분에 계곡에 있는 굶주린 돼지나 다른 짐승으로부터 농작물을 보호할 수 있었다.

우리는 상냥하게 웃으며 그 토착민들에게 손을 흔들었다. 대화를 나눌 수는 없었다. 바누아투에는 대략 120여 종의 언어와 사투리가 있기 때문이다. 거기에 공식어인 영어, 비스라마어 — 표준 영어가 단순화되고 변형된 형태인 피진 영어 — 그리고 프랑스어를 사용한다. 그야말로 식민지 시대의 땅인 것이다. 이 언어들을 구사하는지 여부는 지역에 따라 편차가 크다.

우리들 중 가장 발이 빠른 네 명이 그룹의 선두에서 속도를 내며 앞으로 치고 나갔다. 난 몇몇 다른 사람들의 짐도 메고 있었는데 오랜 시간 동안 무거운 배낭을 메고 다닌 덕분에 그 정도의 짐은 부담이 되지 않았다. 우리는 유황 만 뒤쪽에서 뿌리와 돌 위를 껑충껑충 뛰었다.

만의 뒤편에는 야수르 화산이 위협적인 경비견처럼 웅크리고 있었다. 어두운 연기구름이 분화구에서 솟아오르고 불에 그을린 주변 지역을 가로질러 푸른 하늘로 사라졌다. 길을 따라 가다 보면 가지가 많지는 않지만 뿌리가 서로 단단하게 얽혀 있고 매끄럽게 가지로 뻗어 올라간 거대한 나무를 스쳐간다. 그 나무들의 지름은 사람 키의 몇 배도 넘어 보였다. 이 거대한 나무들의 꼭대기에 토착민들이 '나는 여우'라고 부르는 거대한 박쥐가 살았다. 독일에서는 큰박쥐속으로 분류하는데 이 동물의 몸집이 얼마나 클지 짐작할 수 있다.

"내가 제일 좋아하는 동물이야." 한 토착민이 이렇게 속삭였다.

물론 "너무 좋아해서 쓰다듬고 싶다"는 의미는 아니었고, 토속음식 중 한 음식에 들어갈 재료로 좋아한다는 말이었다.

거대한 나무들 뒤에는 토착민 마을이 우리를 기다리고 있었다. 여자들은 매일 마른 나뭇가지로 먼지 많은 땅을 쓸었다. 자신들의 방식대로 땅을 보호하는 것이다. 어느 곳에서나 돼지, 닭, 개 들이 통나무로 지어진 집을 둘러싼 과일나무 아래에서 이리저리 뛰어다니고 있었다.

이것을 제외하면 마을은 황량하고 예상했던 것과는 달리 조용했다. 마을 중심에서만 넓고 민숭민숭한 모래광장으로 가는 길이 나 있었고 그 광장의 중심에는 넓은 대피소가 있었다. 그 옆에는 노인들이 먼지 속에 모여 있었다. 마을 회의인가, 난 그렇게 추측했다. 그들은 우리가 온 걸 눈치 채지 못했다. 몇 명이 자리에서 일어나자 난 회의가 이제 막 끝났다고 생각했다.

"안녕하세요?" 우리가 그들에게 다가가는 동안, 난 멀리서도 우리를 알아볼 수 있도록 인사를 하고 친절하게 손짓을 했다. 노인들은 경직된 표정으로 우리를 주시했다. 불쾌하거나 화가 난 것처럼 보이지는 않았지만 햇볕에 그을린 그들의 얼굴에서 난 놀라움과 호기심을 읽었다. 흰 수염에 희끗희끗한 회색 머리칼에 격자무늬 셔츠를 입은 한 남자가 우리에게 앉으라는 신호를 보냈다. 예의를 지켜 어느 정도 거리를 두고 우리는 그들의 맞은편에 책상다리로 앉아 반복해서 인사를 했다. 우리에게 손짓을 했던 노인이 우리에게 어떤 사람을 보냈고, 우리는 그가 40대 남자와 함께 다시 우리에게 오는 걸 기다렸다. 그는 검은 티셔츠에 갈색 반바지를 입고 짧고 곱슬곱슬한 턱수염을 길렀다.

"부족장이신 이삭 완입니다." 젊은 남자는 영어로 수염이 잔뜩 난 남자를 소개했다. "나는 피델, 대변인입니다."

피지섬뿐 아니라 바누아투에서는 다른 마을에서와 마찬가지로 부족장에게 직접 말을 거는 건 무례한 행동으로 여겼다. 그래서 대변인이 있고, 사람들은 그를 통해 부족장과 대화를 나누어야 한다. 매우 실용적인 면도 있었는데 언어가 너무 다양하고 종류가 많기 때문에 대변인을 통하면 의사소통이 훨씬 쉬웠다. 우리는 각자 이름과 출신 국가를 소개했다. 난 우리가 포트 레졸루션에 정박한 배에서 왔으며 화산을 보려한다고 설명했다. 피델이 부족장에게 통역을 했다.

"너희들 중 부족장이 누구냐?"

그런 상황이라면 누구라도 그렇게 물었을 것이다. 유럽에선 그렇지 않지만. 그러나 태평양의 멜라네시아 섬들 가운데 어느 섬에 있다면, 그건 지극히 정상적인 질문이다. 여기서는 누구라도 예외 없이 어느 부족의 위계질서에 속해 있기 때문이다.

"배의 선장으로 여기 왔습니다. 노르웨이 사람입니다."

내가 설명하자 그들은 만족한 표정을 지었다. 한 배의 선장은 확실히 기대에 부응하는 직위였다.

가장 중요한 부분을 설명하고, 나와 동반한 네 명은 계속 산행을 하는 걸 허락해달라고 간청했다. 그들은 그날 오후에 화산에 오를 계획이라 서둘러야 했다. 난 그룹의 나머지 사람들을 기다리기 위해 남았다.

넓게 트인 광장에 약 스무 명의 호기심에 가득 찬 토착민들과 마주한 채 책상다리를 하고 앉아서 그들의 질문에 대답했다. 피델이 통역을 했다. 그는 정부가 교사로 파견했고, 그래서 영어를 할 줄 알았다.

"독일은 북아메리카 옆에 있는가?"

"아뇨." 난 웃었다. "하지만 우린 많은 공통점을 갖고 있어요."

그리고 난 내 고향에 대해서, 그리고 얼마나 많은 독일 사람들이 여기와 같은 장소에서 살기를 꿈꾸는지에 대해서 설명했다. 난 막대기로 모래에 간단한 그림을 그렸다.

"독일에는 돼지가 몇 마리나 있는가?"

그들은 많은 관심을 갖고 물었다. 마치 내 고향을 평가하는 데 아주 중요한 요소인 것처럼.

"당신들은 독일의 값나가는 돼지를 모른단 말이에요?"

난 놀란 듯이 말했고 약간의 장난기를 억누를 수 없었다. 다행히 아무도 내 농담을 이해하지 못했다. 대부분 나라에서 사람들은 나에게 독일의 자동차에 대해 물었다. BMW, 아우디, 메르세데스 벤츠, 폭스바겐 등에 대해. 그런데 바누아투에 있는 섬에선 돼지에 대해 묻고 있다. 여기선 동물이 재산이고 지위의 상징이다. 돼지를 많이 소유한 사람은 가난하게 살거나 여자를 맞이하지 못하는 것에 대해 걱정할 필요가 없다. 돼지가 일반적으로 수용되는 화폐로 통용되던 때가 그리 오래된 옛날이 아니었다. 더구나 돼지는 의식을 행하는 데 요긴하게 쓰인다. 전통적인 부족의 신분 구조에서 상승하려면, 돼지를 죽여야만 한다. 우리가 여러 단체에서 후원하는 마을 축제에서 시장의 직위를 사는 관행과 비교할 수 있겠다. 아주 중요한 부족장은 돼지 서열을 위해 수백 마리의 동물을 죽였다. 돈까스가 아주 인기 요리가 될 수 있겠는걸!

"왜 미국 국기를 걸어놓은 거예요?" 난 호기심으로 대나무에 걸려 펄럭이는 반쯤은 찢어진 성조기를 가리키며 물었다. 바누아투의 국기는 두 번째 자리에 게양되어 있었다. 두 기둥 뒤에 이 마을에서 유일한 콘크리트 집이 있었다. 아주 중요해 보였다.

"미국을 기리기 위해서입니다. 존 프럼이 우리를 해방시켜서 우리의 커스텀을 되찾도록 했어요."

그 해방자의 이름을 제대로 들었는지 확실하지 않았다. 그래서 들은 단어로 다시 물었다. "커스텀요?"

"그건 우리의 전통적인 생활방식입니다. 우리의 의식과 카바Kava가 커스텀입니다. 더구나 우리는 돈 없이 살아갑니다. 필요한 걸 주고받아요."

수많은 질문이 머릿속에 떠올랐다. 노르웨이 선장이 마을로 가는 길을 찾았을 때, 누가 보아도 '성스러운 장소'라는 걸 알 수 있는 콘크리트 집을 관람하는 것이 허락되었다.

"여기 모든 기록이 다 있습니다." 피델이 그 시멘트집의 문을 열며 말했다. 우리는 안으로 들어갔다. 왼쪽 거친 콘크리트 벽에 누군가 화산을 크게 그려 놓았다. 우리 앞에 여러 다른 방으로 들어가는 복도가 놓여 있었다.

"야수르는 우리말로 '신'이라는 뜻이에요." 피델이 설명했다. "화산은 존 프럼과 그의 사람들의 집이에요."

"이 존 프럼이 당신들 신이라고요?"

피델은 웃었다.

"존은 영혼이에요. 미국 사람이고요. 그는 강력합니다. 그는 우리가 그를 숭배하면 언젠가 화산에서 나와서 우리에게 선물을 가져다 줄 거라고 했어요."

"무슨 선물이요?"

피델의 눈이 빛났다.

"전부요! 텔레비전, 냉장고, 픽업 차량, 집, 공장, 선박, 시계, 의약품, 코카콜라 등요…."

그제야 난 어렴풋이 깨달았다. 아, 이 사람들은 카르고 컬트 숭배자들이구나! '카르고'는 영어 단어로 '화물'을 뜻한다. 2차 세계대전 동안 수십만 명의 미군이 일본에 대항하기 위한 전투 기지를 건설하기 위해 태평양에 파견되었다. 완전히 자연 상태로 살아가는 섬 주민들은 백인들이 그렇게 짧은 시간에 그 모든 물건을 어디서 가져오는지 알 수 없었다. 그들은 그런 물건들을 이전에는 한 번도 보지 못했다. 통조림, 소프트드링크, 라디오, 과자나 사탕처럼 단것들, 지프차 등등 이런 물건들은 때로는 화물비행기로 수송되어 말 그대로 하늘에서 떨어졌었다. 결국 섬 주민들은 이런 결론에 도달한 것이다. 미국인들은 무에서 모든 것을 만들어내는 마술사들이다! 그 외에 다른 설명이 가능하지 않았던 것이다!

이 오해의 정점은 전쟁이 끝나 연합군이 철수하고 많은 물품들이 불도저로 절벽으로 옮겨졌을 때였다. 혹은 개별적으로 토착민에게 넘겨주었다.

"왜 미국 사람들은 우리를 떠나는 걸까?" 이곳 사람들은 슬픔에 차서 생각을 했다. 이곳의 연장자가 대답했다. "우리한테 불만이 있어서야!"

그래서 그들은 멜라네시아 공간 곳곳에 카르고 컬트를 만들고, 그 컬트 숭배자들은 미국 사람들이 그들에게 선물을 주러 다시 오는 것이 가치 있다는 걸 증명하기 위해 애썼다. 부두를 건설하고, 밀림 속에 착륙 지점을 만들고 비행기가 안전하게 땅에 착륙하도록 대나무로 탑을 만들었다. 그러나 그들의 기대는 실망으로 바뀌었고, 대부분의 카르고 컬트는 없어졌다. 존 프럼의 숭배자들이 이 컬트의 마지막 추종자였다. 존 프럼이라는 이름도 "미국에서 온 존입니다"라고 자신을 소개했던 어느 미군병사의 이름에서 유래되었을 것이다.

"존 프럼을 본 사람이 있어요?"

"네, 부족장 이삭이 봤대요." 피델은 고개를 끄덕이며 화산 위에 그려지고 '문'이라고 표시된 상자를 가리켰다. "그는 화산 안에 있는 비밀입구를 통해 올라가서 존 프럼과 밤을 보냈어요. 이삭은 위대한 마술사예요. 우리들 중 그 누구도 화산 안으로 들어갈 수 없

거든요. 일단 들어가면 다 죽어요."

대변인은 다음 방으로 우리를 안내했다. 마을 주민들이 그곳에 2차 세계대전의 모든 유물을 보관해놓았다. 톰슨 구경 45 기관총의 총포, 오래된 워키토키, 밝은 갈색 군복.

"해마다 존 프럼 날인 2월 15일에 국기게양식을 할 때 군복을 입어요." 발렌타인데이 다음 날이다. "그날 존 프럼이 돌아올 것이고, 우리를 새 시대로 데려갈 겁니다."

"탄나섬에서 얼마나 많은 사람들이 존 프럼을 기다리고 있어요?"

"많아요. 하지만 우리가 중심이에요. 화산에서 가장 가깝고 존 프럼과 접촉 중입니다. 남쪽에 야오나 넨이라는 마을에선 필립 왕자를 존 프럼의 형으로 여기고 있어요."

"영국 엘리자베스 2세 여왕의 남편을 말하는 거예요?"

"맞아요. 거기 예언자들이 그가 신이라고 했어요. 그가 선물을 갖고 온다고 했어요. 몇 년 전에 예언자 남자들 중 다섯 명이 필립 왕자를 만나러 영국으로 가서 버킹엄 궁전에서 그와 공식 회견을 가졌어요."

실제로 이 기념할 만한 만남이 있었고 〈원주민을 만나다―남해에서 온 방문객〉이라는 제목의 다큐도 있다.

3만 명의 주민이 사는 이 섬은 상상을 초월한다!

나머지 일행들이 뒤늦게 도착했다. 마을 주민들은 광장의 한복판에 있는 탁 트인 대피소로 우리를 초대했다. 그들은 교회에서 매주 금요일마다 밤을 새워서 존 프럼의 귀환을 염원하는 노래를 부른다. 이쯤 되니 나도 제발 그가 돌아오길 간절히 바라게 됐다.

주변에는 좁은 의자가 놓여 있었다. 바닥에는 야자수 가지를 꼬아서 만든 매트리스를 깔았다. 다 모이자 히피족 중 세 명이 원주민들에게 즐거움을 선사할 만한 노래를 시작했다. 퀘벡에서 온 기악과 여대생이 자신의 160년 된 바이올린을 연주하며 프랑스 기타리스트와 캐나다 출신 드러머와 함께 연주를 시작했다. 마을 주민들의 얼굴에 어떤 감동과 정열이 퍼져 나갔는지 설명하기 어렵다. 그저 몇 분 안에 소박한 앙상블이 마을 전체를 매혹시켰다고 말할 수 있겠다.

주민들 간의 믿을 수 없을 정도로 빠른 의사소통을 우리는 '코코넛 와이파이'라고 불렀다. 이 와이파이는 놀라운 속도로 마을 구석구석에 퍼져서 호기심에 찬 사람들을 불러 모았다. 남자, 여자, 아이들, 심지어는 개와 돼지들까지 몰려들어서 대피소 주변은 여름 세일을 시작한 백화점처럼 북적거렸다.

아마 이 사람들은 바이올린을 생전 처음 보았을 거다. 난 가장자리에서 피델과 함께 이 광경을 지켜보며 그에게서 화산에 대해 들었다.

"당신들은 반대쪽으로 해서 야수르에 갈 수 있어요. 거기 입구가 있는데, 미군들이 입장표를 받고 있죠."

"얼마인데요?"

"1인당 3,500바투예요."

30유로 정도 된다. 난 피델에게 우리 상황을 설명했고 그는 부족장과 논의했다. 잠시 후 그는 고개를 끄덕이면서 논의한 내용을 알렸다.

"같이 온 사람들한테 당신들이 부족장 이삭의 손님들이라고 말해주세요. 오늘 밤은 여기서 묵으세요. 그리고 나중에 날이 저물면 화산까지 가는 잘 알려지지 않은 길을 알려줄게요. 군인들이 받은 입장료에서 우리가 따로 받는 건 없어요. 존 프럼의 성스러운 장소로 장사를 하는 건 옳지 않다고 생각합니다."

존 프럼 씨 감사합니다!

연주를 다 마치자 피델이 우리를 오두막으로 데려갔다. 마을 주민들이 우리를 위해 깨끗이 치워두었다. 그들의 손님 대접에 마음이 따뜻해졌다. 그리고 우리는 마을 아이들과 축구를 하고 뜨거운 온천수로 목욕을 했다.

"남자들을 불러 모으세요."

저녁시간에 다시 오두막으로 가니 피델이 나에게 이렇게 말했다. 난 마을 사람들에게 어느덧 선장, 아니 선장 부족장의 대변인으로 통하고 있었다. 아마 내가 제일 먼저 도착했기 때문일 것이다. 그래서 모든 중요한 일을 나와 의논하려 했다.

"우리는 나카말로 갈 거예요. 카바를 마실 만한 신성한 장소입니다. 그리고 식사를 할 거예요."

여기는 근사한 장소가 정말 많군. "남자들만요?" 내가 물었다.

"여자들이 나카말에 가는 건 금기입니다." 피델은 오해의 여지가 없도록 분명히 못박았다. "여자들에겐 오두막으로 먹을 걸 가져다줄 거예요. 당신은 나와 함께 가고요."

그래서 우리 일행은 나뉘었고, 우리 중 다섯 명은 피델을 따라갔다. 그는 둑방 아래, 마을에서 겨우 200미터 떨어진 어느 빈터로 우리를 데려갔다. 우리 외에 열두 명 정도의 마을 주민이 함께했다.

"여기가 나카말입니다. '평화의 장소'라는 의미이지요."

피델은 이렇게 말한 후 푹신한 구릉 주변의 네모난 바닥 안에 있는 나무줄기에 앉으라고 지시했다. 구릉은 2미터 정도였다 피델은 세 번째 남자가 가져온 몇몇 두꺼운 뿌리의 껍질을 커다란 칼로 벗겨냈다. 이 구릉은 세월이 흐르면서 이 껍질들이 쌓여서 만들어졌다.

"바누아투의 카바가 제일 강해요." 피델이 우쭐해하며 웃었다.

난 피지에서 그 식물을 알게 되었다. 그 섬에서는 세부세부섬의 환영 의식에 사용된다. 새로운 마을로 이사를 하는 사람은 부족장에게 존경의 의미로 말린 카바 뿌리를 가져와야 한다. 그러면 부족장은 그 뿌리를 으깨어서 즙을 짠 다음 모두 함께 마시고 취한다. 그렇게 친구를 사귀는구나.

점차 황혼이 우리를 감싸고 곤충들이 찌르륵찌르륵 울어댔다. 누군가 불을 피웠다. 불꽃이 얇은 가지를 따라 타올랐고 나뭇가지에서 마치 긴 손가락처럼 우리를 향해 뻗어 있던 그림자를 몰아냈다.

피델이 뿌리를 다 벗겨내자 사람들이 열 살 정도의 남자 아이 두 명을 데려왔다. 그들은 풀로 엮은 옷을 입었고 팔 길이 정도의 바나나 잎을 앞에 놓았다. 그리고 두 개의 거친 카바 조각을 입에 넣고 씹기 시작했다.

"이 두 아이는 교육 중이에요. 여자들과 관계를 갖지 않은 할례 받은 남자애들만 카바를 만들 수 있어요."

피델이 진행 과정에 대해 알려주었다. 그들은 바나나 잎에 그들이 씹어서 으깬 녹갈색 덩어리를 뱉어내고, 다음 조각을 씹기 시작했는데 그런 식으로 모든 카바를 다 씹어서 그들 앞에 놓인 바나나 잎에 외관상 전혀 식욕을 돋울 것 같지 않은 걸쭉한 죽 같은 것이 쌓였다.

어떻게 진행될지 왜 나는 이미 알고 있는 걸까? 이런 생각을 하며 난 무심코 얼굴을 찡그렸다. 마을 주민 중 한 명이 나무껍질을 가져와서 그 안에 약간의 물을 채웠다. 그리고 첫 번째 바나나 잎의 덩어리를 마치 천연소재 헝겊처럼 짠 커다란 야자수 섬유 안에 넣어서 쐐기 안의 덩어리를 씻어냈다. 그가 섬유 덩어리를 굴릴수록 물은 점점 더 뿌옇고 녹색빛이 되었는데 나중엔 렌즈콩 수프처럼 되었다.

그 남자는 다시 액체를 부어서 나머지도 똑같은 과정을 거쳤다.

"부족장과 네가 먼저." 피델은 두 개의 코코넛 열매 껍질에 그 액체를 가득 담아서 내밀었다.

"고마워요! 그럴 필요는 없는데…." 난 정중하게 인사를 하려고 노력하면서 내 손안에 있는 질퍽한 액체를 바라보았다. 그렇게 우회적으로 거절하는 건 아무 소용없어 보였다. 졸지에 부족장이 된 선장도 당황하고 있었다.

피넬은 우리가 주저하는 걸 눈치 챘으나 잘못 이해해서 우리가 적절한 다음 단계를 고민하는 중이라고 생각했다.

"저쪽으로, 덤불을 바라보세요. 그리고 카바를 다 마시고, 땅에 힘차게 침을 뱉으면서 당신들의 신에게 소원을 빌고 다시 이리로 오세요."

우리는 몸을 일으켜서 그 빈터의 가장자리로 갔다. 다른 사람들에게 등을 돌린 채 선장과 나는 서로 전혀 준비가 되어 있지 않다는 시선을 주고받았다.

"이걸 먹고 죽지는 않겠죠…." 내가 속삭였다.

"그러진 않겠지…." 선장은 대답했지만 자신 없는 말투였다. 계속 망설이며 서 있었지만 아무도 그리고 아무것도 우리를 도와주지 못했다.

"셋을 셀까?"

"하나, 둘…."

우리는 동시에 그 잔을 들고 단숨에 비웠다. 즙이 턱으로 뚝뚝 떨어질 정도로 빨리 마셔버렸다. 비주얼만 역겨운 게 아니었다.

그릇을 내려놓았을 때, 입안의 감각이 무뎌지기 시작했다. 우리는 지침에 따라 큰소리로 침을 뱉은 후 조용히 어둠 속을 노려보았

신나게 걸어봐 인생은 멋진 거니까

다. 이런 경험을 하게 해주셔서 감사합니다. 난 피델이 지시한 대로 나의 하느님에게, 내가 여행하는 동안 한층 가까이 다가갈 수 있었던 하느님에게 기도했다. 배탈이 나지 않게 우리를 보호해주세요!

그건 내가 지금까지 마셔보았던 카바 중에서 제일 독했다. 산업용으로 가공된 카바는 훨씬 부드러웠다. 내가 받은 인상으로는 서태평양에서는 알코올보다 훨씬 흔했다. 인구가 많은 지역에는 카바 바도 있었다. 이 중독제는 인기가 많았다. 인지능력은 말짱하지만 적당히 긴장을 풀어주어서 기분 좋은 노곤함을 느끼게 해주기 때문이다. 숙취도 없다. 마리화나만큼 적다. 전통적으로 멜라네시아인뿐 아니라 미크로네시아인과 폴리네시아인들도 종교적 의식을 위해 의약품 혹은 일반적인 치유제로 이용했다.

우린 다른 사람들이 있는 곳으로 돌아갔다. 그다음 두 사람이 줄에 서 있었다. 아무도 거기서 벗어날 수 없었다.

"한 잔 더 마실래요?" 피델이 물었다.

"아, 괜찮아요. 저희가 마을 주민들 것까지 다 마시면 안 되죠."

난 마지못해 거절하듯 말했다.

껍질 하나로 모두에게 충분했다. 토착민들은 매우 즐거워했다. 모두가 다 마신 후 우리에게 타로뿌리와 고구마, 카사바를 대접했다. 중독 효과가 약해지지 않도록 적은 양만 주었다.

"이제 카바가 하는 말에 귀를 기울이세요." 피델이 다가왔다.

다들 침묵했다. 우리는 조용히 통나무 위에 앉아서 밤의 소리를 들었다. 동물들의 소란도 가라앉았다. 동물들에게도 침묵하라는 명령을 내린 것 같았다. 불이 타닥타닥 소리를 냈고, 아늑하고 따뜻한 온기를 전했다. 난 멀리서 바다 소리를 들었고 초승달빛이 반짝이는 모자이크처럼 무성한 나뭇잎 사이로 간간히 비추었다. 나무 꼭대기 위로 야스르 화산이 검게 솟아 있었다. 화산은 별빛을 받아 신비롭게 빛났다. 땅이 희미하게 흔들렸고, 밤하늘을 향해 쏘아 올라간 불덩어리들은 분화구가 다시 삼키기 전에 나지막이 우르릉거렸다.

"뭐가 느껴져요?" 선원 중 한 명이 속삭였다.

우리는 고개를 흔들었다. 굳이 카바에 취할 필요가 없었다. 난 마치 꿈을 꾸는 것처럼 주변의 풍경과 소리에 압도되었다. 중독제에 정신을 못 차릴 정도로 취하지 않은 것도 기뻤다. 아직 밤은 한참 남아 있었다.

어림잡아 한 시간 정도 지난 후 고요함은 끝나고 우리는 여자들이 있는 곳으로 돌아갔다. 입에 손전등을 물고 우리는 배낭에서 중요하지 않은 것들을 전부 꺼내고, 오두막 앞에 모였다.

"준비되었어요?" 마을 주민 중 한 명이 우리에게 길을 안내하기 전에 물었다. "화산까지 계속 이 길로만 가서 화산을 오르세요."

"같이 가지 않아요?" 깜짝 놀라서 물었다. 피델이 그 남자가 우리와 함께 갈 거라고 말했었다.

"아니요. 난 피곤해요. 당신들이 길을 잘 찾을 겁니다. 잘 다녀오세요."

그는 그렇게 말하고 가버렸다. 처음엔 약간 실망했다. 그러나 그 남자가 옳았다. 가이드가 꼭 필요하지 않았다. 길도 여러 갈래가 아니었다. 더구나 몇 분에 한 번씩 화산은 그르렁거리는 소리를 통해 자신의 존재를 알려왔다.

화산 기슭에 있는 불에 그을린 지역에 도착했을 때 우리는 손전등을 껐다. 누군가 우리를 발견하면 안 된다. 우린 금지된 행위를 하고 있었고, 그걸 잘 알고 있었다. 사실 이런 생각 전부가 미친 짓이었다. 그나마 다행은 이런 미친 생각을 혼자만 하는 게 아니라는 점이다.

우리는 달빛으로 음울한 거인의 실루엣을 향해 잿빛 모래를 밟고 갔다. 산은 격노하여 번쩍이는 얇은 가락들을 뿜어내었다. 땅이 흔들렸다. 마치 지옥이 가까워지고 있다는 걸 경고하려는 것 같았다. 정상의 주황빛 너머로 검은 연기가 피어올랐다. 마치 덫처럼 우리를 기다리고 있는 움푹 팬 수많은 구덩이에 걸려 넘어지거나 빠지지 않도록 발밑을 조심하면서 걸었다. 거대한 정맥의 연결망처럼 곳곳에 수렁이 있었다.

"저기 누가 있어!" 스페인 남자가 속삭였다. 산꼭대기에서 손전등 두 개가 번쩍였다. 너무 어두워서 자세히 볼 수 없었지만 불빛의 움직임으로 보아 손전등을 든 사람들은 우리가 있는 곳을 향해 경사면을 급히 내려오고 있었다.

"군인인가? 뉴질랜드 사람이 말했다.

"누군가 우리를 봤을 리가 없어. 이렇게 어두운데."

난 모든 사람들을 진정시키려고 노력했지만, 스스로도 확신할 수 없었다. 주변에 숨을 만한 곳이 있는지 재빨리 둘러보았다.

"이리로 와!"

난 날씨 때문에 파인 도랑들 중 하나로 다른 사람들을 밀어 넣었다. 우리는 산비탈에 벌어진 틈으로 몸을 숨겼다. 아무도 말하지 않았다. 모두 들킬까 두려운 것이었다. 우리 양쪽으로는 엄청 가파른 벽이었다. 완전 미로 같았다.

그때 갑자기 바람의 바스락거리는 소리에 낯선 목소리가 섞여서 들렸다. 경비원이었다!

"숨어! 이리로 오고 있어…." 스페인 사람이 속삭였다.

우리가 여기 있다는 걸 저 사람들이 어떻게 알았지?

땅이 강하게 흔들렸다. 산이 폭발했다. 전쟁 같았다. 우린 구덩이의 한쪽 벽으로 몸을 굽히고 작은 틈새의 그림자 속으로 납작 엎드렸다. 우리가 방금까지 있었던 길 위로 누군가 손전등 불빛을 비추었다. 우린 숨을 멈췄다. 아무도 단 1밀리미터도 움직이지 않았다. 그리고 그들 중 한 사람의 실루엣이 우리가 숨어 있는 구덩이의 입구를 지나갔다.

그리고 멈추었다. '그냥 계속 가!' 속으로 외쳤다. 손전등 불빛이 우리 반대 방향으로 크게 흔들리더니 다시 이리저리 흔들렸다. 이마에서 땀이 솟았다. 다른 두 사람의 윤곽이 나타났다. 그들은 알아들을 수 없는 말을 주고받더니 다시 움직였다.

우리를 본 건 아니었다. 숨막힐 듯한 정적 속에서 그들의 발자국 소리가 멀어졌다. 우리는 안도의 숨을 내쉬었다. "얼른 가자!"

조용히 숨어 있던 곳을 정리하고 등반을 시작했다. 정말 힘든 산행이었다. 전혀 예상치 못했었다. 경사면을 덮고 있는 모래와 재가 뒤섞인 땅 속으로 발목 깊이까지 발이 빠졌다. 세 걸음을 올라가면 두 걸음 미끄러졌다. 몸을 유지하려면 네 번째 걸음을 얼른 앞으로 내디뎌야 했다.

매 순간 화산이 흔들렸다. 반짝이며 용암에서 떨어져 나온 위험한 덩어리들이 우리를 향해 분출했다. 그 덩어리들은 작은 눈사태처럼 평지를 침식하고 있었다.

"이건 정말 미친 짓이야! 터지고 있는 화산을 기어오르다니!" 퀘벡에서 온 학생이 어처구니없다는 듯 웃음을 터트렸다.

"맞아." 선장이 숨을 헐떡거리며 맞장구를 치다 등을 대고 굴렀다. "더 이상 못하겠어."

우리는 이미 30분 이상 산을 기어올랐다.

"힘을 내요! 거의 다 왔어요." 우리는 그에게 용기를 내라는 말을 하고 싶었지만, 사실은 누구도 그 어둠 속에서 얼마나 더 가야 하는지 정확히 알 수 없었다. 선장은 사람들의 도움을 받아 간신히 일어섰고 우리는 조금 더 갔다. 그는 숨을 돌리기 위해 점점 더 자주 주저앉았다. 마침내 우리는 떨어지는 돌덩어리들을 피할 수 있는 곳에 도착했다.

"그만! 내 나이면 자신의 한계를 알아야 해. 벌써 그 한계를 훨씬 넘었다고." 그는 신음소리를 내며 바위 위에 털썩 주저앉았다. "여기서 기다릴 테니 다녀와. 내 다리로는 더 이상…."

"여기까지 와서 포기하는 건 말도 안 돼요!" 난 그를 설득했다.

그는 담배에 불을 붙였다. "그러면 내가 무엇을 할 수 있는지 한번 살펴봐." 그는 한 모금 깊게 빨아들이고, 숨을 내뱉으면서 도전적으로 팔짱을 꼈다.

여기까지 온 것만도 엄청난 거야! "우리가 돌아올 때까지 몇 시간이 걸릴지 알 수 없어요." 마지막이다 생각하고 이렇게 말했다.

"다녀와. 기다릴 테니."

마음을 돌릴 수 없을 것 같았다. 결국 절벽에 선장을 두고, 계속 앞으로 기어갔다. 10분도 채 지나지 않아 경사가 평평해지더니 우리는 고원에 도착했다. 날카로운 현무암 덩어리들이 초콜릿 케이크 위에 뿌려진 토핑처럼 바닥을 덮고 있었다. 산은 로켓처럼 발사하며 남겨진 침전물들이었다. 마치 화성에 온 것 같았다.

100미터 정도 앞에서 유독한 유황 연기가 거대한 심연에서 솟아나왔다. 깊은 곳에서 무시무시한 천연가스가 분출하고 있었다. 산은 엄청난 굉음을 내며 계속 불덩어리를 창공으로 쏟아냈다. 난 한 번도 이런 숨 막히는 광경을 본 적이 없었다. 그리고 어떻게 분화구 주변에 서 있는 것이 가능한 건가?

"잠깐만 기다려. 내가 선장님을 모시고 올게!"

이렇게 말하고 난 비탈 아래로 뛰어갔다. 얼마나 가까운지 선장님이 알아야 해! 그러면 다시 스스로를 일으켜 세울 거야. 난 서둘렀다. 선장이 혼자 마을로 돌아갈지도 모른다는 생각이 들어서였다. 서두르면서 구멍이 많은 뾰족한 바위에 다리를 찢기지 않도록 조심해야 했다. 더구나 왔던 길을 찾는 것도 쉽지 않았다. 위에서 보니 다 똑같아 보였다. 사방이 흐릿하고, 황량하고 가팔랐다.

"선장님!"

선장을 남겨두었던 근방이라고 생각했을 때, 몇 번이고 목이 터져라 불렀다. 경비원들이 이 근처에 있을지도 모르는데… 그렇다면 난 정말 큰 실수를 하는 거야! 머릿속으로 이런 생각이 스쳤다. 하지만 다시 소리를 질렀다. "선장님!"

아무런 대답이 없었다. 선장도, 경비원도. 바람과 기괴한 모양의 바위가 내 외침을 삼켜버렸다. 난 부지런히 옆을 살폈다. 잠깐, 저거 불빛 아냐? 난 눈에 힘을 주고 어둠 속에서 무언가를 식별해내려고 노력했다. 실제로 조그만 점 하나가 반짝거렸다. 담배다! 선장님이야!

"선장님." 그 불빛 근처로 가서 불렀다. 선장이 나를 쳐다보았다. "진짜로 몇 미터만 올라가면 돼요. 지금 같이 가지 않으면, 정말 후회하실 거예요!"

"이미 계속 그렇게 말했잖아." 선장이 손을 내저었다.

"이번엔 진짜라고요! 분화구까지 몇 분밖에 안 걸려요!"

난 저 위에서 무엇이 그를 기다리고 있는지 말했다. 그는 흔들리는 것 같았다.

"좋아. 하지만 네가 말한 것만큼 가깝지 않으면, 구조 헬기 비용은 네가 내야 할 거야."

그는 기운을 내서 일어섰고 우리는 함께 정상을 향했다.

우리가 막 고원에 도착했을 때, 엄청난 충격파가 우리를 덮쳤다. 발아래 땅이 흔들렸고, 어마어마한 천둥소리가 울렸고, 녹은 용암이 화산 내부에서 터져 나와 우리 머리 위로 날아갔다. 말로 표현할 수 없는 엄청난 굉음이 울리고 화산은 두 번째 축포를 쏘아 올렸는데, 마치 수백 개의 불타는 등불처럼 우리 머리 위로 쏟아져 내렸다.

심장이 미친 듯이 뛰었다. 매 순간 옆으로 몸을 던져 생명을 구해야 하는 건 아닌지 싶었다. 그러나 우리가 서 있는 자리로는 용암이 떨어지지 않았다. 아드레날린이 솟구치는 것 같았다. 난 웃으며 선장의 등을 쳤다.

"산이 선장님을 보게 되어 반갑대요!"

난 우리 앞에서 부글거리며 끓는 구멍을 가리켰다. 그때 어떤 소리가 우리의 주의를 끌었다. 산의 울부짖음 속에 바이올린의 부드러운 소리가 섞여 들렸던 것이다. 우리는 그 소리에 이끌렸다. 부글거리며 끓고 있는 분화구에서 한 뼘 거리에 퀘벡에서 온 그 여학생이 앉아서 바이올린을 연주하고 있었다. 우울한 멜로디가 우리 주변의 모든 강력한 창조물을 자신의 영역 안으로 불러들이는 마법처럼 울려 퍼졌다. 그리고 그 창조물은 찬란한 몰락을 준비하고 있는 것처럼 보였다. 초현실적이었다. 결코 잊을 수 없는 그런 순간이었다.

"스페인 사람이랑 뉴질랜드 사람은요?" 난 일행한테 인사하며 물었다.

"저 위에. 사진을 찍고 있어." 프랑스 사람이 몇 미터 떨어진 절벽을 가리켰다. 난 미처 날뛰는 그 심연에 다가가서 아래를 내려다보았다. 마치 야수의 목에서 터져 나오는 것처럼 지하에 있던 마그마가 뿜어져 나오고 있었다. 불바다에는 부글부글 거품이 일었고, 미친 듯이 출렁거렸다. 그리고 다시 폭발하며 탐욕스럽게 저수지 주변에 자신이 포획한 것들을 묻었다. 분화구 벽에 마치 사악하고 찡그린 얼굴처럼 보이는 기괴한 그림자가 울렁거렸다.

예전에 여기에서 사람을 제물로 바친 적이 있었나? 난 속으로 질문을 던졌다. 그림자는 죽음의 고통 속에서 괴로워하며 몸을 뒤트는 갇힌 영혼의 일그러진 모습처럼 보였다. 그 아래 훨훨 타는 불은 지옥의 목구멍처럼 부글부글 끓고, 쇳소리를 내며 눈구멍과 입으로 달려드는 불씨는 창조물에게 무상한 삶을 주었다. 온몸에 소름이 돋았다.

인간은 무엇인가? 압도적인 광경 앞에서 저절로 이런 물음이 솟았다. 이 화산과 비교할 때 너는 무엇인가? 태양과 비교할 때 화산은 무엇인가? 우리 은하계의 3,000억 개의 별들과 비교할 때 태양은 또 무엇인가? 우주 안에 존재하는 1조의 별들과 비교할 때 우리 은하계는 무엇인가? 500년 안에 사람들은 우리의 존재를 잊을 것이다. 아무도 너의 이름조차 모를 것이다. 70억 년 우리 행성의 먼지가 온 우주로 퍼질 것이다. 넌 아무런 의미가 없다. 너는 다만 다른 사람들에게 의미가 있을 뿐이다.

먼 곳의 휘파람 소리가 나를 깨웠다. 용암이 끓어오르며 터졌고, 으르렁거리는 굉음과 함께 분화구에서 엄청난 불꽃이 솟구쳤다. 언덕 가장자리에서 모든 걸 파괴할 것 같은 폭발이 일었다. 툭 튀어나온 돌출부에 스페인 사람과 뉴질랜드 사람이 있었다.

우리는 목숨이 위험한 상황에 놓여 있었다. 그러나 그 누구도 우리가 무슨 일을 당하게 될지 심각하게 받아들이지 못했다. 심장이 쿵쾅거리며 뛰었다.

"저기요! 괜찮아요?" 바람에 맞서며 소리를 질렀고 무슨 신호라도 오기를 바랐다. 그러나 아무런 대답이 없었다. 마치 영원인 듯 느껴지던 몇 초가 지난 후에 멀리서 웃음소리가 들려왔다. "오, 하느님 감사합니다!" 나도 모르게 이 말이 나왔다. 그들은 무사했다.

잠시 후에 그 두 사람은 우리에게 왔다. 놀랍게도 뉴질랜드 여자는 스페인 남자 어깨를 잡고 낄낄거리며 웃고 있었다. 그 남자도 절룩거리긴 했지만 웃고 있었다. 바지는 찢어지고 무릎에서 피가 흘렀다.

"놀라서 넘어졌어요." 여자가 딸꾹질을 했다.

"와, 정말 어마어마한 용암 덩어리가." 스페인 남자는 두 팔을 과장된 몸짓으로 벌리며 말했다, "나를 덮칠 뻔했다고요!" 껄껄 웃으며 "정말 엄청 나네요"라고 덧붙였다.

"엄청난 건 너희들이야!" 선장은 고개를 흔들었다. "죽을 뻔했다고!"

죽고 나면 삶은 무슨 가치를 지니게 될까? 다시 이런 생각이 머리에 떠올랐다. 난 분화구 위로 춤추듯 피어오르는 연기를 바라보았고, 그 연기는 얇은 실처럼 변하면서 사라졌다. 폭발하며 타오르다 곧 사라지는 불꽃같다. 난 결론을 내렸다. 사는 동안 내가 타인에게, 타인이 나에게 베풀면서 삶의 가치가 생겨난다는 것을.

믿기 어렵겠지만 몇 시간이 지나자 우리는 그 으르렁거리는 폭발에 익숙해졌다. 기온이 떨어져서 추웠다. 산의 둥근 봉우리는 너무 높았고, 바람이 너무 강하게 불어서 우리 발아래 있는 자연 난로로는 몸을 덥힐 수가 없었다. 그래서 우리는 자정이 한참 지난 후에 산을 내려왔다.

다음 날 돛을 게양하기 전, 선장과 나는 규칙을 존중한다는 의미에서 군인들에게 입장료 3,500바투를 지불했다.

우리는 섬을 따라 부지런히 돌아다녔다. 어느 주민이 마을 축제에 우리를 초대했는데, 손님으로 환대한다는 의미에서 화환을 걸어주었다. 우리에게 과일을 나누어주고 집으로 초대했다. 답례로 우리는 몇몇 전자제품과 태양열판을 수리해주었다.

그들은 "백인들은 모든 걸 알고 있네요"라고 말했다. 말레쿨라섬에서 어느 원주민이 그날 돌아가신 할머니에게 '마지막 조문인사'를 하러 이웃 마을로 가면서 나를 데려갔다. 어느 만을 거쳐서 갔다. 크리스털처럼 투명하고 맑은 물속에서 화려한 산호초가 빛났다. 해변을 둘러싼 수풀의 불룩한 잎사귀들은 건강해 보였고 다양한 색깔의 꽃들이 초록색과 잘 어울리게 배치되어 있어서 마치 어느 능숙한 정원사가 가꾸어 놓은 꽃밭 같았다.

이 울창한 수풀에 고구마, 호박, 카사바, 바나나, 양배추, 옥수수, 카바, 라임, 토마토, 멜론, 파파야, 카카오, 코코넛 야자수가 소박하게 어우러져 있었다. 아늑해 보이는 집들은 완전히 자연에서 얻어진 재료로만 지어졌다.

"네 할머니는 연세가 어떻게 돼?" 우리가 야자수 나무 그늘 아래에서 천천히 걸어갈 때 내가 물어보았다. 그는 전혀 서두르지 않았었다. 특별히 해야 할 일도 없어 보였다. 난 신선한 공기를 맘껏 마시고 이 목가적인 풍광을 즐겼다.

"몰라."

"할머니 이름은 뭐야?"

그는 한참을 곰곰이 생각했다. "정확히 모르겠는데."

뭐라고? 가는 도중에 우리는 할머니를 조문하러 가는 사람들을 수도 없이 만났다. 손주들이 이렇게 많을 수가 없는데! 그냥 나이가 드셔서 할머니라고 부르나 보다.

목적지에 도착했을 때, 수풀 너머로 가슴을 찢는 것 같은 울부짖음과 탄식 소리가 들려왔다. 고인의 집으로 직접 이어지는 길 앞에서 원주민 목사님이 우리를 맞이했고, 지나가는 사람들과 악수를 나누었다. 내 주변에 있는 사람들이 갑자기 머리를 숙이고는 흐느껴 울기 시작했다. 나도 시선을 떨어트렸다. 사람들이 이 할머니를 정말 좋아했던 것 같다.

우린 오두막 몇 채가 있는 모래가 덮인 뜰로 갔다. 거기로 100명 정도의 사람들이 몰려들었다. 그 근처 마을 사람들은 다 모인 것 같았는데도 계속 사람들이 왔다. 얼굴에는 슬픔이 가득했고 너무나 큰소리로 울부짖어서 난 우리 모두에게 종말이 온 것 같다고 느꼈다. 그런데 뭔가 이상했다. 아무도 눈물을 흘리지 않았다. 그때서야 난 상황을 파악했다. 이 요란한 슬픔은 표현 방식일 뿐이었다. 아, 그렇다면… 난 눈 위에 팔을 대고 울부짖기 시작했다.

3분 정도 우리는 마음의 괴로움을 그럴싸하게 표현했다. 고인의 딸인 듯한, 꽃무늬 옷을 입은 중년 여자는 조문객 한 사람 한 사람 목을 끌어안았다. 진짜로 눈물을 흘리는 사람은 그 여자뿐이었다.

잠시 후 나와 같이 왔던 남자가 이제 그만해도 된다는 신호를 보냈다. 합창하듯 애도하는 사람들의 시야를 벗어나 우린 망고나무 아래에 있는 한 무리의 남자들에게로 가서 앉았다. 모두 기분이 좋아 보였다. 고인을 애도하고, 친척들과의 연대감을 존중하는 마음을 이런 식으로 표현하는 것이 내겐 무척 낯설었다. 그러나 다른 한편으로는 자신의 감정을 자유롭게 분출하는 걸 부끄러워하지 않는 분위기가 형성되었다. 그렇게 다른 사람들과 함께 자신의 불행을 나눌 수 있는 것이다. 이런 충격적인 상황에서 이 사람들은 우리보다 훨씬 빨리 회복할 것 같았다. 남자들이 운다고 겁쟁이로 손가락질 받지 않아도 되는 기회를 공공연하게 만들어주는 것에 난 감명받았다. 눈물을 흘리기 위해선 강한 남자여야 한다. 어느 만화에서 보았던 구절이 생각났다. 이것을 조롱하려면 더 강해야 한다. 강한 남자가 조롱하는 사람을 두들겨 패지 않으려면 말이다.

2015년 8월

우리는 이웃에 있는 섬에서 매혹적인 관습과 마주했다. 해마다 오순절에 축제가 열리는데, 그 축제에서는 번지 점프 시범을 보이는 사람을 축하한다. 참가자들은 15~30미터 높이의 탑에서 뛰어내리는데 그 탑은 나뭇가지와 나무껍질로 짓는다. 발목을 두 개의 덩굴 줄기로만 묶는데, 번지 점프하는 사람이 땅에 닿을 수 있을 정도로 그 길이가 길다. 엄청 마음을 졸이게 만드는 전통이다.

에스피리투산토섬에서 나는 이틀간 여정을 계획하고 짐을 꾸렸다. 지미 스티븐스 컬트의 숭배자를 만나러 가려 했다. 스티븐스는 1980년대에 이 섬을 '베메라나 독립국가'로 선포하고 자신을 국무총리로 임명했다. 바누아투가 독립을 한 후 실제 총리가 반란을 일으켰고, 스티븐스는 감옥에 갇혔다.

1991년 석방된 후 위암으로 사망하기까지 그는 스물네 명의 아내와 살면서 마흔 명 정도 아이를 낳았다고 한다. 그가 만든 나그리아멜 운동은 약간 컬트적인 성격을 띠었는데, 보도에 따르면 그 추종자들은 지금도 허리에 두르는 천외에는 아무것도 걸치지 않는다고 한다.

선장이 가까운 소도시까지 동행해주었다. 거기서 갑판에서 샤워를 하는 데 필요한 부품을 사려고 했다. 그와 헤어지고 난 혼자서 내륙으로 걸어갔다. 주민 한 분이 내게 방향을 알려주었다. 대략 대여섯 시간 정도면 그 추종자들이 사는 마을에 도착할 수 있을 거라고 예상했다. 태양이 하늘 높이 떠 있었고 발아래 포장도로는 어느덧 붉은 흙먼지가 뒤덮인 길로 변했다. 건물들이 빽빽한 밀림과 황량한 목초지에 길을 내주었다. 거대한 열대나무의 몸통은 고대 기둥처럼 보였고 난 한때 그 나무 몸통들이 거대한 창고의 버팀목 역할을 했을 거라고 상상했다. 이제는 새들이 살고 있다.

내 뒤로 엔진소리가 가까이 들렸다. 어깨 너머로 힐끗 쳐다보았다. 픽업차다. 난 길가로 물러섰다. 태워달라고 해볼까? 물론 이곳에선 아무도 히치하이킹이란 말을 모를 것이다. 내가 고민하는 동안 차가 내 옆을 지나가다 나의 외국인 외모 때문인지 차가 멈추었다.

운전수가 창문 밖으로 몸을 내밀며 물었다.

"어디로 가는 거니?"

"지미 스티븐스 마을이요."

그렇게 말하자 그는 타라고 했다. 해변에서 농산물을 팔았던 농부 몇 명이 짐칸에 쭈그리고 앉아 있었다. 그들은 조금씩 몸을 움직여 자리를 내었다. 난 배낭과 함께 그 빈틈에 웅크리고 앉았다. 차는 수많은 울퉁불퉁한 땅 구덩이가 짐칸에 탄 살아 있는 화물들에게 어떤 영향을 끼칠지 완전히 무시한 채 달렸다. 짐칸 쪽으로

215

엄청난 먼지가 날아와서 우리는 티셔츠를 코 위로 잡아당겼다.

"F1을 아세요?" 소음을 뚫고 난 둘러앉은 사람들에게 물었다.

검은 얼굴 몇몇에서 희미한 미소만 알아볼 수 있었다. 내 질문은 다른 질문으로 이어졌다. 내가 나에 대해 소개하자 얼굴이 길고, 검고 곱슬곱슬한 수염에 입술이 두꺼운 한 남자가 자기를 소개했다.

"난 지미 스티븐 마을 이웃에 살아요. 오늘 밤 우리 집에서 묵으세요."

제안이라기보다 확인처럼 들렸다. 물론 난 그 말이 반가웠다.

"얼마나 있을 거예요? 이틀, 3일?"

"하루만 있다 갈 거예요. 모레에 배를 타고 떠날 거예요."

난 그렇게 말했다. 그 남자는 만족한다는 듯이 고개를 끄덕였다. 농부들이 각각 목적지에서 내려서 화물칸은 점점 비어갔다. 어느 마을 산기슭에서 우리가 마지막으로 내렸다.

"지미 스티븐스는 아내가 스물네 명이었어요."

울창한 숲을 따라 진흙 길을 걸어갈 때 그가 말했다. 길 입구에 낡은 대나무 오두막 한 채가 있었고, 문 앞에서 반쯤 벌거벗은 남자가 격분하여 칼을 갈고 있다. 난 그에게 웃어 보였다. 그는 일을 하다 나를 쳐다보고는 더 화가 난 표정을 지었다. 여기서는 사진을 찍지 않는 것이 좋겠어, 라고 생각하며 발걸음을 서둘렀다.

"그는 위대한 부족장이었어." 두꺼운 입술의 남자가 지미 스티븐슨에 대한 자신의 설명에 눈에 띄게 감동하는 표정으로 말을 이었다. "그는 돼지를 1,000마리도 넘게 죽였다고!"

"세상에!"

부인 한 명당 돼지 50마리라니. 돼지를 기르는 것이 내게 가치가 있는지 아주 잠깐 생각해봤다.

길 끝에 나를 초대해준 남자와 그의 가족들이 살고 있는 땅이 있었다. 그의 집은 골함석 지붕으로 넓었다. 집 앞엔 햇빛 아래 카바 뿌리를 펼쳐 말리고 있어서 그것이 가족의 수입원이라는 걸 알 수 있었다. 그의 집 평으로는 나무와 야자나무 가지로 지어진 건물이 여섯 채가 더 있었다. 닭들이 뜰 안을 활보하고 집 두 채 사이에는 누군가 다채로운 색깔의 빨래를 늘어놓았다.

"내 친척들이 여기에 살아요." 그러면서 그 남자는 집 한 채를 가리켰다.

"저 집은요?"

"지미 스티븐슨 기념관이에요. 정착지마다 의무적으로 기념관을 갖고 있어야 해요."

그 남자가 대답했다. 그리고 자기 가족을 소개하고 주변을 함께 둘러보았다. 실망스럽게도 대부분 마을 사람들은 완전히 정상적인 옷차림이었다. 문화적 종교적 신념에서 반쯤 벌거벗은 사람들도 있었지만 말이다. 나에겐 아까웠다. 이 사람들에겐 다행이지만. 길이 울퉁불퉁하고 거칠어서 단순한 형태의 오두막과 개방형 화덕이 더 원시적으로 느껴졌다. 그러나 콘돔 사용법을 설명해주는 바나나 사진이 붙어 있는 의무실도 있었다.

저녁에 그 남자는 나를 어떤 카바 바에 데리고 갔다. 기둥 위에 지붕을 얹은 건물로 음료가 섞인 커다란 냄비와 앉을 만한 의자 몇 개가 있었다. 탄나섬에서 즐긴 분위기와는 비교가 안 되었다.

"여기서 남자들이 자식들 학교 보낼 돈으로 술을 마시지!"

그 남자는 이렇게 말하고 희죽 웃었다. 내가 황당하다는 표정을 짓자 자기는 당연히 그런 짓은 하지 않는다고 힘주어 말했다.

우리는 걸쭉한 술을 세 잔 마시고 어두운 구석에 앉았다. 하지만 정확히 말하면 모든 구석이 어두웠다. 입구의 붉은색 LED 조명을 제외하고 불빛이라곤 없었다. 처음엔 몇몇 마을 사람들은 내 옆으로 모여들어 '분데스리가'에 관해 이것저것 말했다. 사람들이 더 모여들수록 얘기는 중구난방이 되어 졸립고 지루해졌다. 더 이상 아무도 말을 하고 싶어 하지 않았다. 어딘지 분위기가 침울했다. 그래서 그 남자가 너무 많이 마셨으니 이제 집에 가자고 할 때 오히려 기뻤다.

"잭푸르트 알아?"

다음 날 아침 긴 얼굴의 그 남자가 물었다. 우리는 화롯가에 앉아 있었고, 난 녹슨 칼로 카바 뿌리의 껍질을 벗기는 걸 도와주는 중이었다.

"아뇨." 난 어깨를 으쓱 올리며 대답했다.

"그러면 난 점심을 준비할 테니 내 아들과 같이 가봐."

그는 다섯 살짜리 아들을 불러서 그들 언어로 무언가를 말했다.

줄무늬 티셔츠를 입은 그 아이는 수줍어하며 손톱을 물어뜯었다. 내가 일어나자 그 아이는 기분이 좋아서 껑충껑충 뛰며 파인애

플 밭을 가로질러 정글로 나를 안내했다. 우리는 사람들이 자주 다녀서 저절로 생긴 길을 따라갔다. 아이는 철조망이 나뭇잎 아래에서 반짝이는 땅바닥을 몇 번이고 가리켰다. 이게 여기 왜 있는 거지? 이곳의 다른 사람들과 마찬가지로 우리는 맨발이었다.

갑자기 그 아이가 멈추었다. "저기!" 아이는 길에서 약간 떨어진 곳에 있는 작은 키의 활엽수를 손가락으로 가리켰다. 얇은 줄기의 매끄러운 껍질에 약 한 엘레(독일의 옛 치수 이름 – 역자주) 길이의 두꺼운 황록색 과일이 매달려 있었다. 껍질은 짧은 돌기로 덮여 있었다. 난 조심스럽게 무릎 높이의 야생 나무에 올랐고, 줄기에서 잭푸르트를 몇 번 비틀어 딴 다음 팔 아래 꽉 끼고 쭈뼛쭈뼛 뒷걸음쳤다. 도중에 오른쪽 뒤꿈치에 무언가가 깊이 파고들었다. 두꺼운 식물이 덮여 있어서 그 아래에 무엇이 있는지 볼 수는 없었지만 커다란 칼의 날처럼 느껴졌다.

난 무슨 일인지 보려고 발을 들었다. 마치 물총으로 쏘는 것처럼 내 발에서 미세한 핏줄기가 뿜어져 나와 주변의 식물들을 적셨다. 별거 아닐 거야. 자신을 달래며 우리가 걸어왔던 길에서 나를 기다리는 그 아이한테 절룩거리며 갔다. 내가 발을 디뎠던 곳마다 핏자국이 남았다.

집으로 돌아오자 아이 부모가 내 발을 물로 씻고 덩굴손 식물을 가져와서 손으로 비빈 후에 출혈을 막기 위해 상처를 눌렀다. 이 치료법은 별로 효력이 없어 보였다. 식물을 떼자마자 상처에서 피가 솟구쳐 잔디밭 위에 얇은 실처럼 뿌려졌기 때문이다. 이건 뭐

영화에서 본 것 그대로네.

"병원이나 보건소는 없어요?" 내가 물었다.

"오늘은 문을 닫았어." 긴 얼굴의 그 남자가 대답했다. 헛웃음이 나왔고 책임을 면하기 위해 적어놓았을 법한 구절을 상상해보았다. '월~금 10:00~18:00. 이 시간 외에 다친 사람은 자신이 책임져야 함.' 위급 상황에 처한 이곳 사람들이 어떻게 취급당하는지 안 봐도 뻔했다. 그저 칼에 베인 작은 상처가 아니라 심하게 다쳤더라면 난 정말이지 최악의 상황에 놓였을 것이다. 사고는 순식간에 벌어지는 법이다.

세 번째 식물 치료로 그 남자는 반짝이는 컵 모양의 잎이 달린 허리 높이의 식물 줄기 부분을 불로 가열해서 열린 상처 안으로 젤 같은 액체를 짜 넣었다. 놀랍게도 기분이 좋아졌다. 진통이 완화되었다. 출혈도 멈추었다. 그 남자가 줄기의 나머지 부분과 낡은 천 조각으로 상처를 싸매어주고 이렇게 제안했다.

"하루 더 있다 가는 게 좋겠어."

"그럴 수 없어요. 내일 아침에 출항할 계획이에요."

"그러면 같이 가줄게. 나도 카바 한 포대를 팔아야 하니까."

점심을 먹고 우리는 출발했다. "픽업 차량이 오늘은 안 다녀." 진 흙길을 걸어 숲을 가로지를 때 그가 말했다. 그는 소목장 울타리 너머로 카바 포대를 던지고 울타리 아래로 기었다. "차가 지나는 다음 마을까지 들판을 가로질러 지름길로 갈 거야."

"얼마나 걸려요?"

내가 물었다. 붕대 때문에 신발이 맞지 않아서 나는 맨발로 절룩거리며 걷고 있었다.

"몇 킬로미터만 가면 돼."

몇… 킬로미터? 그렇게 오래 걸어야 한다는 걸 진즉 알았더라면. 그래도 내겐 선택의 여지가 없었을 것이다. 선장에게 한 약속을 깨고 출항을 지연시킨다는 건 있을 수 없는 일이었다. 더구나 내가 늦으면 그는 걱정할 것이다. 그에게 연락할 방법도 없었다.

좋아, 가보자! 난 용기를 내어 자신에게 말하면서 담장 위로 기어 올라갔고 뒤편으로 뛰어갔다. 몇 미터를 가자마자 상처가 열리고 천을 통해 피가 새어나왔다. 난 무시하려고 노력했다. 더 오래 걸을수록 붕대는 점점 더 풀려서, 얼마가지 않아 난 너덜너덜한 헝겊조각을 벗겨냈다. 내 종아리와 엉덩이가 익숙지 않은 달리기 자세 때문에 아팠고, 난 지미 스티븐슨의 이웃보다 점점 뒤처졌다. 소 배설물과 흙이 상처에 달라붙어서 딱딱한 껍질처럼 되었다. 어쨌건 피는 더 이상 나오지 않았다. 뜨거운 열기가 땅 위에서 진동했고 비포장도로에 발을 들여놓기까지 걸린 시간이 내겐 영원처럼 느껴졌다.

"여긴 괜찮네." 긴 얼굴의 그 남자가 도로가 굽어지는 곳에 멈추었다. 난 돌 위에 쿵 소리가 나게 주저앉아서 병에 든 물로 뒤꿈치를 씻었다.

우리는 기다렸다. 타는 듯한 햇빛 아래에서 두 시간을 기다린 후에야 수평선에서 먼지 구름이 일면서 차량이 다가오고 있다는 걸 알

신나게 걸어봐 인생은 멋진 거니까

렸다. 차량을 멈추려고 팔을 힘껏 흔들었지만 차는 그냥 지나갔다.

"꽉 찼어." 그 남자는 이렇게 말하며 유감스럽다는 듯 혀를 끌끌 찼다.

"하루에 몇 대나 지나가요?"

"정확히는 모르지."

저녁에 어떻게 다리를 절룩거리며 걷고 있을지 충분히 상상이 되었다. 그때 픽업 차량 한 대가 다가왔고 이번엔 운이 좋았다. 자리가 충분했다.

"그래서 나체 사람들을 봤어?"

선장이 구명보트를 타고 해안으로 오면서 물었다.

"그것뿐이겠어요? 긴 칼에 베었어요!" 난 선장한테 상처를 보여주었다.

"아주 제대로 교훈을 얻었군."

"네. 잭푸르트가 뭔지는 확실히 알았죠." 난 히죽 웃었다. 독일 시인 폰 클라이스트는 이런 시를 썼다. '고통은 우리가 기쁨을 느끼도록 해준다. 마치 악이 선을 인식하게 만드는 것처럼.' 그런 의미에서 내가 건강한 두 발을 가졌다는 사실이 기쁘다. 잃고 나서야 무엇을 갖고 있었는지 알게 된다.

그리고 지미 스티븐슨의 이웃을 소개하고 그에게 요트를 구경시켜주었다. 아마 그 마을에서 요트 내부를 구경한 사람은 그가 처음일 것이다. 그가 너무 놀라서 요트 밖으로 나오지 않으려는 건 당연하다.

2015년 10월

우리는 북쪽으로 항해를 했고 솔로몬 제도 사이를 통과하며 항로를 바꾸었다. 이곳에도 멜라네시아인들이 살고 있었고 카바 소비는 적었지만 그 대신 치과의사들이 땀깨나 쏟아야 하는 관습을 유지하였다. 솔로몬 제도에서 동남아시아를 거쳐 파키스탄, 심지어 동아프리카까지 뻗어 있는 지역에서는 빈랑나무 열매를 씹는다. 서구 사람들은 이 열매에 대해 거의 들어본 적이 없을 것이다. 빈랑나무 열매는 커피, 담배, 술에 이어 전 세계에서 가장 널리 사용되는 항정신성 물질이다. 니코틴 혹은 아주 적은 양의 코카인을 복용했을 때와 비슷한 효과를 지닌 중독제다. 하지만 불행하게도 잇몸을 상하게 하고, 치아를 보기 흉한 주황색 토막덩어리로 만든다. 야자나무 씨앗인 이 견과류는 잎, 후추의 싹, 석회와 함께 씹는다. 석회는 섬에서 산호를 태워서 얻는다. 일부 국가에서 이 빈랑나무 열매를 담배나 향신료와 함께 복용하며 효과를 높인다.

"난 저런 곳에서 아이를 못 낳을 것 같아. 저런 치아를 가진 여자와는 하루도 못 살아."

선장이 말했다. 그러나 맛은 다양하다고 알려져 있고 솔로몬 제도의 인구는 증가하고 있다. 치아가 어떻건 관계없이 말이다.

우린 파푸아 뉴기니에 상륙했다. 빈랑나무가 뿌리를 내렸을 뿐 아니라, 21세기에도 여전히 주술, 일부다처제, 식인 풍습 등이 잔존하는 곳이다. 정말 조심해야 한다. 이제 충격과 혼란의 도가니에 빠질 것이다!

다행히 방금 말했던 관습과 관행은 그 사이에 크게 줄었다. 하지만 잠비아나 에토로와 같은 파푸아 뉴기니에는 7~14세 사이 남자 아이들을 가족과 분리시키고, 젊은이들에게 수년 동안 노인들과의 구강 및 항문 섹스를 강요하는 부족들이 있다. 이 기간 동안 소년들은 가능한 한 많은 정자를 섭취해야 한다. 왜냐하면 이 부족들은 진정한 남성성이 정액을 통해 전달된다고 믿기 때문이다. 여성성은 모유가 그렇다고 믿는다. 또한 그렇게 함으로써 노인들이 아이들에게 호의를 베푼다고 생각한다. 이 '야누스 교부들'이 젊은이들을 잔인한 전사로 키우기 위해 자신들의 남성의 힘을 관대하게 나누는 것이라고 그들은 믿는다.

독일이라면 아동학대로 처벌받을 텐데 말이다. 인류학자들에 따르면 멜라네시아 부족의 10~20퍼센트가 그런 생활방식을 보호하고 그런 관습을 원한다고 한다. 나머지는 그것을 용인하고 있다.

정자가 남성의 엘릭시어(신비의 영약)라는 영적 믿음 때문에 이런 아동학대가 그들에게 좋은 관습으로 여겨지는 것이다. 이런 믿음이 우리의 도덕에 많은 영향을 준다면 차라리 아무것도 믿지 않는 것이 나을까? 하지만 아무것도 믿지 않는다는 것이 가능할까? 신학자들은 모든 생명을 낳고, 의미, 가치, 도덕, 의식, 권리, 자유 등의 기초를 제공하는 신을 믿는다. 그리고 불가지론자들은 사람들의 믿음을 알 수 없다고 믿는다. 그들은 결정하지 않겠다고 결심한다. 무신론자들은 과학적으로 해명되지 않은 것은 믿으려 하지 않는다. 따라서 인간은 생명이 없는 원자 무리로만 구성되어 있으며, 도덕, 의미, 가치, 권리, 인식 및 이성은 그저 환상으로 받아들여진다. 이 중 어느 것도 지금까지 실험실에서 발견할 수 있었던 물질을 갖고 있지 않기 때문이다. 생각과 감정은 그저 오류이며 화학 과정일 뿐이다. 과학적으로 설명될 수 있는 것만을 믿는 사람들은 이렇게 말한다. "난 내가 보는 것만 믿어." 과학자들조차 매우 근시안적이다. 지난 세기에만도 우리가 보는 것이 현재 확인 가능한 우주의 5퍼센트 미만에 불과하다는 것이 밝혀졌으니 말이다. 나머지는 암흑 물질과 암흑 에너지이며, 우리는 그것이 무엇인지 실제로 알지 못한다. 지금까지 그것을 볼 수도 느낄 수도 없었다. 아마 지금 이 순간에도 암흑 물질이 우리도 모르게 마치 유령처럼 우리를 통과하고 있을 수 있다. 우리가 전혀 알지 못하는 어떤 것들이 존재한다는 걸 누가 알까.

누구나 무언가를 믿는다. 믿고 싶어 하지 않는 사람들도 마찬가지다. 프랑스 역사상 가장 위대한 작가인 빅토르 위고는 이미 이렇게 결론을 냈다. "믿음은 어려운 문제다." 아무것도 믿지 않는다는 건 불가능하다.

그러나 단순히 무언가를 믿지 않는다는 것이 중요한 건 아닐까? 잠비아와 에토로에서 증명하듯이 엄청난 결과를 가져올 수 있다. 왜냐하면 우리는 믿음을 기초로 삶의 모든 질문에 대답하기 때문이다. 무엇이 옳고 무엇이 틀린 걸까? 내 시간과 내 돈과 내 힘으로 무엇을 할까? 다른 사람들을 어떻게 대해야 할까? 나는 누구이고, 난 무엇을 할 수 있으며, 무엇을 할 수 없을까?

우리의 믿음이 가장 큰 동기 부여가 된다. 예전에 인생의 의미에 대해 깊게 생각한 적이 있다. 나는 인생은 큰 선물이라는 결론에 도달했고 그래서 잘 살고 싶었다. 나에게 그것은 내가 나 자신과 다른 사람들을 가능한 한 행복하게 만들어야 한다는 걸 의미했다. 그때까지만 해도 모든 우선순위에서 내 자신이 먼저였다. 그래야 다른 사람을 도울 수 있다고 생각했다. 하지만 순서를 바꿔도 된다는 걸 깨달았다. 때로는 타인의 행복이 나의 행복이 될 수 있다는 점을 발견하게 된 것이다. 그게 내가 더 강해지고 성장해야 하는 이유가 된 것이다. 이 깨달음은 나의 믿음이 되었고 그 후 내 삶을 크게 바꾸었다.

: 한국, 일본, 중국 그리고 중동

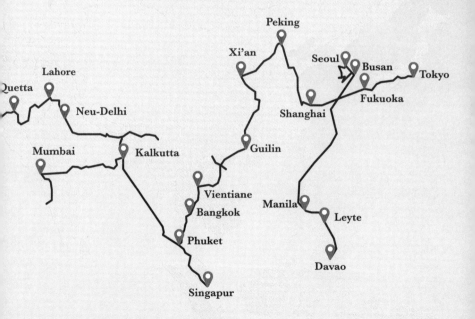

2015년 11월~2017년 구월

적도 근처 칼멘이라는 지역에 도착했을 때 정지가 무엇을 의미하는지를 난 온몸으로 경험했다. '칼멘'은 무풍지대를 뜻한다. 그곳엔 정말 바람이라곤 없었다. 파푸아 뉴기니와 필리핀 사이의 여행은 2주간 사우나에 있었던 것 같았다. 하지만 모든 것에는 끝이 있는 법이다. 필리핀 최남단의 군도인 민다나오의 다바오 만에 들어갔을 때, 작고 밝게 채색된 카누가 우리 옆을 다다다 소리를 내며 지나갔다. 어부들이 보트 옆면을 고정시키려고 보트 양쪽에 두 개의 대나무 지지대를 부착하고 있어서 놀랐지만 최고 속도로 물위를 항해해서 물이 심하게 튀거나 물결이 우리한테까지 밀려오지 않았다. 이 순찰선은 빠를 뿐 아니라 안정적이었다. 빈틈이 없었다.

여기 사람들은 자기 배를 알아서 개조하는 것 같았다. 필리핀은 섬나라이고 배는 가장 중요한 교통수단이니 그럴 만도 하다.

전 세계 해상교통을 보면 필리핀 사람들은 어느 국가들보다도 이 분야에 더 많이 종사하고 있다.

"누가 우리 배를 탐내지 않았으면 좋겠는데." 배 한 척이 엔진 냄새와 시끄러운 소음을 내며 우리 곁을 지날 때 선장이 걱정스런 낯빛으로 말했다. "우리가 정박하려는 마리나(스포츠나 레크리에이션용 요트, 모터보트 등의 선박을 위한 항구 – 역주)에서 몇 주 전에 네 명이 납치되었어. 그중 한 명은 노르웨이 사람이었어." 선장이 말했다.

"그러면 이제 노르웨이 사람은 더 필요하지 않겠네요."

내가 선장에게 눈을 찡긋하며 말했다. 난 필리핀에서 한국과 일본으로 건너가려는 계획이라 약간의 정보를 수집했었다. 우리가 도착한 지역에는 몇몇 테러 공격을 감행했던 이슬람 테러 조직이 있다. 필리핀은 기독교인이 많은 아시아 국가였는데도 그랬다. 거주민의 90퍼센트가 자신을 기독교인이라고 생각한다. 300여 년이 넘는 스페인 식민지배의 잔해다.

"오, 여유가 있는 거 같이 좋군. 잠시 머물면서 갑판 수리하는 거 좀 도와줄 수 있어?"

노르웨이 선장이 제안했다.

"알바비가 얼마나에 달렸죠." 다음 여정을 위해 난 돈이 필요했다.

도착 후 며칠 지나 그 배 수리 일을 시작했다. 선장은 크리스마스와 새해를 유럽에서 보내려 했다. 바로 얼마 전 사람들이 인질로 잡힌 곳에서 불과 몇 미터 떨어진 곳에서 난 30도 이상의 더위에서 하루 여덟 시간씩 2개월 이상을 일했다. 햇볕을 막기 위해 난 작은 베두인처럼 몸을 가렸다.

내 아르바이트 시급은 시간당 2유로가 약간 넘었는데, 섬유유리 보강수지를 사포로 문지를 때 수많은 조각과 가루들이 피부와 폐로 스며들어 너무 가렵고 힘들어서 그 돈이 적정한 수준인지 의심하지 않을 수가 없었다. 북유럽이라면 노동 착취로 간주했을 것이다. 하지만 내겐 다른 선택의 여지가 없었다. 필리핀에서는 돈을 벌 수 있는 기회가 아주 적었기 때문이다. 다른 나라에서는 시간당 1유로도 못 받으면서 몇 주간 일을 했다. 그것에 비하면 지금은 꽤 좋은 조건이다. 항상 뭔가 배울게 있었다.

크리스마스이브와 12월 31일을 교회에서 알게 된 어느 친절한 필리핀 가족과 함께 보냈다. 필리핀에서는 필리핀어와 함께 영어를 쓰고 있어서 의사소통이 편했지만 호기심에서 지역 방언을 조금 배웠다. 그러면서 그 방언에 스페인어 단어가 많이 포함되어 있을 뿐 아니라 먼 태평양 섬의 언어들과 비슷해서 놀랐다. 'Mata'는 눈을 의미하는데, 필리핀, 피지, 마오리, 인도네시아, 말레이시아에서 전부 똑같은 단어를 쓴다. 이 글을 읽은 사람이라면 누구라도

70개가 넘는 언어로 '눈'이라는 단어를 말하게 된 것에 자부심을 가져도 된다.

어떻게 이 지역의 언어가 이 정도로 비슷한지 의문이 생겼다. 사람들은 어떻게 이 외딴 섬에 오게 되었으며 어디서 왔을까? 남아공 연안 앞의 마다가스카르와 남미의 이스터섬은 사실상 지구 반대편에 있다. 하지만 공통점이 하나 있다. 이곳 주민들은 출신이 모두 같다. 기원전 3,000~4,000년 전에 용감한 어부들이 중국 해안에서 대만으로 출발했기 때문이다. 그곳에서 그들은 수세기 동안 카누 만드는 방법을 개발한 후 '오스트레일리아식 확장'으로 알려진 '정착 움직임'을 시작했다.

그들은 필리핀을 경유해서 태평양의 동쪽 지역으로, 인도네시아를 경유해서 인도양 서쪽 지역으로 전진했다. 그렇게 그들은 기원후 500년경 이스터섬과 마다가스카르에 거의 동시에 정착했다. 콜럼버스보다 1천 년 전에 이미 비슷한 경로를 갔던 것이다! 이스터섬과 마다가스카르는 서로 지구 반대편에 위치하지만 이스터섬에서 2는 'Rua'이고, 마다가스카르에서는 'Roa'다. 현지인들과 대화를 나누며 이런 관계의 발자취를 추적해가는 건 정말 흥미롭다. 예전에는 미처 깨닫지 못했지만 지금은 명확히 안다. 세계는 한 마을이다.

선장은 내 작업에 매우 만족했고 난 뒤처리를 그에게 넘기며 9

개월을 함께 보낸 그와 작별했다. 한국과 일본으로 항해하기 전에 난 적어도 2개월을 기다려야 했다. 일 년 중 항해가 가능한 기간이 짧았고, 그곳으로 가는 사람도 매우 적었기 때문이다. 타고 갈 배를 찾기 위해 엄청난 행운이 필요했다.

그 사이에 〈포쿠스〉지에 나에 대한 인터뷰 기사가 실렸고, 얼마 후에 독일 출신의 미갈이라는 여대생이 페이스북을 통해 그 소식을 전했다. '네가 하는 여행이 근사하다고 생각해!'

난 그녀에게 답했고, 그녀는 답장을 보냈다, 그리고 시간과 인터넷 연결이 허용할 때마다 점점 더 길고 많은 메시지가 지구의 한쪽 편에서 반대편으로 갔다.

처음에는 시간이 남아서, 강력한 태풍 때문에 크게 피해를 입은 레이테섬에서 한 달 정도 도우미로 일했다. 거기서 알게 된 필리핀 친구가 쉬는 날 나를 근처 어느 해변가로 데리고 갔다. 평소 스타가 되면 기분이 어떨까 궁금했었다. 그런데 그날 오후에 저지른 어처구니없는 실수 때문에 제대로 궁금증을 해결했다.

"저기 자리가 있어!"

내가 빈자리를 가리키며 말했다. 수십 대의 차량이 부드러운 모래밭 가장자리에 줄지어 주차해 있었다. 아침에는 비가 왔는데 그 사이 날이 개어서 해가 비추고 해변으로 가는 길에 늘어서 있는 열대 식물의 잎에서 물방울이 반짝였다. 내 필리핀 친구가 자신의 흰색 포드 레인저를 주차하고 엔진을 껐다. 창문에 착색이 되어 있어서 그 뒤에서 수영 반바지로 갈아입고, 축축한 길로 발을 내딛고 등 뒤로 차문을 닫았다. 공기는 신선했고, 바다가 포효하며 출렁거렸다. 일렉트로 음악의 비트가 우리를 따라왔다. 플립플랍 아래 젖은 돌이 밟혔다.

"해변에서 서핑 축제가 열리고 있어."

물속으로 들어가며 그가 말했다. 필리핀 사람이라 키는 작았지만 근육질이었다. 그는 세련된 언더컷을 하고 머리카락을 사무라이 스타일로 묶었다.

"잠깐 볼래?"

모래 언덕에서는 야구 모자를 거꾸로 쓴 세 명의 필리핀 젊은이들이 강한 베이스 박스의 진동에 맞춰 무대 위에서 춤을 추었다. 무대 앞에는 수백 명의 현지인들이 무리지어 있었다. 난 고개를 저었다.

"나중에. 우선 수영을 하자."

난 가볍게 앞으로 뛰어 갔다. 필리핀 친구가 나를 앞질렀고, 우리는 거품이 이는 파도에 몸을 던질 때까지 달리기 시합을 했다. 물거품이 얼굴로 쏟아지고 소금기가 가득한 짠 물에 입술이 젖었다. 바다 표면에는 바람이 세차게 불었지만, 물속은 누군가 더운물을 붓고 있는 것처럼 따스한 흐름이 느껴졌다. 더구나 바다에 우리밖에 없어서 최고였다! 다른 사람들은 쇼를 구경하고 있어서 해안 전체가 우리 소유였다. 파도가 꾸준한 리듬으로 우리에게 강하게

신나게 걸어봐 인생은 멋진 거니까

부딪쳐 와 우리는 오랜 시간동안 파도에 중독되어 즐겼다.

큰 파도가 부서지며 나를 덮쳐서 눈에 바닷물이 들어가 따가웠다. 내가 눈을 닦는데 바로 내 옆으로 서퍼가 지나쳤다. 난 손을 흔들어 인사를 했고, 그는 친절하게 고개를 끄덕였다.

"크리스." 내 뒤에서 필리핀 친구가 갑자기 날 불렀다. "물 밖으로 나가는 게 좋겠어."

"왜?" 난 몸을 돌렸다. "추워?"

그는 해변을 가리켰다. 방금 쇼가 끝났고, 해안에 사람들이 줄지어 있었다. "우리를 전문 서퍼들이라고 생각하는 건 아니겠지." 그가 장난스럽게 웃었다.

"아, 근데 그럴 수도!" 나도 그런 생각이 들었다. 우리가 하얗게 부서지는 물결을 헤치고 해변으로 갔을 때, 난 손목에 차고 있던 머리끈이 없어진 걸 알았다. 수영할 때 잃어버렸나 봐. 긴 금발 머리가 어깨 위로 흘러내렸고, 청록색과 흰색의 수영 셔츠가 몸에 달라붙어서 근육이 전부 드러났다. 나와 인사를 나누었던 서퍼는 이미 우리 뒤에서 첫 파도를 타고 있었다. 갑자기 질투가 났다. 서핑은 항상 나의 위시 리스트 맨 위쪽에 있었다. 난 바다를 쳐다보다 해안가에 모여 있는 사람들을 관찰했다. 헉! 그들의 시선은 우리 뒤에 있는 서퍼를 향하고 있지 않았다. 그들은 나를 보고 있었다. 어쩌면 이 경기에 특별히 참석한 유일한 외국인이라고 생각하는지도 모른다. 난 평생 서핑 보드위에 서 본 적도 없단 말이다.

"다들 너만 쳐다보고 있어." 내 친구가 속삭였다.

"나도 알아! 어떻게 하지?" 걱정이 되어 나도 속삭였다.

"차라리 물속에 있는 게 좋겠어!" 그가 말했다.

"이미 나왔잖아. 도로 들어가라고?" 난 당황해서 말했다.

"어쩔 수 없을걸. 저길 봐!"

마이크를 든 기자가 카메라맨과 함께 우리를 향해 오고 있었다. 아 안 돼! 우리는 돌을 던지면 닿을 거리에 있는 관중들의 눈길을 온몸으로 받으며 마치 드라마 〈베이워치〉(해수욕장의 미남 미녀 수상 안전 요원들의 삶을 그린 미국 TV 프로 – 역주)의 주인공들을 흉내 내는 철없는 10대 소년들처럼 물속으로 서둘러 들어갔다. 휘파람을 부는 사람들도 있었다. 어떤 사람들은 핸드폰으로 우리를 촬영했다.

그냥 도망치자! 기자한테서 멀어지자마자 우리는 차가 있는 방향으로 달렸다. 사람들이 모인 곳에 도착했을 때, 내 옆의 어떤 여자애는 손을 입에 대고 히스테릭컬하게 소리쳤다. 주위에 서 있던 몇 명이 나에게로 다가와서 나와 셀카를 찍으려고 했다. 마치 도미노 같았다. 내 주변에서 시작된 야단법석으로 인해, 내가 진짜로 유명한 서핑 스타인지 긴가민가했던 사람들조차 그렇다고 확신하게 되었다. 미칠 지경이었다.

"어떻게 하지?!"

젊은이들이 무리를 지어 나에게 몰려들자 난 절망적으로 외쳤다.

"네가 알아서 해." 그가 웃었다. "차에 가서 기다릴게."

"뭐라고? 지금 날 혼자 내버려두면 안 돼!"

난 필사적으로 팔을 들고, 내 친구를 쫓아가려고 몇몇 아시아 젊은이를 헤치고 갔다.

예쁜 여자애들 한 무리가 내 앞으로 뛰어들었다. "사진 한 장만 같이 찍어요!" 나는 한숨을 쉬며 그들과 키를 맞추기 위해 다리를 약간 구부리며 포즈를 취했다. 그건 정말 실수였다. 다른 사람들이 내 뒤에서 비명을 질렀고, 소위 셀카 사진가들이 나를 둘러싸며 군중의 광기를 몰고 왔다. 도와주세요! 내 보디가드는 어디 있는 거야? 내 주위로 현지인들이 몰려들며 나에게 가까워지기 위해 몸싸움을 했다. 내가 다른 사람들보다 머리 하나는 더 컸기에 망정이지 그렇지 않았다면 난 질식했을 것이다. 난 필사적으로 앞으로 나갔고 사람들이 말 그대로 포도송이처럼 주렁주렁 매달렸다. 난 수많은 사진들을 찡그린 얼굴로 망치지 않기 위해서 거의 울면서 웃을 수밖에 없었다.

"셀카 한 장만요." 필리핀 사람들이 계속해서 그들의 핸드폰을 내 코앞에 들이밀었다.

"어디서 왔어요?" 이렇게 묻는 사람도 있었다.

"독일요." 내가 대답하자 사람들이 열광했다.

"최근 미스 월드의 엄마는 필리핀 사람이고 아빠는 독일 사람이었어요!"

어떤 여자애가 눈을 빛내며 말했다. 아, 그게 뭔 상관이람! 난 눈앞에 손을 대고 앞으로 밀치고 나갔다. 내가 서핑과 아무런 관련이 없다고 강조할수록 사람들은 사진을 더 많이 찍었고, 상황은 갈수록 심란해졌다. 간신히 군중에서 빠져나와 서둘러 친구한테 갔다. 우리는 함께 흰색 픽업차량 안으로 피신했다.

"뭐? 벌써 가겠다고?" 필리핀 친구가 농담을 했지만 다행히 바로 시동을 걸었다. "그 사람들은 할리우드 영화 말고는 너 같은 외국인을 본 적이 없을 거야."

우린 모래 길을 달렸다. 주차된 차의 행렬 끝으로 트럭 두 대가 다가오고 있었는데, 그 트럭들은 10대 나이의 학생들을 실은 긴 연결차량을 끌고 있었다. 내 친구는 창문 버튼을 눌러서 내 옆의 창문을 내렸다.

"아니, 안 돼. 난…."

"해봐." 그가 웃으면서 말했다. 첫 번째 트럭에 다가갔을 때 그는 거의 걷는 정도로 차의 속도를 늦추었다. "지금이야!"

난 차 밖으로 머리를 내밀고 웃으면서 윙크를 했다. 내 친구는 경적을 울려 날 응원했다.

"헬로!"

필리핀 사람이 날 발견하고는 비명을 지르고, 손으로 나를 만지려고 몸을 비틀었다. 나머지 사람들도 흥분해서 야단법석을 떨고 휘파람을 불었다.

운전대를 잡고 있는 내 친구는 깔깔거리며 웃었다! "한 번 더!" 그는 너무 웃어서 눈물까지 흘렸고, 두 번째 트럭이 지나갈 때 다시 브레이크를 밟아서 속도를 늦추었다.

소란 때문에 다른 학급 차량도 떠들썩했다. 난 그저 창문 밖으로 몸을 내밀기만 했는데 말이다. 그러면 사람들은 열광하며 환호했다! 그들은 발을 구르고 맹렬히 소리를 질렀는데, 난 그들이 차에서 떨어질까 봐 걱정되었다. 깔깔거리며 운전대를 두드리는 내 친구도 걱정되었다.

"세상에!"그는 너무 웃어서 숨을 헉헉거렸다. "아 왜 동영상을 안 찍었지?"

예전에 난 아시아 사람들은 수줍음을 많이 탄다고 생각했었다. 그런데 그건 오해였다. 그들이 얼마나 열정적인지 경험해봐야 한다. 아시아 사람들과 같이 가라오케에 가본 사람이라면 내가 무슨 말을 하는지 알 것이다. 가냘프고 수줍음이 많은, 안경 쓴 사람들조차 록스타로 변신한다. 브루스 배너 박사가 "믿을 수 없는 헐크"로 변신하는 것과는 비교도 안 된다고 말해도 과장이 아니다!

가라오케와 전설의 독일 서핑 선수―쿨럭―외에도 필리핀 사람들이 열정적으로 좋아하는 게 있는데, 바로 농구다! 독일 사람들이 축구광이라면, 필리핀 사람들은 농구광이다. 길거리 모퉁이마다 아이들이 어렸을 때부터 연습을 할 수 있도록 간이 농구대가 달려 있다. 농구대도 공도 없으면 그들은 야자나무에 철사 고리를 묶어 거기에 코코넛을 던진다. 뜻이 있는 곳에 농구대가 있다.

농구에 대한 그들의 애정이 비극적이라고 얘기할 수밖에 없어서 마음이 아프다. 왜냐하면 필리핀 사람들은 농구를 사랑하지만

농구라는 스포츠 종목은 필리핀 사람들 치수에 맞지 않기 때문이다. 참고로 필리핀 남성들의 평균 키가 대략 162센티미터다. 그래서 필리핀 사람 중에 국제무대에서 활동하는 농구선수는 없다. 그런데도 그렇게 농구를 좋아하는 게 놀랍고 신기할 뿐이다.

2016년 2월

"들어오세요."

난 필리핀 최북단의 마리나에 있는 수빅 베이 요트클럽의 항구 사무소 현관문의 손잡이를 돌려 안으로 들어갔다. 한국이나 일본으로 출발할 배가 여기에 모일 가능성이 컸다.

"무엇을 도와드릴까요?"

내 오른쪽에 있는 책상 뒤에서 어떤 남자가 내게 말을 건넸다. 왼쪽에는 커다란 유리 창문이 있었다. 우리가 3층에 있어서 유리창을 통해 선착장의 모든 부두가 보였다. 배들이 물위에서 부드럽게 흔들리고, 돛대에 부딪치는 밧줄 때문에 금속이 내는 소리가 둔탁해졌다.

"항해 조수로 일하고 있어요." 그렇게 나를 소개했다. "어느 배가 북동 방향으로 출항하나요?"

책상 뒤의 그 남자가 웃었다. "출항이요?" 그가 일어서더니 유리창 쪽으로 다가왔다. "배가 엄청 많지요." 그가 말했다.

"네, 그렇네요."

"사람들도 엄청 많죠?"

"어떤 사람들요?" 난 당황하며 대답했다. 몇 명의 청소원을 빼면 항구는 황량했다.

"바로 그거예요." 그렇게 말하며 그는 책상 쪽으로 돌아갔다. "여긴 배들이 그냥 정박해 있는 곳이고, 배 주인들은 거의 주말에만 잠깐 와요."

"그럼 제가 말한 방향으로 출항하는 배가 없단 말인가요?" 확인하려고 다시 물었다.

책상 위에서 그 남자가 고개를 끄덕이며 말했다

"혹시 모르니 메모판에 메모를 남겨두세요."

"필리핀에서 한국이나 일본으로 출항하는 배는 일 년에 몇 척일까요?"

"필리핀 전체에서요? 아마 세 척에서 다섯 척 정도일 거예요. 더 적을 수도 있고요."

말도 안 돼! 세 척에서 다섯 척뿐이라니. 난 그동안 좌절할 만한 일을 많이 겪었다. 언제나 내 꿈을 산산조각 내는 사람들을 만났었다. 그런 계획은 불가능하다고 말하는 사람이나 상황은 넘친다. 난 이런 말들에 동요되지 않는 것에 익숙했다. 하지만 그 의견이 정말 사실일 때는, 상황은 내가 의심했던 것보다 훨씬 처참하게 느껴진다. 그래도 포기할 수 없었다.

"북동쪽으로 가는 배들이 보통 언제쯤 여기 들려요?"

난 끈질기게 물고 늘어졌다.

"이제 시작돼요. 롤렉스 요트 레가타(보트 대회 – 역주)가 기회일 수 있는데요, 월말에 홍콩에서 옵니다. 아마 일본에서 온 배도 있을 거예요."

나쁘지 않은 정보였다. 고맙다고 인사를 한 후 사무실을 나와 부두로 달려갔다. 행복이 노크하고 있는가? 그렇다면 문을 만들어라! 난 최선을 다해 시도하고 싶어서 모든 배를 찾아가 물어보기 시작했다.

롤렉스 레가타를 찾을 때까지 거의 매일 요트 클럽에 가서 최대한 많은 사람들을 만나야 했다. 밤에는 바닷가 근처에 있는 공원에서 잤다. 물론 안전한 장소라고 말할 수는 없다. 그러나 오랫동안 공원을 관리하고 공원 가장자리에 위치한 작은 오두막에 사는 노부부가 내 계획이 그다지 무모하지 않고 공원에 피해가 되지 않는다고 생각해주었다.

"우리 오두막 옆에 불빛이 있는 곳에 해먹을 걸어. 그러면 안전할 거야."

배낭은 평소처럼 쓰레기봉투에 담아 해먹 바로 아래 두었다.

"일본에서 온 배가 있어!"

경주용 요트의 영국인 선장이 알려주었다. 그는 중국에서 온 30척 요트 중 한 척 선장이었고, 다른 선수들처럼 지역 경주에 더 참가하려고 했다. 난 선원들을 만나기 위해 레가타 환영 파티에 몰래

들어갔다.

"서둘러야 해." 그 영국인은 흰 식탁보 위로 몸을 기울였다. "그 일본인들은 내일 아침 일찍 떠난대."

"아, 그러면 이미 항해팀이 만들어졌겠네요."

난 실망해서 의자로 돌아와 앉아 천장을 쳐다보았다. 좋아 보이지 않네. 물론 천장 장식을 말하는 건 아니다. 천장 장식은 훌륭했다! 우리가 있는 그 장소는 고급스런 흰색으로 장식되어 있었다. 내 머리 위에 제등이 희미하게 빛나고, 정교하게 다듬어진 덤불 뒤로 달이 바다의 검은 물에 반사되어 있었다.

그 남자는 마치 내 문제에 대한 해결책을 알고 있다는 듯 웃었다. "그래도 오늘 밤 럼주는 공짜잖아!"

내가 기대했던 건 그것이 아니었다. 하지만 난 마주보며 웃었다. "고마워요. 뭐 다른 수가 없을까요?"

"이런 건 어때?" 잠시 후 그가 말했다. "우선 홍콩으로 가. 그다음에 대만으로 가는 거야. 어때? 대만에서는 아마 기회가 더 많을 거야."

나도 그 방법을 생각하지 않은 건 아니었다. 난 고개를 저었다.

"홍콩으로 가는 배에도 사람이 필요하지 않을 가능성이 높아요."

영국인은 진지해졌다.

"그래도 알아봐! 포기하지 말고. 누구에게나 힘든 시기는 있어. 장애물 때문에 실패하는 건 아냐. 자신을 믿지 못해서, 실행할 수 있다는 믿음이 부족해서 실패하지."

그의 말에 내가 설득되고 있는 동안 그는 뷔페에 있는 납작한 술병을 쳐다보았다. 그러더니 이렇게 말했다.

"두 병을 혼자 마시는 건 좀 사치겠지? 어떻게 생각해?"

난 그 일본인들에게서 내 행운을 발견할 수도 있다는 희망으로 그다음 날 일찍 일어났다. 내 추측대로 이미 팀이 완벽히 짜졌고 일본인들은 나 없이 출발했다. 나는 우울한 기분으로 부두에 서 있었고, 부두를 떠나는 배를 바라보았다.

또 다른 문이 닫히고 있어. 내가 원하는 건 사실 작은 기적이었다. 다른 배가 여기 들리더라도 그 배에 사람이 필요할까? 난 그 영국인의 말을 떠올렸다. 그 말이 맞아. 포기해선 안 돼!

그렇게 희망이 없는 상황일 때 종종 그랬듯이, 난 몇몇 친구들을 만나서 나를 위해 기도해달라고 부탁했다. 기도의 의미에 대해서 사람들이 믿지 않을 수도 있지만 난 개인적으로 놀라운 경험을 한 적이 있다.

더 많은 사람들을 만나기 위해 지역 레가타에 도우미로 지원했다. 아무것도 안 하고 가만히 있는 대신 내가 할 수 있는 걸 한다는 사실이 내게 희망을 준다. 그런데 누가 생각이나 했을까? 바로 그다음 날 기적이 나를 기다리고 있다는걸.

"자네를 누군가에게 소개하고 싶네." 요트 클럽의 로비에서 만난 어느 러시아 선장이 말했다. "막 태국에서 온 사람들이야."

회전문을 통해 우리는 클럽의 웅장한 내부로 들어갔다. 호텔로도 이용되는 건물이다. 로비 바닥에는 모래빛 대리석이 깔려 있었고, 로비 중앙에 있는 녹색 카펫이 깔린 넓은 계단은 다음 층으로 이어졌다. 그리고 흰색과 금색이 섞인 기둥 네 개 중 두 개 옆에는 밝은색 벨벳 덮개가 있는 아늑한 마호가니 안락의자가 놓여 있었다.

그 안락의자 중 하나에 검은색 생머리에 각진 얼굴의 키 큰 남자가 앉아서 전화 통화를 하고 있었다. 우린 통화가 끝날 때까지 기다렸다. 통화가 끝나고 그가 일어서더니 우리에게 손을 내밀었고 우리는 함께 자리에 앉았다.

"여기 이 청년이 한국으로 가는 배의 일자리를 구하고 있어요."

선장은 곧장 본론으로 들어갔다. 생머리의 남자는 웃지도 않고 나를 쳐다봤다. "잘되었네요." 말은 이렇게 했으나 얼굴 표정은 차가왔다. 그는 강한 러시아 억양으로 말했다. "항해 경험은 있어요?"

"네." 난 자신 있게 대답했다. "벌써 지구의 3분의 2를 항해했어요. 경험이 없다면 일하려고 하지도 않았을 거예요."

생머리의 남자는 입언저리를 찌그러트렸다. 그의 얼굴에서 내가 관찰할 수 있었던 첫 번째 반응이었다. "사장이 좋아하겠네요."

칭찬 같진 않았다. 관심이라곤 없는 말투에 난 저절로 눈살이 찌푸려졌다.

두 남자는 그들의 모국어로 잠깐 대화를 나누었다. 그러고 나서 생머리 남자는 나를 향했다.

"레가타가 있어서 한국으로 배를 가져가야 해요. 며칠 있으면 블라디보스토크에서 요트 선장이 올 거예요. 바로 그 이후에 당신들은 출발하게 될 겁니다."

"당신들요?" 내가 놀라서 물었다. "당신도 함께 가는 거 아녜요?"

그 남자는 옆에 있는 핸드폰을 가리키기 전에 다시 입언저리를 찌그러트렸다.

"방금 사표를 냈어요. 저한테 월급을 안 주겠다고 하네요." 기분이 안 좋아 보인 이유가 있었네. "나한테는 나쁜 일이지만, 당신을 위해선 잘된 일이죠!" 그는 눈을 힘껏 감았다 떴다. "언제 배를 타게 될지 연락할게요."

2016년 4월

선장이 블라디보스토크에서 도착하자마자 모든 게 빠르게 진행되었다. 바람은 항해를 해도 괜찮을 정도였고 우리는 낭비할 시간이 없었다. 출항하려는 주간은 태풍이 흔한 기간은 아니었지만 갑작스럽고 파괴적인 태풍이 몰아칠 위험은 언제나 있었다. 기상전선을 잘 이용할수록 더 좋다. 그래서 우리는 첫날 돛을 붙잡아 매고, 급유를 하고, 거의 100리터의 럼주를 배에 실어 선미에 숨겼다.

"이 술은 왜 필요한 거죠?"

지금 생각해도 내 질문은 너무 순진했다.

"내 친구 주려고."

러시아 선장이 윙크를 하며 대답했다. 말할 필요도 없이 세관에서는 아무것도 모를 것이다. 선장은 50대 초반이었고, 곱슬거리는 백발에 짧은 수염이었다. 그는 꽤 매력적인 미소의 소유자였고, 약간 배가 나왔지만 몸매는 운동으로 단련되어 있었다. 그와 함께라면 무슨 일이든지 할 수 있을 것 같이 느껴지는 타입이었다. 럼주 밀수도 포함해서 말이다. 항해팀은 40대 후반의 러시아 사람이 합류하면서 완성되었다. 거친 유머 감각, 영리한 머리, 올바른 곳에 마음을 쓰는 다소 소란스러운 남자였다. 그가 가진 모든 돈과 시간을 술, 담배, 매춘에 허비하는 것이 안타까웠다. 영리하다고 반드시 현명한 건 아니네.

우리 배는 시합을 위해 설계되었고 우리가 만을 떠나자마자 북쪽을 향해 민첩하게 7노트(배의 속도로 1노트는 한 시간 동안 1해리 (1,852미터)를 달릴 수 있는 속도 – 역주)로 달렸다. 대만 근처 해안까지 우리는 대부분의 시간을 반바지로 보냈다. 그러나 기온이 점점 낮아지기 시작했고, 더 두꺼운 옷으로 갈아입고 옷을 껴입으며 난여행의 속도를 실감했다.

5일 차에 우리는 벌써 오키나와를 지나고 있었다. 그보다 더 빨리 항해할 수는 없었을 것이다! 그런데 6일째 되던 날, 선장이 나쁜 소식을 전했다.

"폭풍 전선이 다가오고 있어." 방금 위성 전화로 일기예보를 전달받은 그는 몹시 긴장한 듯했다. "한국의 제주도로 방향을 잡고, 거기서 이틀 동안 피신해야겠어."

"하지만 제주도까지는 아직도 300마일이나 남았어요!" 내가 말했다.

"알아. 전력질주해도 시간이 부족할 수 있어." 선장은 시인했다. "거의 8노트로 달릴 거야. 그러면 40시간 후면 도착할 거야."

그 사이에 우리는 방한복을 입어야 했다. 뱃머리에서 바람과 파도가 들이쳤다. 배는 계속 기울어진 채 항해를 했고, 조종석으로 바닷물이 쏟아져 들어왔다. 편안한 건 아니었지만 재미도 있었다.

이런 날씨에서는 아무도 복잡한 요리를 하려 하지 않았기 때문에 우리는 캠핑 스토브에 메밀 몇 봉지를 데워서 끼니를 때웠다. 러시아 말로 그레츠카라고 하는데 우유, 설탕과 함께 작은 견과류를 먹었다. 저녁에는 바람 때문에 모터를 이용했는데 선장은 이걸 몹시 불안해했다. 폭풍우가 오기 전에 제주도에 도착해야 하는 데드라인이 점점 짧아졌다. 한 치의 오차라도 생기면 큰일이다.

새벽 1시에 그 건장한 러시아 남자가 나를 깨웠다.

"엔진이 멈췄어!"

안 돼! 지금은 절대 안 돼! 난 잠이 덜 깬 채로 그들을 도왔다. 우린 한 시간이 넘도록 변동 장치를 샅샅이 조사했지만 원인을 찾을 수 없었다. 일분일초가 아까운 상황인데. 내가 손전등으로 선미의 흐린 물을 비추었을 때 난 문제를 발견하고 깜짝 놀랐다. 프로펠러에 뭔가가 걸려 있는데 언뜻 보면 사람의 땋은 머리카락 같았다. 시체인가? 남중국 바다에는 해적이 떠돈다. 동중국 바다에 없으란 법은 없다.

자세히 관찰한 후에 그것이 무엇인지 알아냈다. 난 안도의 숨을 내쉬며 말했다.

"미역이에요! 프로펠러가 미역에 걸려서 멈췄어요!"

보트의 상앗대로 뒤엉켜 있는 그 해조류를 건져냈다. 하지만 우리의 기쁨은 오래 가지 않았다.

"또 멈췄어!" 프로펠러가 다시 멈추자 선장은 화를 냈다. 그런데 이번에는 해조류에 손이 닿지 않아서 새벽이 지났을 때 결국 포기하고, 약한 바람을 이용하여 3노트의 속력으로 항해했다.

그날 밤 두 러시아 사람들은 거의 잠을 자지 못했기 때문에, 난 온종일 혼자 항해를 했다. 짙은 안개가 회색빛 종처럼 우리를 둘러싸고 있었고, 바닷물과 공기는 얼음장처럼 차가왔다. 수많은 물방울이 마치 반짝이는 베일처럼 갑판에 드리워졌다.

동중국 바다는 정말 특별했다. 모든 육지에서는 150킬로미터 이상 떨어져 있었는데 우리 발아래 바다 깊이는 겨우 100미터였다. 말도 안 되게 낮았다. 바다는 초록빛이었고, 적갈색 해조류가 자라는 거대한 들판이 마치 피바다처럼 펼쳐져 있었다. 어부들이 버린 쓰레기와 부표도 많았다. 여기저기서 물위를 떠다니는 작은 중국 보트들이 습한 바람을 헤치고 나타났다. 아직도 바다에 가라앉지 않았다니! 배 전체가 다 녹슬었는데! 난 계속 놀라고 있었다. 수심이 너무 얕아서 물고기들이 훤히 보이는 것도 신기했다. 우리 무선 시스템이 바로 근처에 12척 정도의 아시아 바지선이 있다는 걸 알려주었다.

섬뜩했던 날씨는 밤사이에 완전히 평온해졌다. 우리는 짙은 안

개구름 속에서 조용히 물결에 이리저리 흔들렸다. 가끔 비가 내렸다. 그 외에는 쥐 죽은 조용했다. 폭풍전야의 고요함이었다. 이전과는 다른 평온함이었다. 흐릿하고 창백한 안개에 갇혀 있으니 기괴한 느낌이 들었다. 난 중국 낚시 바지선 갑판에서 무슨 일이 벌어질까 상상해봤다. 어부들이 미끌거리는 램프의 불빛 아래 간장 양념이 된 쌀국수를 먹고 있을까? 그 사람들은 인생 대부분을 이 물에서 보냈다. 난 우리 앞에 무슨 일이 놓여 있는지 그들에게 물어보고 싶어졌다.

새벽의 여명이 밤으로 치닫기 전에, 우리 주변의 배를 나타내주는 항공관제 모니터 위의 작은 삼각형들이 증발해버렸다. 그래, 그들도 알았던 거야! 우리만 남았다. 우리의 안전을 스스로 지킬 수 없는 상황이다.

아침으로 먹는 계란은 아무 맛이 없었다. 소금이 빠졌기 때문일 수도 있다. 하지만 아마도 우리에게 다가오는 것을 긴장하며 기다리느라 입맛이 없었을 것이다. 찰랑거리는 물이 보트의 외벽에 부드럽게 부딪쳤고, 우리는 벌써 며칠째 태양을 삼켜버린 짙은 안개를 조용히 바라보았다.

갑자기 비가 내렸다. "저거 봐!" 러시아 사람이 손을 들었다. 배에서 조금 떨어진 곳에서 물이 흔들렸고, 진동이 배를 흔들고 마치 차가운 손가락처럼 우리 머릿속을 파고들 때까지 전율이 퍼지듯

표면 위로 번져갔다.

바람이었다. 기류가 형성되어서 바다의 잠든 물결을 일깨웠고 바다가 활기차게 움직였다.

"메인 세일을 접고, 지브 세일(요트의 메인 세일 앞에 있는 돛―역주)을 올려!"

선장이 급하게 지시했고, 주변의 바다가 포효하는 동안 러시아 남자와 나는 배의 앞머리로 갔다. 우리는 즉시 선장의 말대로 했다. 그때 돛이 부풀고 잠깐 사이에 물이 폭포처럼 쏟아지며 뱃머리에 부서졌다. 배의 끝에 있는 밝은 주황색 지브 세일은 주변의 희미하고 칙칙한 회색과 비교되어 두드러졌는데 그 위로 물이 쏟아졌다. 조류 덕분에 프로펠러에 낀 잔여물이 제거되어 프로펠러가 동력을 얻으며 궂은 날씨에도 불구하고 배를 잘 조절할 수 있었다. 난 자연의 광경에 매혹되어 넋을 놓고 바라보았다. 그렇게 빨리 완벽하게 변하는 모습을 한 번도 본 적이 없었다.

쿵! 갑자기 충격을 받아 정신이 혼미해져서 벌떡 일어났다. 부엌에선 식기도구를 넣어둔 서랍이 덜컹거리며 큰소리를 냈다. 마치 바다가 우리 배를 산산조각 내려는 것처럼 배의 옆면으로 다시 한 번 엄청난 충격이 가해지며 쿵 소리가 났다. 섬유유리보강수지로 된 벽이 강한 타격으로 신음하며 삐걱거렸다. 잠이 덜 깬 채 안전장치를 착용하고 엄청난 혼란이 쓸고 지나간 거실로 비틀거리며 기어 올라갔다. 고정되어 있지 않은 모든 물건이 큰 소리를 내며 바닥의 물웅덩이로 날아갔다. 쌀봉지, 시리얼, 플라스틱 컵과 식기들, 심지어는 무거운 찻주전자까지도. 내 심장이 피곤함의 나머지 부분을 머릿속에서 날려버렸다.

다른 사람들은 어디에 있지? 계단을 지나 조종석으로 기어갔다. 칠흙같이 어두운 밤이었다. 바람이 리깅(돛대를 세우고 돛을 조절하는 등 요트 조작에 필요한 모든 줄 ─ 역주)에서 포효하며 울려 퍼지고, 성난 바닷물이 난간을 넘어 흘러넘쳤다.

"저기요! 다들 괜찮아요?" 바람과 파도소리를 헤치고 고함을 쳤다. 아무도 보이지 않았다. 우선 내 눈은 어둠에 익숙해져야 했다.

어둠 속에서 누군가 기억에 남을 만한 러시아 욕설로 내게 대답을 해왔다. 하나님 감사합니다! 하지만 폭풍우 때문에 배는 거의 45도 정도로 기울어 있었다. 집채만 한 파도가 천둥소리를 내며 쏟아지고 매 순간 배가 더 기울고 있었다. 바람이 들어오는 쪽, 조종실 쪽 앞에서 선장을 발견했다. 그는 한 손으로는 안전줄을 잡고, 다른 손으로는 틸러(키의 윗부분에 붙은 것으로 키를 움직이기 위한 자루 ─ 역주)를 붙들고 있었다. 그의 입에서 수많은 저주의 욕설이 쏟아져 나와서, 난 그가 키를 조종하는 데 집중할 수 있는지 의문이 들었다. 그 선장 앞에는 다른 러시아 사람이 시트(돛을 조정하는 데 사용되는 리깅 ─ 역주) 윈치(원통형의 드럼에 와이어 로프를 감아 도르래를 이용해서 중량물을 높은 곳으로 들어 올리거나 끌어당기는 기계. 권양기라고도 한다 ─ 역주)에 매달려 있었다.

"돛이 너무 밖으로 나갔어요!" 난 두 사람에게 소리쳤다. 예의바르게 설명할 틈이 없었다.

"제기랄!" 러시아 남자는 짜증을 내며 소리쳤다.

난 배의 전체적 상황을 파악하려고 배의 가파른 측면을 넘어 두 사람에게로 기어갔다. 곧바로 바람이 성난 파도와 부딪치면서 배 위로 쏟아내는 얼음물 세례를 내게 퍼부었다. 난 러시아 사람처럼 욕설을 내뱉지 않으려고 입술을 깨물어야 했다.

돛에 가해지는 압력을 줄이기 위해 그 남자들이 메인 붐(돛의 아래쪽에 끼워 돛을 빳빳하게 펼쳐주는 가로대 – 역주)을 물위쪽에 놓아서 표면 위에 몇 뼘 정도 떨어진 채 떠 있었다. 그 메인 붐이 물에 잠기면, 돛대가 부러질 수 있다. 이제 우리가 왜 메인 돛을 접을 수 없는지가 분명해졌다. 그런 상황에서 갑판에 넘어지면 백 퍼센트 사망이다. 한 치 앞도 보이지 않기 때문에 아무도 물에 빠진 사람을 발견할 수 없고, 그렇게 찰나에 저체온증과 익사로 사망한다. 폭풍우는 아무도 막을 수 없을 정도의 강력한 힘으로 범포를 끌어당겼다. 폭우 속에 너무 많은 돛의 면적이 노출되면 위험했다.

"바람에 따라 조종을 시도해봤어요?"

내가 선장에게 물었다. 이것이 메인 돛에 닿을 유일한 가능성이었다.

곱슬에 백발인 남자는 이를 드러내며 화를 냈고, 내 질문에 대답이라도 하듯이 이물을 바람받이 쪽으로 돌리기 위해 키의 손잡이를 밀어냈다. 난 돛대를 향해 달려가 돛을 거둬들일 준비를 했다.

속도를 늦추기 위해 뱃머리를 바람과 맞서는 방향으로 돌릴 때처럼 바람은 더 잔인하게 심술을 부리는 것처럼 느껴졌다. 귀를 멍하게 하는 엄청난 소음이 계속 커지고, 리깅에서 거친 기류의 끽끽거리는 소리가 귀청을 찢을 듯한 금속성 소리로 변했다. 동시에 우리 배의 이물이 물마루에 쿵 소리를 내며 부딪쳐서 난 배가 산산조각 나지는 않을까 겁이 났다. 바닷물이 거품을 내며 갑판 위로 쏟아졌고 흠뻑 젖은 우리 몸을 찰싹 소리가 나도록 때렸다. 난 부르르 몸을 떨었다. 살을 에는 듯한 추위가 뼛속까지 스며들었다.

"그만 둬!" 선장이 고함을 쳤고 방향을 바꿨다. "그러다 뱃머리만 부서지겠어!"

거칠게 배가 흔들리며 이전의 기울기로 돌아갔다. 실패했다.

"아주 고마워 죽겠군." 건장한 러시아 남자가 화를 내며 내 쪽을 돌아보았다. 한 손으로 얼굴로 쏟아진 물을 닦으며 말했다 "덕분에 세수 잘했어!"

난 그가 분노하는 걸 이해했다. 내 고무장화는 졸지에 수족관으로 변했고, 손가락과 발가락이 얼어붙을 듯 시렸다. 감각이 무뎌지고 얼얼했다. 계속 밖에 있었던 두 러시아 사람들은 얼마나 추울까? 그렇지만 바람이 더 세지면 리깅이 버티지 못할지도 모른다. 아니면 배가 계속 기울어서 바닷물이 배로 흘러들어 가라앉게 될 것이다. 폭풍우 속에서 배를 돌리는 건 정말 두려운 일이지만 내 눈에는 여전히 그게 옳았다.

많은 경우 위험을 감수하지 않고 그저 기다리기만 하는 것이 가장 위험하다. 능동적인 사람은 변화를 가져오고, 수동적인 사람은 남에 의해 바뀐다. 자신이 처한 상황에서 어떻게 행동할지는 자신에게 달려 있다. 아리스토텔레스는 이렇게 말하기도 했다. "우리가 바람을 바꿀 수는 없다. 그러나 돛으로 방향을 바꿀 수는 있다."

속도를 조금만 줄이면, 그러면…. 난 계속 내 생각을 밀고 나갔다. "됐어! 입 닥쳐!" 화가 난 러시아 남자가 시트를 잡은 채 나를 말렸다.

도움을 구하려 난 키 자루를 잡고 낮은 소리로 욕설을 내뱉고 있는 선장 쪽으로 몸을 돌렸다. 그는 다른 것에 완전히 집중하고 있었다. 난 배가 더 기우는 걸 내 몸무게로 막아보려고 배에서 가장 높은 가장자리에 앉았다. 무언가를 바꾸려고 시도하는 많은 사람들도 같은 행동을 했을 것이다. 얼음처럼 차가운 물이 내게 쏟아졌다. 물은 계속 쏟아졌다. 이가 딱딱 소리를 내며 부딪쳤다.

주변의 모든 것은 칠흑처럼 깜깜했다. 파도가 포효하며 배에 부딪쳐오기 전까지 알아볼 수도 없을 정도였다. 달은커녕 별 하나도 없었다. 뱃머리의 위치표시등만이 붉은색과 녹색으로 빛났다. 돛대 꼭대기에 가시성을 높이기 위해 흰색 정박등(선박이 가장 잘 보이는 곳에 설치하는 등화 또는 형상물―역주)을 켰다.

우리들 중 그 누구도 폭우가 얼마나 심해질지, 얼마나 더 견뎌야 하는지를 알 수 없었다. 우리 목숨이 거기에 달려 있는데도 그랬다. 이제 날씨가 우리에게 은혜를 베풀기를 바랄 수밖에 없었다. 할 수 있는 게 아무것도 없고 모든 게 불확실해 정말 싫었지만 그럴 수밖

에 없었다. 우리가 함께 행동할 때, 최고의 기회가 다가온다.

"좀 쉬세요. 제가 대신할게요."

그 건장한 남자 쪽을 돌아보며 말했다. 그는 맘이 안 놓인다는 듯 잠시 주저했다. 그러나 결국 고개를 끄덕였고, 난 그가 있던 자리로 갔다. 고리를 추가하여 몸을 고정시킨 러시아 사람은 다시 디젤 캐니스타를 밧줄로 매어 두기 위해 선미 아래쪽으로 갔다. 컨테이너 중 세 개가 이미 갑판에서 홍수를 내고 있었다. 그런 다음 그는 보트 안으로 기어가서 거기서 퍼낸 물 몇 통을 나에게 건네고 두 개의 항해용 가방 사이에서 잠을 잤다.

밖에서는 선장과 내가 여전히 폭우와 싸웠다. 수염 난 러시아 남자가 더 이상 버틸 수 없어서 교체할 때까지. 그리고 그다음에는 나와 교대를 했다. 그렇게 우리는 교대를 하며 밤을 새웠다. 한 사람은 코스를 안정적으로 유지하고 다른 사람은 돛이 가능한 한 하중을 덜 받고 균형을 잡도록 조정하고, 나머지 한 사람은 쉬었다.

날이 밝을 즈음 배의 기울기가 점차 완화되었다. 우리가 최악의 상황을 버텨냈다는 첫 신호였다.

"어떻게 생각해?"

아침에 선징과 틸러를 교대힐 때 그가 물었다. 그의 붉은 마지와 외투는 푹 젖어 있었고, 곱슬머리와 코에서도 물이 떨어졌다.

"해변에서 휴가를 보내는 산타클로스처럼 보여요." 내가 히죽 웃으며 대답하고 덧붙였다. "적어도 샤워 하나는 아주 깨끗이 하셨네요!"

선장은 웃었다.

"조그만 더 버텨. 아침 먹고 올게."

그는 기지개를 켠 다음 선실 안으로 사라졌다. 틈을 통해 그가 시리얼을 한 그릇 붓는 게 보였다.

그다음 날 밤이 되어서야 우리는 지브를 일반 메인 돛으로 교체할 수 있었고, 그다음 날 부산의 마리나로 들어갔다. 부산은 한국에서 수도인 서울 다음의 제2도시다. 남한 컨테이너 화물의 80퍼센트가 이 항구를 거친다. 경제 중심지다. 최대 80층에 이르는 건물들의 스카이라인도 인상적이었다. 독일에서 가장 높은 초고층 빌딩은 65층에 불과하며 한국에서 가장 높은 123층 건물의 절반 수준이다.

너무 추위에 떨고 지쳤기 때문에 배에서 밤을 보내지 않고, 찜질방이라고 부르는 24시간 동안 영업하는 사우나에서 잤다. 정말이지 뜨거운 물에 몸을 담그고 싶었다. 더구나 찜질방은 호스텔이나 호텔보다 훨씬 저렴한 숙박시설이었다. 남성과 여성 영역이 나뉘어져 있었고, 독일에서처럼 나체로 사우나를 한다.

한국에 머무는 동안 한국어를 배우려고 마음을 먹었다. 언어가 아시아 사람들의 사고방식을 더 잘 이해하기 위한 열쇠라고 생각했다. 게다가 한국 사람들이 나를 이해하는 열쇠이기도 했다. 스페인어, 이탈리아어, 포르투갈어를 배우는 데 3개월이 걸렸다. 한국어도 3개월이면 충분할 거라고 난 앞질러 생각했다. 스스로를 얼마나 과대평가하고 있는지 전혀 알지 못했다. 수천 개의 문자가 사용되는 중국어나 일본어와는 달리 한국어에는 10개의 모음과 14개의 자음이 논리적인 시스템 속에서 사용된다. 26개 알파벳으로 단어를 만드는 것과 같다. 인터넷에 연결이 가능하고 두 시간 정도의 시간과 욕구가 있다면 수많은 사이트에서 한국어 기초를 배울 수 있다.

현대 기술을 통해 언어를 훨씬 편하게 배울 수 있다는 걸 알았기 때문에 난 어느 방글라데시 사람 소개로 중고 스마트폰을 샀다. 그때까지 어떤 전자기기 없이 여행을 했기 때문에, 그것은 내 생애 첫 스마트폰이 되었다. 그러나 비교적 빨리 방법을 발견했다. 바로 '가장 일반적인 한국어 단어 1,000개'라는 어플을 찾아내었다. 빙고! 이건 완전히 나를 위한 거야! 처음엔 하루에 30개 단어와 문법을 하나씩 익히기 시작했다. 아주 착실한 목표였다. 하지만 난 좀 서두르고 싶었다.

몇 주가 지나고, 700개가 넘는 단어를 익혔을 때 난 그 '가장 일반적인 한국어 단어 1,000개'가 신문 기사에서 뽑아왔다는 걸 깨달았다. 왜냐하면 '직원', '표준화' 또는 '연구 및 개발'과 같은 단어들은 잠꼬대로도 번역할 수 있었지만 '화장실' 또는 '식음료'와 관련된 단어는 제대로 알지 못했다. 난감했다. 무엇보다 화장실이 급할 때 그랬다. 누군가 비즈니스와 정치와 관련된 주제에 대해 물어왔다면 난 이미 준비가 되어 있었던 것이다.

2016년 5월

나는 요트 레가타까지만 러시아 사람 배에 머물렀다. 그 레가타에는 50척 이상이 참석했고 우리는 2등을 했다. 함께한 마지막 시간을 위해 좋은 추억이 되었다. 그렇게 러시아 아저씨들과 작별 인사를 하고 역사적 도시 경주를 향해 산이 많은 한국의 내륙 지방으로 들어갔다.

내가 목적지 근처의 호수에 도착했을 때는 이미 밤이 되었지만 기온은 쾌적했다. 난 수영을 할까 생각해봤다. 검은 물속에서 금발 머리 유럽인이 걸어 나오면 여기 사람들이 놀랄 거야. 그 광경을 생각하자 웃음이 나왔고, 곧 수영하겠단 생각을 버렸다. 다른 해변으로 이어지는 다리 위에서 걸음이 멈추었다. 걸었더니 좀 후덥지근했다. 아, 물이 정말 수영하기에 딱인데! 나는 나무 난간에 기대어서 조용히 서 있었다.

모든 시간 감각을 잃어버리고 순간에 사로잡혔다. 주변 발코니 난간의 섬세한 장식 조명이 푸른색과 분홍색으로 번갈아 바뀌었다. 근처 스피커에선 아시아 전통 음악이 흘러나오고, 내가 서 있는 곳에서 멀지 않은 곳에 있는 벚꽃 나무는 따뜻한 밤공기 속으로 가지를 뻗고 있었다.

난 진짜로 한국에 있었다. 누가 상상이나 했을까. 그 순간에야 비로소 지금까지 내가 여행했던 나라들과 한국이 비교되었다. 유럽을 떠난 이후 처음으로 나는 다시 제1세계 국가에 있게 된 것이다. 모든 것이 조화롭고 안전해 보였다.

실제로도 한국에는 살인이나 강도도 드물었고, 테러나 마약은 거의 없었다. 여기에선 도대체 무엇을 조심해야 하는 거지? 물론, 북한이 쏘아 올리는 로켓은 별개다.

그다음 날 오전에 시내로 갔다. 운전수가 목적지를 물었고, 난 손을 들어 잠시 생각할 시간을 달라는 표시를 했다. 아, 미리 생각을 했어야 했는데. 사실 난 식료품을 싸게 살 수 있는 슈퍼마켓을 찾고 있었다. 지난 3일 동안 슈퍼마켓을 찾지 못해서 컵라면으로 끼니를 때웠다. 그리고 내 위는 음식을 달라고 아우성치고 있었다.

"식료품 가게 근처에서 세워주세요." 이런 문장이 내 머릿속에서 맴돌았다. 그런데 실제로는 "당신 길 주변. 많은 사람들이 사요. 밖에서."

한심한 문장이었다. 식료품이란 단어를 모르다니. 하지만 '주변'이란 단어는 근사했던 것 같다. 놀랍게도 운전수는 열심히 고개를 끄덕이며 "아, 아!"라고 말했다. 마치 내가 무슨 말을 하려는지 알고 있다는 듯. 이런, 내 한국말이 완전 끔찍한 건 아니었나 보다. 성공적으로 의사소통을 해냈다는 성취감으로 내 가슴은 부풀어 올랐다가 운전수가 식료품 가게 대신 기차역에 나를 내려주었을 때 다시 푹 꺼졌다. 다음번에는 꼭 성공하고 싶었다.

도심지는 산업화되어 있었다. 바닷가에 있는 건물들은 매우 전

신나게 걸어봐 인생은 멋진 거니까

통적이고 미학적으로 디자인되었지만, 기능적인 면도 놓치지 않고 있었다. 주거지역은 정확하게 일직선으로, 장방형으로 형성되어 있었는데 마치 무채색의 격자모양 도로망 같았다. 공간상의 이유 때문에 뒷골목 길은 완전히 제거되었고 좁은 배수로를 설치했다. 벽에 붙어 있는 지저분한 광고판 사이로 부서진 회칠이 드러났다. 회색 줄무늬가 거리 외관을 엉망으로 만들었다. 슬픈 광경이었다.

어느 주민이 자가용 진입로에 놓아둔 화분이 유일한 식물이었고, 난 거리에서 헛되이 푸른 잎을 찾았다. 내 주변은 자연이 추방당해 버린 거대한 시멘트 사막이었다. 슬픔도 잠시, 다른 생각이 나를 괴롭혔다. 슈퍼마켓은 도대체 어디 있는 거지? 위에서 꼬르륵 소리가 났고, 무거운 배낭 때문에 장딴지가 후들거렸고, 땀에 젖은 멜빵이 내 어깨를 눌렀다.

운 좋게도 골목길로 접어들었고 거리 분위기가 바뀐 걸 눈치 챘다. 구부러진 보도를 따라 걸어갈수록 부유한 주거 지역에 들어왔다는 걸 느낄 수 있었다. 호기심에서 나는 대문의 검은 철 막대 사이로 녹색 정원을 들여다보았다. 잘 손질된 녹지 주변에 주거단지가 U자로 형성되어 있었고, 정교하고 사치스런 지붕의 깎아지른 듯한 모서리가, 건물을 아래로부터 에워싸고 있는 나무로 된 돌출부 위로 뻗어 있었다. 돌출부 위에서 계단으로 쓰이는 디딤돌 위에 한 쌍의 핑크빛 슬리퍼가 놓여 있었다. 길은 담이 없는 주차장으로 이어지는데, 그 주차장 외곽에 24시 편의점이 있었다. 지친 나머지

난 허리벨트의 버클을 열고 배낭을 어깨에서 내려 입구 옆의 기둥에 놓았다.

난 배낭을 거기에 두고 편의점 안으로 들어갔다. 누군가 배낭을 훔쳐갈 염려는 없었다. 배낭이 너무 무거워서 그걸 메고 달린다는 건 불가능했고 내 모든 귀중품은 속옷 안에 있었다. 1,500원을 주고 카운터에서 컵라면 두 개를 사서 정수기의 뜨거운 물을 부었다. 4일 연속 컵라면으로 때우고 있었다. 뭔가 제대로 된 음식을 먹을 때가 되긴 했다.

편의점 앞의 난간에 웅크리고 앉아서 먹었다. 햇볕이 따스하게 얼굴을 비췄다. 라면을 먹는 동안 공원의 벚나무에 감탄했고, 다시 팔다리에 힘이 생기는 걸 느꼈다. 벚나무는 유럽의 나무보다 더 섬세해 보였고 몇 주 전에 꽃은 졌지만 열매는 여전히 작고 덜 익어 보였다.

짙은 파란색 스포츠 재킷을 입은 남자가 내 옆으로 와서 내 배낭의 어깨 끈을 손으로 잡았다. 그의 피부는 햇볕에 검게 그을렸고, 검은 머리에는 희끗희끗한 흰머리가 섞여 있었다. 그를 보니 나의 할아버지 생각이 났다. 다만 유감스럽게도 앞 치아가 뻐드러지게 나서 입이 앞으로 쭉 튀어나와 있었다. 그는 손에 힘을 주어 움켜잡고 신음소리를 내며 내 배낭을 몇 센티미터 들어 올린 후 웃었다. 착해 보이는 그의 갈색 눈이 나를 쳐다봤다. 그러더니 웃으면서 나와 배낭을 번갈아 가리켰다.

그걸 못 든 사람이 할아버지가 처음은 아니에요. 이번엔 내가 웃으면서 이런 생각을 했다. 호기심 많은 사람들이 무게를 재어보려고 배낭을 들었다가 내려놓을 때 보인 이런 반응을 난 수도 없이 경험했다. 배낭에 돌이나 금이 든 것 아니냐고 조심스럽게 묻는 사람도 많았다. 아마도 이 할아버지도 그 비슷한 말을 했을 텐데 난 전혀 이해할 수 없었다.

축구 엠블럼이 새겨진 하얀 스웨터를 입은 청년이 다가와서 매우 서툰 영어로 말했다.

"어디에서 왔어요?"

"토기레쏘 와써요." 난 한국말로 대답하려고 애썼다.

"아, 터키에서 왔어요?"

정말이지 발음은 따로 연습을 해야겠다 싶었다. 토길이 아니라 도길인데!

"아니, 터키가 아네요. 독일에서 왔어요!" 난 다급해서 영어로 대답했다.

그 젊은이와 할아버지는 짧게 대화를 나누었다. 그런 다음 한국 사람들이 내게 일상적인 질문을 쏟아냈다. 여기서 무엇을 하고 있나? 한국에는 언제 도착했나? 언제 독일로 돌아가려고 하느냐? 가족은 어떻게 되냐? 신기하게도 내가 제일 좋아하는 컵라면이 무엇인지를 묻는 사람들도 많았다. "신, 라면." 그 사이에 대답을 알게되었다. 너무 매워서 입이 얼얼해질 정도라 며칠이 지난 후에도 맛이 사라지지 않았다.

"아버지가 우리랑 같이 가겠냐고 물어보세요. 오늘 우리 집에서 묵으세요. 여기서 멀지 않아요." 젊은 남자가 이렇게 말했다. 아니, 난 그가 그렇게 말했다고 믿었다. 그는 매우 독특한 억양의 영어를 말했다. 하지만 내 한국말보다는 훨씬 나을 거야.

"함께 가자고요? 지금요?" 난 그의 영어를 잘 이해하지 못해서 되물었다.

짙은 파란색 스포츠 재킷을 입은 그 남자가 나에게 급하게 음식을 먹는 흉내를 내었다. 난 좋아서 얼른 대답했다. "네, 네!" 서툴게 대답한 후 남은 라면을 급히 삼켰다. '네'는 한국말로 '그렇다'를 의미한다고 했다. 라면을 다 먹고 난 후 난 한국에서 예의를 차릴 때 하는 것처럼 고개를 숙여 인사를 했다. 그리고 이렇게 말했다. "대다니 감사합니돠!" 그리고 스포츠 재킷을 입은 남자를 따라 어느 벚꽃나무 아래 모여 있는 그룹을 향해 갔다.

난 약간 당황해서, 그 젊은 번역가를 둘러보고 그 그룹을 가리켰다.

"가족이에요?" 그 남자는 고개를 끄덕였다. "와우! 대가족이네요!" 난 놀라면서 그 나이든 남자를 따라 텅 빈 여행버스로 갔다.

"최, 영, 문." 그 나이든 남자가 자신을 소개했다.

"크리스토퍼예요."

한국 사람들은 성을 먼저 말하기 때문에 그의 이름은 '용문'이지만, 그 당시에 난 그걸 몰라서 계속 '최'라고만 불렀다. 그런데 그게 그렇게 버릇없는 것도 아니었다. 그 나이든 남자는 내 이름을 기억하지 못했다.

손짓 발짓으로 최는 내가 배낭을 버스 안에 두어야 한다는 걸 이해시켰다. 이 가족들이 버스 한 대를 통째로 빌린 건가? 정말 놀라운데! 우리는 함께 그룹에 합류했다. 낯선 버스에 배낭을 둔 것이 좀 찜찜했다. 하지만 한국에서 뭔 큰 일이 일어날까? 그룹은 빨간 양귀비가 심어진 이랑 사이를 산책하고 있었다. 열두 살 정도의 어떤 소녀가 나에게 달려올 때까지 우리는 그룹과 떨어져 있었다. "오빠, 나, 사진?" 그 아이는 내게 간청했다. 이미 다른 사람들도 나를 둘러싸고 열심히 사진을 찍으며 서툰 영어로 질문을 쏟아내었다. "대만에도 놀러오세요!" 목에 커다란 카메라를 멘 남자가 나에게 말했다.

그때 그 남자와 다른 사람들이 불교 문양 배지를 달고 있다는 것이 내 눈에 띄었다.

"아, 대만요? 대만에서 왔어요?"

"네, 네. 우린 전부 대만 사람이에요."

그 남자는 열심히 고개를 끄덕이며 주변 사람들을 가리켰다.

"당신들이 가족이 아니라는 얘기예요?" 난 흰색 스웨터를 입은 젊은 남자에게 속삭였다.

"아뇨, 아녜요. 가족 아니에요. 사람이 많아요. 저기." 그 남자는 한 남자, 한 여자, 열두 살 정도의 소녀를 가리켰다. "저 사람들은 가족이에요. 저기 두 명은 할아버지와 할머니고요. 그리고 저기, 또 가족 있어요. 여기 이 여자는 내 아내예요." 그는 자신 옆에 있는 젊은 아시아 여자를 가리켰고 계속 소개를 하려고 했다.

하지만 내가 그의 말을 끊었다. "저 사람은 당신 아버지인 거죠?" 난 최를 가리켰다.

"아뇨, 우리 아빠 아니에요." 내가 마치 멍청한 말을 한다는 듯 그는 웃었다.

"그러면 당신들은 단체 여행객이에요?"

"네, 네. 가족들이죠. 3일 동안 한국여행 왔어요. 내일 대만으로 돌아가요."

이제 천천히 모든 게 이해되었다. 어쩐지 그들의 한국어가 약간 이상하다 싶었는데 한국어가 아니었던 것이다. 최는 현지 가이드였다. 그러나 그가 정말로 나를 도우려는 건지는 여전히 알 수 없었다. 나를 추가시켜서 나중에 비용을 청구하려는 건 아닐까? 다른 나라에서 그와 같은 일을 몇 번 겪었다. 최는 인상이 좋았지만 속임수일 수도 있다. 난 아직 아시아 사람들을 인상으로 판단하는 게 서툴렀다.

그냥 고마웠다고 인사하고 내 길을 가는 게 낫지 않을까? 하지만 난 남기로 결정하고 무슨 일이 나를 기다리는지 지켜보기로 맘먹었다. 돌이켜보면, 직감을 따르고 상황에 자신을 맡겼을 때 가장 흥미로운 경험을 하곤 했다.

"먹다." 골똘히 생각에 빠져 있을 때 갑자기 최가 말을 걸었다. 무슨 말인 걸까? 최가 반복해서 "먹다"라고 하며 손을 입으로 가져갔다. 마치 숟가락으로 수프를 떠먹는 것처럼 말이다. 아, 먹다! 최는 그 여행객 전부를 어느 식당으로 데리고 갔다. 닭국물 냄새가 식당에 가득했다. 배에서 꼬르륵 소리가 크게 울려 퍼졌다. 아 나도 같이 먹고 싶다! 그 순간 정말 참을 수가 없었다. 이제 일을 해서 돈을 벌어 제대로 먹어야 할 때가 되었다.

최는 내가 주저하는 걸 눈치 챘다. 그는 내 소매를 끌어당겨서 여행객 중 두 사람이 이미 앉아 있는 구석에 놓인 식탁으로 데려갔고, 나더러 기다리라는 신호를 보냈다. 한 종업원이 음식이 담긴 카트를 우리 쪽으로 밀고 와서 식탁에 음식을 올려놓았다. 그리고 각자 앞에 밥과 국 한 그릇씩 놓았다. 종업원은 식탁 한가운데에 콩나물, 다진 마늘, 다진 양파, 계란, 튀긴 연근, 김치를 놓았다. 김치는 배추로 만든 발효식품으로 한국 사람들이 쌀과 함께 매끼 먹는 음식이다. 실제로 독일에도 그 비슷한 것이 있는데, 사워크라우트다. 다른 점이라면 김치는 고춧가루로 담가서 유럽인들은 우선 이 매운맛에 익숙해져야 한다.

우리가 밥을 먹기 시작했을 때, 최가 밥 세 그릇과 양념이 된 생선 한 접시를 가져왔다. 그는 내 주변에 이걸 전부 내려놓고 빈자리에 앉아서 젓가락을 들고 밥을 먹기 시작했다. "먹다." 그가 웃었다. 음식값은 그가 지불했다. 그를 조금이라도 의심했던 게 부끄러웠다.

밥을 먹고 우리는 호텔로 갔다. 최는 호텔로 가는 버스 안에서 농담을 한 것 같았다. 대만 사람들은 배꼽을 잡고 웃었다. 옆 좌석에 앉은 사람이 내게 몸을 기울이고 영어로 통역해주었다. "네가 혼자서 대가족이 먹을 음식을 어떻게 다 먹어치웠는지 말하고 있어, 하하!" 나도 웃을 수밖에 없었다. 맞아, 엄청 먹었지.

호텔에 도착하자 최는 운전수와 함께 묵을 방으로 나를 데려갔다. 현대적인 호텔방 벽에는 대형 평면 스크린이 달려 있었고, 차 주전자와 욕실이 구비되어 있었다. 아, 드디어 샤워를 할 수 있었다. 그런데 시설이 매우 현대적인 것과는 대조적으로 침대가 없었다. 난 나중에 옛날 한국 사람들은, 심지어는 왕조차도 바닥에서 밥을 먹고 잠을 잤다는 걸 알게 되었다. 젊은 세대들에게는 서양식 의자와 침대가 점점 더 인기를 얻고 있지만, 아직도 많은 한국인들이 좌식 생활 습관을 고수하고 있다. 그래서 한국 어느 곳에서나 밝은 색의 나무 바닥에 들어서려면 신발을 벗어야 했다. 양말에서 좋지 않은 냄새가 나서 나로서는 좀 당황했다. 하지만 누가 신발을 신고 식탁과 침대 위를 걸어 다닌단 말인가?

벽장에서 베개, 이불과 함께 두꺼운 요 세 개를 꺼내서 바닥에 펼쳤다. 우리 잠자리였다. 아주 잠버릇이 나쁜 게 아니라면 이런 것도 괜찮아 보였다. 집이 좁다면 공간도 절약할 수 있어 보였다. 그리고 가장 좋은 건, 침대 커버를 씌우거나 정돈하지 않아도 되었다. 아침에 일어나서 요를 개어서 벽장에 넣으면 아무에게도 방해가 되지 않는다.

최가 자기 핸드폰을 내 귀에 대었다. "여보세요?" 난 얼떨결에 말했다.

"안녕하세요, 난 최 씨 아내예요. 제 남편이 내일 부산으로 같이 가겠냐고 물어봐 달래요."

와! 최는 영어를 한마디도 못했지만 그의 아내는 영어를 유창하게 말했다!

"고맙습니다! 하지만 내일 저는 대구로 가려는 계획이에요."

난 그 제안을 거절했다. 난 막 부산에서 여기로 온 참이었다. 난 최의 친절을 더 이상 남용하고 싶지 않았다.

최는 핸드폰을 다시 가져가서 그의 아내가 내 대답을 통역해주는 걸 들었다. 잠시 통화를 하더니 다시 내 귀에 핸드폰을 대었다.

"제 남편이 꼭 당신과 동행하고 싶대요. 내일 저녁에 부산에서 함께 기차를 타고 서울로 오겠대요. 제가 식사를 준비할게요."

오, 정말 굉장한 제안인데! 귀가 솔깃했다! 하지만 기차표는 분명히 비쌀 것이고, 난 최가 내 기차표까지 지불하는 건 원치 않았다. 그냥 히치하이킹으로 가고 싶었다.

버스 운전수는 속옷 차림으로 내 옆에 앉아서 차를 홀짝거리며 마셨다. 그는 무엇에 대해 얘기가 오가는지 이해했다. 난 그가 눈에 띄지 않게 고개를 절레절레 흔드는 걸 눈치 챘다. 더 이상 거절하면 안 된다는 걸 내게 말하려는 것일까? 거절하는 게 예의에 어긋나나?

"좋아요. 부산으로 갈게요!"그렇게 말하자 최가 만족한다는 듯 웃었다.

호텔에서 아침을 먹은 후 우리는 버스로 부산에 갔고 거기서 난 한국의 빈민가를 보았다. 사람들이 그 지역을 그렇게 불렀다. 그 동네는 남아메리카의 빈민굴과는 완전히 달랐고, 내가 보기엔 오히려 인상적인 장소였다. 공통점이 있다면 집들이 작다는 점이었지만, 여기 집들은 밝은 색으로 페인트칠을 했고 산 경사면에 지어졌다. 그리고 우리는 용두산 공원으로 갔다. 실제로 공원이라기보다는 부산의 우거진 산에 위치한, 도시 위를 떠도는 플랫폼 같았다. 버스에서 내리자마자 항구 도시의 익숙한 바다 내음이 풍겨왔고, 난 고향에 온 것 같은 느낌이 들었다. 낙엽과 침엽수림의 내음이 산들 바람에 섞여왔다. 만약 내가 눈을 감고 여기저기서 들려오는 낯선 언어들의 소리를 차단한다면, 독일 북부에 있다고 생각할 수 있을 것이다.

최가 내 어깨를 꼬집었다. 그리고 그는 검지로 손목에 찬 시계를 가리켰다. "한 시간." 그렇게 말하고 그는 다른 대만 사람들과 나를 주차장에서 쫓아내었다. 대만 사람들은 기념품 가게로 몰려갔지만, 난 광장의 남쪽 끝까지 어슬렁거리며 걸어갔다. 내 시선은 녹색과 붉은색으로 장식되어 있는 정자를 향했는데, 그 안에는 사람이 들어갈 수 있을 정도로 거대한 청동종이 걸려 있었다. 난 정자 안에 있는 차단목을 넘어 올라가 공이로 쓰이고 있는 나무들보를 망치로 힘껏 치고 싶었다.

신나게 걸어봐 인생은 멋진 거니까

소리가 엄청 클 텐데! 나만 이런 생각을 한 게 아닐 거야.

얼마간의 시간이 지난 후 우리는 모두 가장 높은 층의 입구에 모였다. 계단 위에는 거북이, 사슴, 새가 있는 모자이크 패널이 설치되어 있었다. 모자이크 패널 앞의 두꺼운 기둥은 제일 높은 층의 육중한 돌출부를 받치고 있었고, 입구에 장엄한 인상을 주었다. 최는 그중 한 기둥 앞에 서서, 여행 깃발을 흔들며 그 장소에 대한 설명을 시작했다. 대만 사람들은 반원으로 모여 서서 최가 중국말로 설명하는 내용을 들었다. 난 혹시 어떤 단어로 인해 내가 내용을 조금이라도 이해할 수 있을까 싶어서 진지하게 귀를 기울였다. 하지만 내 머릿속에 떠오른 건 그저 쿵푸 영화의 한 장면이었다. 언어를 전혀 모르니까 그냥 재미있게만 들렸다.

그때 갑자기 최가 나에게 와서 팔을 잡더니 기둥 앞으로 데리고 갔다. 아마 내가 옳았을 거야, 이제 쿵푸 영화를 찍으려고 싸움 상대로 내가 필요한 거야, 난 이렇게 생각했다. 내 농담을 이해할 사람이 없어서 유감이었다.

최는 나를 붙잡은 손에 여전히 힘을 주면서 계속 말을 했고, 한 단어를 강조할 때마다 손가락으로 내 가슴을 찔렀다. 내가 더 이상 웃음을 참지 못하고 낄낄거리는 동안 모든 눈이 우리 둘을 쳐다보고 있었다. 난 여전히 쿵푸를 생각하고 있었다.

그러고 나서 놀랍게도 최는 지갑을 꺼내서 거의 40유로에 해당하는 한국 원화를 내게 주었다. 난 어리둥절해서 그를 쳐다보았다. 이제 그가 낄낄거리며 웃었다. 한 대만 사람이 줄에서 나와서 스냅 사진을 찍으려고 나한테로 왔고 10유로에 해당하는 돈을 내게 건넸다. 또 다른 대만 사람이 손에 돈을 들고 기둥으로 다가왔다.

우린 그의 가족을 위해 다함께 사진을 찍었고, 그는 나에게 기부금을 건넸으며, 대만 여행객 전부가 차례차례 그렇게 했다. 난 거의 120유로 정도의 기부금을 받았다. 최가 실제로 나를 위해 기습적으로 미니 모금 행사를 벌인 것이다. 정말 굉장한 가이드였다.

난 한편으로는 아무런 대가를 지불하지 않고 다른 사람한테 돈을 받는 것이 매우 불편하게 느껴졌다. 그러나 다른 한편으로는 그 여행 그룹의 구성원들은 다른 아시아 사람들과 마찬가지로 나와 함께 사진을 찍는 걸 진심으로 즐기는 것 같았다. 난 너무 기뻤고 감동했다. 단 한 번도 제대로 대화를 나눈 적이 없었지만 최는 나에게 이웃에 대한 사랑과 친절을 몸소 보여주었다. 사랑은 말이 아니라 행동으로 보여준다고 하지 않았던가. 이것이 그 증거가 아니라면, 무엇이란 말인가?

저녁에 우리는 한국의 수도인 서울까지 고속열차를 타고 밤풍경 속을 질주했다. 난 그날 받은 돈으로 기차표를 샀다. 서울에서는 최와 그의 아내가 그들 집에서 나를 재워주기로 했다. 너무 오랫동안 그들에게 신세를 지고 싶지는 않았지만 다른 곳에 숙박을 하려면 돈이 필요했다. 그러려면 일을 해야 한다! 그래서 나는 부산에서 알게 된 한국 여성에게 시속 300킬로미터의 속도에서도 완벽하게 작동되는 와이파이를 통해 이메일을 한 통 보냈다. 그녀가 개인 과외를 해줄 영어 선생을 찾고 있는 친구에 대해 말한 적이 있었기 때문이다. 이것은 시작이야. 난 이메일에서 내가 영어교사로서 어떤 자격을 갖추었는지를 간략히 설명했고, 안심을 시키기 위해 내 사진을 추가로 보냈다.

난 바로 답장을 받았다. '유감스럽지만 저는 더 이상 영어 선생을 구하지 않습니다. 그렇지만 당신의 이메일을 다른 사람들에게 전달해놓겠습니다. 꼭 일자리를 구하시기 바랍니다!'

난 조금 실망을 했다. 지금까지 계속 육체노동만 해서 머리를 쓰는 아르바이트를 해보는 건 좋은 변화라고 생각했기 때문이다. 뭐 괜찮아. 시도를 한 것만으로도 가치가 있었다.

그런데 실제로 그랬다. 놀랍게도 곧 다른 이메일이 도착했기 때문이다.

'안녕하세요, 내 친구가 당신 메일을 보여주었어요. 다음 주 월요일에 골퍼들을 위한 스마트 신발을 생산하는 회사 광고를 찍을 예정입니다. 당신에게 몇 가지 물어볼 게 있어요. 시간은 괜찮으세요? 골프채를 스윙해본 경험이 있나요? 신발과 옷 치수가 어떻게 되나요?'

골프라니. 난 골프채를 한 번도 만져본 적도 없는데 말이다. 미니골프 경험도 쳐주는지 모르겠다. 좀 더 구체적으로 협의를 하다 보니 다행히도 큰 문제는 없어 보였다. 난 골프 트레이너 역할을 하면 되었다. 트레이너로서 더 많은 지식 외에 다른 것을 할 필요가 없었다. 그래 난 할 수 있어!

최와 그의 아내 집에서 며칠을 머무른 후에 그들과 작별을 하고 난 일종의 학생 기숙사로 이사를 했다. 그 숙소의 첫 달 월세를 골프 신발 광고로 벌었는데, 그 광고는 삼성의 한 골프장에서 촬영되었다. 그 골프장에서 골프를 치려면 수십만 유로를 내야 한다. 그렇게 비싼 비용을 낼 만큼 그 골프장의 잔디가 특별한가? 잘 모르겠지만 장소가 멋지긴 했다.

내 새로운 숙소는 강남에 있었다. 그렇다 그 유명한 노래 〈강남 스타일〉에 나오는 그 지역이다. 그 노래의 인기는 이미 오래 전에 사라졌지만 내가 3.5제곱미터 크기의 내 방에서 한 첫 번째 일 중 하나가 〈강남 스타일〉 춤을 춘 것이었다. 바보 같은 생각이었지만, 재미는 있었다.

인터넷 연결이 좋은 덕분에 독일 여대생인 미갈과 나는 더 많이 문자를 주고받았다. 서로를 얼마나 잘 이해할 수 있었는지 겁이 날 정도였다. 우리는 곧 서로에게 일기와 같은 기록이 되었고, 모든 것에 대해 쓰고 나눴다.

"갑자기 부자라도 된 거니?"

이모가 내게 소식을 보내왔다. 왜냐하면 내가 원룸에서 지내고 있다는 말을 들으셨기 때문이다. 이모는 내 방이 거의 화장실 만하다는 걸 몰랐다. 독일 헌법에서는 인간적인 주거를 위한 최소 크기를 7제곱미터로 규정해놓았다. 저는 그보다 더 적은 3.5제곱미터에서 살고 있어요!

"이모가 생각하는 것처럼 부자는 아니에요." 난 그냥 그렇게 대답했다. 난 예전처럼 물질적으로는 거의 가진 게 없었다. 하지만 난 내가 소유하고 있는 것에 매우 만족했다. 현자인 노자의 말이 더 잘 표현해준다. "부자는 자신이 충분히 갖고 있다는 걸 아는 사람이다."

이런 의미에서 보자면 그렇다, 난 부자다.

2016년 7월

그 후 몇 달 동안 소소한 아르바이트로 체류비를 벌었다. 삼성을 위한 광고도 여기 포함된다. 그 외에 부산에서 진행되는 의학 실험에도 참가했다. 어떤 의학 임상실험실에서 성장호르몬을 테스트하기 위해 유럽 출신 남자를 찾았다. 의학 실험이라고 하니 그다지 좋게 들리지 않지만, 그 약은 이미 아시아 시장에서 성공적으로 판매되고 있었다. 그리고 실베스터 스탤론이 그 약과 똑같은 물질로 근육을 유지했다고 들었기 때문이기도 했다. 스탤론과 같은 근육을 거부할 남자가 있을까?

그래서 난 지원을 했고 적합한 테스트 대상으로 뽑혔으며 주말 내내 부산에 있는 한 병원에 머물게 되었다. 솔직히 말하자면 난 이후에도 그렇게 편하게 돈을 벌어본 적이 없었다. 내가 한 일이라곤 4일 동안 컴퓨터와 함께 침대에 누워서 매 시간마다 피를 뽑아 가도록 하는 것이었다. 그리고 1,700유로를 받았다. 세 번째 팔이 자라는 부작용이 있었다면, 이 금액은 너무 적은 액수였을 것이다. 하지만 내 몸에는 아무런 변화가 없었다. 나빠지지도 않았고 스텔론처럼 되지도 않았다. 모든 걸 가질 수는 없는 법이었다. 그렇지만 난 이 큰 수입액에 무척 감사했다.

병원에 누워 있는 동안 시간이 많아서 한국 역사에 대해 공부했다. 한국 역사에는 정말로 모든 것이 있었다! 2차 세계대전이 끝난 후에 한국은 소비에트 연방 점령 지역과 미국 점령 지역으로 나뉘었다. 독일이 동독과 서독으로 나뉜 것과 거의 같은 시기였다. 이렇게 점령 지역이 나뉜 결과로 1950년대 초반에 한국 전쟁이 일어났고, 남한은 지구상에서 가장 가난한 나라 중 하나가 되었다. 거의 모든 도시가 폐허로 변했고 논과 밭은 황폐해졌으며 굶주린 가족들은 먹을 만한 식물을 찾아 얼어붙은 언덕을 헤매었다. 이 끔찍한 광경은 1960년대까지도 거의 바뀌지 않았다. 그런데 그 이후에 기적이 일어났다.

만약 내가 아프가니스탄, 알바니아 혹은 소말리아가 앞으로 40년 이내에 세계 최고의 무역 강국 중 하나가 될 거라고 예언하면 사람들이 나에게 뭐라고 말할까? 터무니없는 소리라고 비웃었을 것이다. 그래서 한국의 부상은 아마도 인류 역사상 가장 거대한 경제 기적일 것이다. 한국에는 원자재도 없고 교육 구조도 갖추어지지 않은 상태였는데 2000년대 초에는 세계에서 가장 막강한 경제

국가 10위 안에 들었다. 채 40년도 지나지 않아 한국은 세계에서 두 번째로 가난한 나라에서 경제적으로 스페인이나 호주와 같은 국가를 제치고 돌진했다. 현재 독일보다 인구수가 적은 이 나라는 세계에서 가장 빠른 인터넷 연결망과 가장 많은 수의 산업용 로봇을 보유하고 있다.

한국 사람들은 어떻게 이런 일을 해낼 수 있었을까? 무엇보다도 그들은 부지런하다. 그들은 부지런해야 한다는, 한국말로는 "빨리빨리"의 정신을 갖고 있는데 항상 효과적인 건 아니지만 많은 양의 일을 신속히 처리한다. 실제로 한국 사람들은 일 년 내내 일주일에 40시간 이상을 일한다. 그렇게 힘들지는 않을 거야. 나도 일주일에 40시간 이상 일한 적이 많은 걸. 어떤 때는 더 많이 일했다고. 처음엔 나도 이렇게 생각했다.

그러나 휴가, 병가, 공휴일이 이미 포함되어 있다는 걸 잊지 말아야 한다. 이런 방식으로 계산한다면 독일 사람들은 일주일에 30시간보다 더 적게 일한다는 결과가 나올 것이다. 한국 사람들은 경제 호황 시기에는 무려 48시간 동안 일을 한 셈이다.

이런 부지런함이 장점만 가진 것은 아니다. 경쟁이 너무 심해서, 모든 고용주들은 관리자가 퇴근할 때까지 직원들이 무료로 초과 근무를 하길 기대한다. 그렇지 않으면 해고되어 다른 일자리를 구하기도 힘들다. 고등학교 졸업생이 상위 5개 대학에 입학하지 못하면 가족들이 너무 실망을 하기 때문에, 수많은 젊은이들이 다리에서 뛰어내리는 것 외에 다른 탈출구를 찾기 힘들어진다. 세계보

건기구에 따르면 한국은 세계 자살률에서 해마다 앞 순위에 있다고 한다.

극도의 부지런함은 그런 어두운 측면도 갖고 있다. 그럼에도 불구하고 한국과 싱가포르가ー눈부신 성장을 이룩한 나라ー증명해낸 것처럼 사람이 맨 꼴찌에서 최고의 정상에 도달할 수 있다는 건 정말이지 인상적인 일이다.

그러나 부지런함만으로는 그런 성취를 해낼 수가 없다. 한국 사람들의 성공 비결에는 다른 무언가가 내재해 있을 것이다. 난 하루 종일 죽어라, 부지런히, 강도 높게 일을 했었지만 별다른 성과가 없었다. 부지런함이 자동적으로 생산성과 비례하지는 않는다.

사람은 지속적으로 자신을 개발하고 교육을 받아야 한다는 한국 사람들의 생각이 한국 발전의 또 다른 중요한 요인인 것 같다. 더 나은 것을 원하는 사람은 스스로를 개발해야 한다. 가난했던 시절 한국 사람들은 옷을 만들기 시작했지만 점차 자동차와 배, 결국 전자 제품을 만드는 법을 배웠다. 예를 들어 한국 기업 삼성은 초기에는 섬유와 생활용품을 생산했지만, 오늘날에는 전 세계 스마트폰 시장에서 가장 높은 점유율을 차지한다. 한국 사람들이 부지런함을 학습에 투자하지 않았더라면 불가능한 일이었을 것이다.

이웃 나라인 중국에는 2500년 전부터 전해지는 격언이 있다. "배움은 물살을 거슬러서 노를 젓는 것과 같다. 노 젓는 걸 멈추면, 배는 뒤로 간다." 난 이렇게 말하고 싶다. 배움을 반복하는 사람은 스스로의 지식을 계속 반복 복사하는 것과 같다. 한국 사람들은

"배움에는 왕도가 없다"라고 표현한다.

강남에 있는 원룸에서 3개월을 지낸 후, 난 히치하이킹으로 한국 전체를 여행하기로 결심했다. 그동안 한국어 어휘와 문법은 그럭저럭 벼락치기로 익혔지만, 회화는 여전히 불가능했다. 회화를 연습하기 위한 가장 좋은 방법은 말을 하는 것 외에 다른 선택이 없도록, 나를 그런 상황 속으로 몰았다.

그래서 나는 배낭에 모든 걸 집어넣고 남쪽을 향해 길을 떠났다. 커다란 종이 위에 한국말로 '어딘가로'라고 썼다. 이것을 읽은 사람들은 모두 황당해 했지만 이 단어는 독특한 경험을 낳았다. 예를 들어 한 한국인 농부는 어느 날 오후에 나를 산으로 데려가 대흥사라는 절을 구경시켜 주었다. 흔히 짐작하듯이 정상에 지어진 게 아니라, 이 절은 땅이 움푹 팬 곳에 지어져서 나무가 빽빽이 들어선 산비탈이 사방에서 보호하듯 땅 위로 기울어 있었다. 정말로 평화로워 보였고 한 폭의 그림 같았다. 늦여름은 마치 대담한 예술가처럼 붉은색, 노란색, 주황색 점을 숲의 녹색 위에 뿌렸으며, 정교하게 장식된 뾰족한 지붕을 가진 절의 중후한 법당은 마치 수 세기 동안 그래왔던 것처럼 산의 풍경과 잘 어울렸다. 농부는 나를 절 입구의 밝은 빛 모래밭으로 데려가서 어느 스님에게 나를 소개했다.

거의 모든 불교의 선승들과 마찬가지로, 그 스님도 자신이 환상과 무지로부터 자유롭기를 원한다는 걸 상징적으로 분명히 하기

위해 대머리였다. 그는 재와 무상함을 상기시키는 긴 회색빛 승려복을 입고 있었다. 그 농부는 특별한 방식으로 스님에게 절을 했고, 나도 그의 존경하는 몸짓을 따라하려고 최선을 다해 노력했다.

"어디서 오셨습니까?" 스님이 내게 물었다.

"토기래소 와쏘요."

난 그동안 내 발음이 훨씬 좋아졌을 거라고 확신하며 한국말로 자신 있게 대답했다.

"아, 터키에서 오셨군요!" 스님이 말했다.

아, 아니라고요. 왜 내 발음을 못 알아들을까? "독일이요!" 난 웃으며 영어로 다시 대답하고 최근에 익힌 한국말을 덧붙였다. "유럽, 통일, 자동차, 메르켈, 독일."

스님은 고개를 끄덕이고는 더 이상 묻지 않았다. 그 대신 농부와 대화를 나누었다. 내가 무례한 게 아니면 좋겠는데.

두 분이 대화를 나누는 동안 내 생각은 그동안 내가 불교에 대해 익힌 지식들 사이를 떠돌았다. 불교의 모든 가르침은 인간의 삶은 고뇌로 가득하고 고통스럽다는 것을 기본으로 한다. 걱정, 절망, 질병 등으로 가득하다고 한다. 난 좋은 불교신자는 못될 거 같다. 솔직히 말해서 난 삶이 정말로 근사하다고 생각하거든. 부처님이 말씀하기를, 고통은 죽음으로 끝나지 않는데, 사람은 계속 환생하기 때문이다. 이 고통의 순환에서 벗어나는 유일한 방법은 고통을 일으키는 모든 것에서 해방되는 것이다.

난 처음에 수학시험이 생각났다. 그러나 부처님은 고통의 원인이 훨씬 깊은 곳, 우리가 욕망하는 것에 있다고 말했다. 부처님의 말대로라면 수학시험은 우리가 좋은 점수를 갈망하기 때문에, 혹은 적어도 그렇다고 주장하기 때문에 괴로운 셈이다. 모든 욕망과 이별을 해야만 한다. 그래서 기본적으로 정체성, 모든 소유물, 가족―부처님도 아내와 아들을 떠났다고 한다―충동, 심지어는 생각, 의견, 감정과 작별을 해야 한다. 모든 것에서 해방되어 실제로 그 어느 것에도 더 이상 집착하지 않게 되면 니르바나에 도달하게 된다. 니르바나는 많은 사람들이 믿고 있는 것처럼 '낙원'을 의미하지 않는다. 니르바나는 '소멸'을 뜻한다. 감정, 소망, 생각이 소멸된 상태다.

"여기서 자고 갈래요?" 농부가 내 쪽으로 몸을 돌리며 물었다. 스님과 그는 드디어 대화를 끝마친 것 같았다. 선뜻 대답하기 어려워 내 발을 쳐다보았다. 내 안의 호기심은 "네에에!"라고 소리 지르고 싶었다. 그런데 스님은 나에게 그다지 관심이 있어 보이지 않았고 괜히 다른 사람들에게 신세를 지는 건 아닌가 싶어 대답을 하지 못하고 있었다. 어디서 왔냐는 질문에 너무 어설프게 대답했기 때문에 나한테 관심이 없나?

"고맙습니다만, 괜찮아요." 난 기어들어가는 목소리로 거절했다. 대놓고 "아니요"라고 말하는 것 또한 매우 무례한 행동이라는 걸 잘 알고 있었다. 그 정도로도 충분히 명확하게 표현한 셈이다. 난 그렇기를 바랐다.

스님은 승복 안을 뒤적이더니 스마트폰을 꺼내서 누군가에게

전화를 했다. 통화를 마쳤을 때 스님은 알았다는 듯이 고개를 끄덕였다.

"문제없어요. 이 독일인도 여기서 묵어도 돼요."

여기서 잘 수 있다고? 의사소통이 불편했지만 나의 호기심은 내가 여기서 많은 걸 배울 수 있다는 것에 쾌재를 부르짖고 있었다.

농부와 인사를 나누고 헤어졌을 때 어느 스님이 나를 손님들이 묵는 숙소로 안내했다. 그 스님은 내 나이 정도로 보였고 입구에 있었던 스님과는 다르게 갈색 옷을 입고 있었다.

"왜 갈색 옷?" 난 그의 언어로 대화를 시작했다.

"전 아직 수련 중이에요. 여기 온 지 3개월밖에 되지 않았어요."

그는 유창한 영어로 설명했다. 내 한국말을 알아들었어! 그의 넓직한 코 위에는 검은색의 두꺼운 안경이 걸쳐 있었다. 그래서 면도를 한 그의 머리가 더 둥글게 보였다

"어떻게 그렇게 영어를 잘하게 되었어요? 수련승에서 진짜 스님이 되기까지는 얼마나 걸려요?" 내가 계속 질문을 던졌다.

"너무 많은 걸 한꺼번에 물어보네요."

내가 얼마나 호기심이 많은지 안다면…. 난 웃었다.

"사실 난 아직 시작도 안했는데요."

우리는 왼쪽과 오른쪽에 두 채의 전통적인 목조가옥이 있는 사원의 중앙에 도착했다. 각각의 건물에는 다섯 개의 어두운 나무문이 있었고, 그 문들은 빛바랜 종이로 덮여 있었다.

"여기가 당신 침실이에요."

신나게 걸어봐 인생은 멋진 거니까

그 수련승이 문 하나를 열면서 말했다. 방은 마룻바닥이었고 책상과 선풍기를 제외하곤 실내 가구가 없었다. 책상 위에는 접힌 담요 두 개와 베개가 있었다.

"담요 하나는 바닥에 깔고 하나는 덮고 자면 돼요." 그 수련승이 나에게 설명해주었다. "저기 복도를 따라가면 욕실이 나와요. 하지만 찬물밖에 안 나와요."

난 고분고분하게 고개를 끄덕였다.

해가 지고 내가 일기를 쓰고 있을 때 누군가 조심스럽게 문을 두드렸다. 문을 열었더니 수련승이었다. "아, 무슨…." 내가 질문을 하려 하자 그 젊은 승려는 급히 검지를 입에 대었다. 그리고 자기를 따라오라고 눈짓을 했다.

난 급히 슬리퍼를 신고, 등 뒤로 조용히 문을 닫고는 그 뒤를 쫓아갔다. 어둠 속에서 그는 산으로 오르는 길로 나를 데려갔다. 난 미끄러운 바위 위로 몇 번 걸려 넘어졌는데, 너무 캄캄해서였다. 넘어지면서 발가락이 돌에 부딪쳐서 아팠다. 더구나 수련승은 랜턴을 쓰지 말라고 했다. 산에 오르는 걸 알았더라면 운동화를 신고 오는 건데!

마침내 우리는 외따로 떨어져 잇는 어느 건물에 도착했다.

"여긴 찻집이에요." 그가 속삭이며 내가 안으로 들어갈 수 있도록 미닫이문을 열었다. "신발은 벗어요." 그가 말했다.

난 슬리퍼를 벗고, 그와 함께 살금살금 복도를 따라 걸었다. 그리고 수련승은 어느 문을 열고 방 안으로 들어가 마침내 불을 켰다. 벽은 밝은 색 나무와 종이로 되어 있어서 불빛이 따스하게 느껴졌다. 방의 뒤쪽 중앙에는 다양한 찻잔과 찻주전자가 놓여 있는 긴 탁자가 있었다.

"차 명상을 하고 있어요. 원래 저 같은 수련승에겐 금지예요. 하지만 제 손가락은 아주 능숙하죠." 그는 두꺼운 안경알 너머로 나에게 눈짓을 했다. 그리고 그는 탁자 뒤로 가서 도자기 그릇에 있는 물을 주전자에 부었다. "앉으세요."

나무집게의 도움으로 그 젊은 승려는 작은 찻잔을 탑처럼 겹쳐 쌓았다. 첫 찻물을 우려낸 후, 그는 가장 위에 있는 찻잔에 찻물을 부어서 마치 캐스케이드 분수처럼 찻물이 찻잔에 흘러넘치게 했다. 그런 다음 집게로 찻잔을 집어 물을 쏟아내고 두 번째로 우려낸 찻물을 부어주었다. 이 찻물을 마시는 거였다.

"그리고 이제는요?" 난 긴장해서 물었다.

"이제 대화를 나누어요. 이것이 명상의 핵심이에요." 그가 씩 웃었다.

"들키면 혼날 텐데 두렵지 않아요?" 난 계속 그게 맘에 걸렸디.

"다른 사람들은 텔레비전을 보거나 자고 있어요. 매일 밤 그래요. 들킬 염려는 없어요."

난 놀라서 흠칫했다.

"스님들이 텔레비전을 본다고요?"

"당신은 텔레비전을 안 봐요?" 내 질문에 수련승이 되물었다.

"아주 가끔요." 내가 대답했다. "텔레비전을 보면 게을러져요. 그래서 거의 안 봐요." 나는 차를 음미하듯 향기를 맡은 후 한 모금 홀짝 마셨다.

"왜 절에 들어온 거예요?"

수련승은 약간 앞으로 몸을 기울였다.

"평화를 찾으려고요. 공부가 너무 힘들었거든요."

그의 목소리에는 내가 정확히 이해하기 어려운 울림이 있었다.

"그렇다면 잘못된 주소로 온 건 아니네요."

나는 시인할 수밖에 없었다. 주변의 자연만으로도 더 이상 평화롭고 목가적일 수 없어 보였다.

난 찻주전자를 집으려 했지만 수련승이 나보다 먼저 주전자를 들었다. 그는 신중하게 말을 이었다.

"많은 승려들이 겉으로 보기에는 원만하고 부드러워 보이지요. 마치 원래 그런 것처럼요. 원래 우리는 모두 동등해야 합니다. 그런데 실제로는 아주 엄격한 계층 구조예요."

스님들이 때로는 변덕을 부릴 수 있다는 걸 이해하기는 어렵지 않았는데, 여기서 이미 내가 눈치로 배운 걸로도 알 수 있었다. 예를 들어 절에서는 새벽 세 시에 종을 울려서 잠을 깨운다. 그리고 하루 일정이 워낙 빡빡해서 하루에 여섯 시간 이상 잘 수가 없다. 이렇게 몇 주만 살아도 난 우울해질 것 같다.

"그래서 무슨 생각을 하세요? 여기 온 것이 잘못이라고 생각해요?"

난 계속 물었다.

"모든 건 그 대가를 치러야 한다고 생각해요. 그러지 않고선 평화를 얻을 수 없어요. 부처가 말씀하셨죠. 우리 자신 외에 그 누구도 우리를 구할 수 없다."

그는 다시 찻주전자를 들어서 찻잔을 채웠다.

"당신은 기독교도죠, 그렇죠? 기독교에서는 어떻게 말하나요?"

그는 나를 쳐다보며 물었다. 난 이마를 찡그렸다.

"정말로 알고 싶으세요?"

"당신들 서양 사람들은 일에 관한 한 매우 강하고 에너지가 넘쳐요." 그 젊은 승려가 말했다. "그런데 종교에서는 왜 그렇게 소극적이고 소심한 겁니까?"

흥미로운 의견이었다.

"괜찮다면, 부처님 말씀에 대해 얘기를 좀 할게요. 제 생각엔 우리는 어떤 경우에도 스스로를 구원할 수 없어요. 그걸 시도한다는 것 자체로도 우리에게 엄청난 부담이 될 거예요. 우리가 견뎌낼 수 없는 요구와 기대라고 생각해요. 전 오로지 하느님만이 우리를 구원할 수 있다고 믿어요."

난 이 말이 불교도들에게는 엄청 도전적이라는 걸 알고 있었다. 그러나 그 수련승은 정직한 의견을 요구했었다. 그는 고개를 흔들었다.

"누구나 앞으로 나아가기 위해서 스스로 무언가를 해야만 해요.

기독교도 마찬가지예요. 선행을 행하라, 계명을 지켜라 등등의 요구를 하잖아요."

"많은 사람들이 그렇게 생각해요." 난 그의 말에 동의했다. "하지만 실제로는 완전히 달라요. 기독교인이 된다는 것이 선을 행하거나 규율을 따르는 것을 의미하지 않아요. 대신 무엇보다도 하느님과의 관계가 우선이에요. 신이 우리를 사랑한다는 사실을 통해서 우리 안에 소망이, 그리고 선을 행할 힘이 생겨요. 사랑만큼 우리를 바꿀 수 있는 건 아무것도 없다고 확신해요. 그리고 사랑받고 있다는 걸 아는 만큼 우리에게 평화를 가져다주는 건 없어요."

깊은 침묵이 이어졌다. 내 말이 내 머릿속에서 울려 퍼졌다. 난 사랑에 대한 깊은 갈망이, 우리가 하는 일의 대부분을 이끄는 원동력이라고 믿는다. 그리고 성과나 좋은 성적으로 사랑과 인정을 받기 위해 많은 시간을 투자하며 애쓴다고 믿는다. 진정한 사랑을 돈으로 살 수 있다고 생각하는 사람은 거의 없다. 그런데 왜 그렇게 성과를 내려는 걸까?

수련승은 찻잔을 모아서 아까 그 찻물로 찻잔을 씻었다. 안경을 통해 그는 내 눈을 똑바로 쳐다보았다.

"차 명상이 끝났어요. 이제 자러 가야 해요."

절을 떠나서 다시 서울로 돌아올 때까지 한국 전역을 히치하이킹으로 여행했다. 그렇게 난 한국에서 거의 반년을 보냈다. 처음에는 상상조차 하기 힘들었지만, 적어도 일상생활에서는 한국어로 의사소통을 할 수 있었다. 내가 훨씬 이전부터 계획했던 것을 마침내 해본 것이다. 난 내가 한국에 머무는 동안 나를 도와준 모든 사람들에게 감사의 인사를 전하고 싶었다. 그래서 최와 그의 아내를 식사에 초대했다. 물론 그들이 나에게 베푼 것과는 비교할 수 없다. 그러나 식사를 하며 최와 남자 대 남자로서 대화를 나누게 되어 너무 좋았다. 마치 난생 처음 롤모델이 될 만한 사람과 대화를 나눈 것 같았다.

다른 나라에서도 그랬지만, 난 한국에 더 오래 머물고 싶었다. 하지만 집을 떠나 가족을 보지 못한 지 벌써 3년이 지나고 있었다. 그리고 이제는 집으로 돌아가야 할 시간이 되었다는 마음의 소리가 들려왔다.

난 한국에서의 마지막 행선지를 부산으로 잡고, 거기서 일본으로 가는 페리를 탔다. 전체 여객선을 물에서 들어 올려 표면 마찰을 줄이는 매혹적인 기술 덕분에 해상에서 200킬로미터를 가는 데 채 세 시간도 걸리지 않았다. 수 톤의 페리가 마치 수면 위에 완전히 떠 있는 것처럼 보였다. 정말 근사했다. 거대한 컨테이너 선박보다 두 배는 빨랐다.

2016년 10월

일본 후쿠오카에 도착했을 때, 이민국 담당자가 입국에 대해 제동

을 걸었다. 일본으로 들어갈 수 없을 수도 있는 상황이었다. 이 경우 본인 부담으로 한국이나 독일로 돌아가야 한다. 나는 겁을 먹었다. 이런 식으로 내 여행이 끝날 거라고는 상상도 못했다. 입국 거부 이유는 내가 다른 나라로 가는 항공권이나 페리 티켓을 소지하지 않아서였다. 일본 사람들은 내가 그들의 나라에 입국할 뿐 아니라, 가까운 시일 안에 다시 그 나라를 떠나기를 확실히 보장받고 싶어했다.

난 그 공무원의 자비에 전적으로 매달려야 했기 때문에 상하이로 가기 위해 도쿄에서 중국 비자를 발급받으려 한다는 내 계획을 가능한 한 친절하게 설명했다. 또한 여행을 하면서 알게 된 수많은 사람들 덕분에 이미 일본에서 만나기로 예정된 몇몇의 연락처와 주소도 제시했다. 다행히도 이 마지막 정보에 그 공무원은 설득된 듯했고 드디어 여권에 입국 도장을 받았다.

난 항구 터미널에 있는 여행객 안내소에서 여행에 대한 정보를 얻었다. 후쿠오카에는 '라멘'이 특히 유명한 것 같았다. 얼마나 특별한 면인지 궁금했다.

난 건물의 커다란 유리문을 통해 햇빛이 내리쬐는 주차장으로 나가려고 했다. 그때 어느 중년 여성이 말을 걸었다. 일본에 입국할 때 만났던 이민국의 공무원이었다. 오른쪽 뺨에 난 반점과 얇은 입술 덕분에 금방 알아볼 수 있었다. 게다가 그녀의 눈은 평균 일본인보다 약간 더 둥글었다.

난 정말 놀랐다. 그들이 뭔가 실수를 저지른 건가? 결국 나를 추방하기로 결정한 건가? 그러다 난 그녀가 사복을 입고 있다는 걸 알았다.

"일이 끝나고 30분 정도 시간이 있어요. 괜찮다면 후쿠오카에 대해 애기를 해줄 수 있어요" 당황한 나를 안심시키려는 듯 그렇게 제안을 했다.

입국과 관련해서 문제가 생긴 게 아니라 난 안도의 한숨을 내쉬었다.

"고맙습니다. 그런데 히로시마에 가려던 참이었어요." 내 계획을 알려주었다.

"아, 그러면 중앙역으로 가겠네요? 제 남편과 아들이 날 데리러 올 거예요. 괜찮다면 저희 차를 타고 가세요."

와, 좋은 기회인 걸! 중앙역에서 히로시마 방향으로 가는 차를 쉽게 찾을 수 있을 것이다. 난 그녀의 제안을 감사하며 받아들였다. 함께 기다리는 동안 그녀는 가족들과 점심을 먹으러 가려는데 같이 가지 않겠냐고 물었다. 이민국 관리한테 이렇게 따뜻한 환영을 받은 적이 한 번도 없었다.

나는 그녀의 가족들과 함께 하얀 일본 소형차에 탔다. 그것은 자체로 하나의 경험이었다. 유럽 사람들이 유선형 자동차를 선호하는 반면, 일본 사람들이 타고 다니는 자동차는 네 개의 바퀴가 달린 파스텔 색상 상자 같았다. 일본 자동차의 앞부분은 가능한 한 납작하게 눌려 있고, 차의 내부는 각이 지고 높으며, 자동차 후방은 거의 없다고 봐야 한다. 시각적으로는 수상쩍어 보이는 경량 디자인을 '경차'라고 부르는데 세금 혜택이 있다고 한다. 기능성에 집중하다 보니 마치 플레이모빌을 그대로 확대시킨 것 같은 외형을 갖게 되었다. 장난감 같고 어딘지 가짜 같았다. 일본 사람들은 국내 생산품에 매우 충실해서 외국에서 온 상품을 마치 게으른 학생이 숙제를 피하는 것처럼 피하는 듯 보였다. 그래서 독일 차가 이곳에서는 우위를 차지하기 힘든 것 같았다.

플레이모빌(?) 자동차 덕분에 도로 교통 풍경 전체가 마치 장난감 나라처럼 보였다. 일본 애니메이션에서 본 흰색 택시와 아이들의 교복은 애니메이션 속에 있는 것 같은 인상을 줬다. 그리고 스위스 시계처럼 매우 정확히 작동되고 있었다. 모든 일본 사람들은 교통 규칙을 엄수한다. 인상적이기는 했지만 영국, 호주, 피지와 마찬가지로 일본에서도 자동차 주행방향이 반대여서 계속 헷갈렸다.

어렸을 때 미국에서 영어를 배운 그 이민국 직원과는 반대로, 그녀의 남편과 아들은 영어를 한마디도 못했다. 내 나이 정도로 보이는 아들이 FC 바이에른 뮌헨 자켓을 입고 있어서 더 놀랐다. 독일 여행에서 사온 기념품이라고 그녀가 설명했다. 그 팀을 좋아하건 혹은 요델 클럽에서 그 팀을 지지하건 관계없이 어쨌거나 독일이 좋은 인상을 남긴 건 분명한 것 같았다.

우리는 식당 근처에 주차를 하고 식당까지 걸어갔다. 큰 도로를 제외하고는 보도가 따로 없었기 때문에 차가 다니는 길로 갔다. 잃

신나게 걸어봐 인생은 멋진 거니까

어버린 건 보도만이 아니었다. 색깔은 다 어디 간 것일까? 주변 전체가 회색 혹은 갈색톤이었다. 식물은 한 포기도 없었고, 타일을 붙인 건물은 1970년대 독일의 단조로운 조립식 건물을 연상하게 했지만 내가 늘 생각했던 것처럼 전반적으로 현대적인 느낌을 지니고 있었다. 일본에는 기꺼이 다른 사람들의 주목을 받지 않으려는 문화가 지배적이다. 주목을 받는다면 정말 그럴 만한 이유가 있을 때뿐이다.

우리는 입구에 놓인 두 개의 흰색 환기 장치가 세차게 바람을 내뿜는 어느 건물에 도착했다. 입구라기보다 뒷문처럼 보였다. 그리고 미닫이문 때문에 현관보다는 거실로 들어가는 것 같았다. 미닫이문 바로 앞에 매달려 있는 밝은 파란색 주석양동이 덕분에 독특한 분위기를 내고 있었다.

"파란색 양동이가 걸려 있으면, 식당이 문을 열었다는 얘기예요. 그렇지 않으면 문을 닫은 거구요." 이민국 여성이 설명해주었다. 간단한 문표시를 사용할 수는 없는 거냐고 내가 막 물어보려 할 때 그녀가 덧붙였다. "주인이 좀 독특해요."

우리가 안으로 들어가려는 순간 갑자기 어느 젊은 여종업원이 문 밖으로 나오며 문을 닫았다. 마치 우리를 기다리고 있었던 것처럼. 밝은 색의 블라우스와는 대조적으로 그녀는 검은 앞치마에 두 개의 검은 머리띠를 둘렀다. "기다리셔야 해요." 그렇게 말하고 얼른 안으로 사라졌다.

그래서 우리는 기다렸다. 기다리고, 또 기다렸다. 식당 안에 있던 손님 몇 명이 차례로 나왔다. 이제 분명히 자리가 있을 거야. 하지만 그 여종업원은 우리를 안으로 들여보내지 않았다. "주인이 좀 독특해요." 이민국 여성이 그렇게 말했었다. 확실히 그런 것 같았다.

마침내 우리가 식당 안으로 들어간 건 그러고도 한참이 지나서였다. 식당 안은 평범해 보였다. 아무런 장식도 없이 갈색 벽지만 발라져 있었다. 오른쪽에는 6~7인용 긴 바와 높은 의자가 있었다. 왼쪽에는 네 개의 작은 갈색 식탁이 있었고 각각의 식탁에는 두 명이 앉을 수 있었다. 그리고 열 걸음 정도 앞에 반 개방식 주방이었다.

알 수가 없었다. 의자의 반이 비어 있었기 때문이다. 도대체 왜 우리를 밖에 세워둔 거지?

"아리가토 고자이마스!" 우리가 앉을 자리를 찾고 있을 때, 부엌에서 누군가 소리쳤다. 그는 거기서 나이가 제일 많았는데 아마도 주인인 듯했고, 철천지 대원수가 강요하는 것처럼 다시 소리쳤다.

잠시 후에 대학생 나이 정도로 보이는 두 명의 종업원이 이구동성으로 외쳤다.

"아리가토 고자이마스!"

아하, 그냥 인사를 하는 거구나. 우리는 어느 식탁에 앉았고 네 명 모두 같은 음식, 돼지고기 라면을 주문했다.

'아리가토 고자이마스'가 다시 한 번 식당 안에 울려 퍼졌다. 인사라는 걸 알았지만 내 귀에는 여전히 강요당하는 것처럼 들렸다. 그래서 난 흠칫 놀라며 식당 안을 둘러보았다. 누군가 가려고 일어섰다. 종업원들은 총을 쏘는 것처럼 즉시 외쳤다. "아리가토 고자이마스!"

난 그 이민국 아줌마를 보며 웃었다. "군대 같아요!"

"라면을 파는 식당은 보통 이래요. 그리고 이 식당이 조금… 더 독특하기도 하고요!"

주문한 음식이 나오기까지 또 한참을 기다려야 했다. 음식이 나오자 난 사진을 찍으려고 일어섰다.

"스톱!" 피를 얼어붙게 할 만큼 다급하고 차가운 톤으로 주인이 소리쳤다.

"여기선 사진이 금지예요." 그 아줌마가 설명해주었다. "이미 말했지만, 여기 주인이 조금….'

"아, 네. 독특하시죠!" 난 웃었다.

식당 안의 식탁은 계속 비어갔다. 그런데도 그 사이에 도착한 손님들은 우리가 그랬던 것처럼 문 밖에서 기다렸다. 누군가 들어오거나 나갈 때 그 공격적인 "아리가토 고자이마스"가 식당 안에 울려 퍼졌다. 너무 힘차게 소리를 쳐서 누군가 바로 옆에 있었더라면 머리카락이 날릴 것 같았다. 요리사가 칼로 양파를 자르면서 사무라이 영화에 나오는 군인들처럼 기합을 외쳐도 난 전혀 놀라지 않았을 것이다.

"이타다키마스!" 우리는 맛있게 드세요, 라고 인사를 나누었고 난 젓가락을 집어 들었다.

"흣, 흐음." 이민국 아줌마가 헛기침을 했다. "국수를 먹기 전에 우선 국물부터 맛보아야 하는 게 여기 주인장의 규칙이에요."

"아, 알겠어요!" 난 웃으면서 구부러진 일본 숟가락을 덥석 쥐고는 국물을 떠서 맛을 보았다.

우우와와아! 잠시 동안 내 영혼이 가출했다. 맛이 폭발하며 나를 식당에서 천상으로 쏘아 올리는 것 같았다! 통제할 수 없는 신음소리가 입에서 튀어나왔다.

세상에나! 돼지고기는 내가 이 지구상에서 먹은 것 중 가장 육즙이 많고, 강렬하며 맛있었다!

"오이시?" 그녀가 기쁜 얼굴로 물었다.

"네! 진짜로 맛있어요!" 난 정신을 차릴 수가 없었다! "지금까지 먹어본 것 중에서…."

"조용." 주인이 날 잡아먹을 듯한 목소리로 말했고, 직원 한 명이 얼른 다가와 식사 중 대화를 나누는 건 금지라고 설명했다.

그의 규칙들은 정말 희한하고 이상했지만 이 맛을 위해서라면 난 그가 원할 경우 그의 손이라도 잡을 것 같았다. 그래서 우리는 말을 하지 않고 라면 먹는 데에만 열중했다. 덕분에 식당 안에는 라면 먹는 소리만 울려 퍼졌다. 일본에서는 라면을 먹을 때 후루룩 소리를 내면서 먹는 것이 맛있다는 표현이다. 어렸을 때 내가 후루룩 소리를 내며 먹는 것이 맛있다는 표현이란 걸 엄마가 알았더라면, 분명히 엄마는 날 째려보지 않았을 거다.

라면을 먹고 난 후 우리는 진심으로 라면의 대가에게 감사의 인사를 했고 식당 주인과 종업원들은 여전히 우렁찬 목소리로 "아리가토 고자이마스"를 외쳤다.

2016년 10월

후쿠오카에서 어느 일본인 부부의 차를 얻어 타고 히로시마 방향으로 갔다. 번역 어플 덕분에 의사소통이 순조로웠다. 현대 기술이 가능하게 만든 이 모든 것이 그저 놀라울 뿐이었다. 차를 타고 가는 도중 그들이 원래는 후쿠오카를 떠나려는 계획이 없었다는 것을 알게 되었다. 내가 들고 있는 종이에 적힌 방향을 보고 나를 도와주려 230킬로미터 떨어진 히로시마까지 나를 데려다 주고 돌아오려 했다고 한다. 한 시간 정도 지나서 이 사실을 알게 되었을 때 난 그 부부에게 다음 휴게소에서 나를 내려달라고 부탁했다. 거기서 히로시마로 가는 차량을 충분히 찾을 수 있을 거라고 그들을 설득했다.

그 부부는 매우 즐거워하며 나와 함께 엄청나게 사진을 많이 찍었다. 내가 아무 말도 하지 않았다면, 아마도 그들은 나를 히로시마로 데려다 주려고 500킬로미터를 운전했을 것이다.

히로시마라는 이름을 말하면, 대부분의 사람들은 여전히 2차 세계대전이 끝날 무렵 미국이 원자폭탄을 떨어트린 도시를 떠올린다. 난 약 200만 명의 시민들이 요즘에는 어떻게 살고 있는지 궁금했다. 그 지역이 방사능에 오염되지는 않았나?

그러다 원자폭탄이 공중에서 폭발한 것과 땅에서 폭발한 것에는 큰 차이가 있다는 걸 알게 되었다. 지상에서 폭발하면 방사성 물질이 땅에 붙어서 수십 년 동안 잔류하며 그 지역을 중독시킨다.

그러나 히로시마와 나가사키의 경우처럼 공중에서 폭발하면 그 파괴력은 엄청나지만 방사성 물질은 공중으로 퍼져나가서 장기적인 영향은 줄어든다. 처음 몇 주 안에 가장 위험한 물질이 산산이 부서져서 나머지 잔여물은 희석되어 실제로 거의 무해하다고 한다. 지금도 세계 곳곳에 완전히 자연적인 양의 방사선이 있는데, 원자폭탄이 폭발하며 남긴 양보다 몇 배는 많다. 이런 차이점 때문에 원자력 발전소에 대해 걱정하는 것이다. 원자력 발전소는 사고가 날 경우 지상에서 폭발하기 때문이다.

마침내 나는 원자폭탄의 첫 번째 목표였던 도시인 교토에 도착했다. 이 도시는 수세기 동안 일본의 수도였으며, 그 이후에도 오랫동안 제국의 궁정이 있었다. 말하자면 역사적인 고도다. 교토가 그 혼란스런 전쟁의 소용돌이에서 살아남은 것은 작은 기적이다. 한동안 교토는 히로시마와 나가사키에 앞서 미국의 원자폭탄 투하 대상 목록의 1순위였었다.

그러나 일본 사람들과 오늘날 이곳을 여행하는 사람들에게는 천만다행으로 이 결정에 적극적으로 반대한 사람이 있었는데 그가 바로 당시 국방부 장관이었던 헨리 스팀슨이었다. 그는 20년 전에 교토를 방문하여 이 도시와 정서적인 유대감을 쌓았다. 심지어는 그가 거기서 밀월을 보냈다는 소문도 있다. 아무튼 헨리 스팀슨은 이 추억 때문인지 교토를 원자폭탄 투하 목록에서 빼내려고 최선을 다했다. 그 당시 대통령과 개인적인 친분을 동원해서 성공했다는 얘기도 있다.

생각해보면 200만 인구의 도시 교토의 운명이 한 남자에게, 정확히 말하자면 휴가에 대한 그의 추억에 달려 있었다는 게 놀라울 뿐이다. 여행이 자신의 세계 밖을 바라보고 편견을 없애는 걸 어떻게 도울 수 있는지를 보여주는 아주 놀라운 예다. 무미건조한 이론보다 특별한 경험이 더 중요하다는, 그런 경험이 우리를 어떻게 만드는지에 대한 반증이기도 하다. 그래서 일정 기간 집을 떠나서 새로운 것을 경험하면 모든 사람에게 커다란 자산이 된다고 난 확신한다. 심지어는 괴테도 "똑똑한 사람은 여행을 통해 최고의 교육을 받는다"라는 말을 했다. 괴테가 이렇게 말했다면 정말이다.

일본에는 여행을 좋아하는 젊은이들이 알아야 할 격언이 있다. "자신의 자식을 진정으로 사랑한다면 여행을 보내야 한다." 정말 놀랍지 않은가. 물론 이런 말을 하는 부모가 있을 수도 있다. "일본 격언이라고? 난 관심 없고, 넌 집에 있어!" 그래도 한 번쯤 시도해볼 만하다고 생각한다. 여행은 언제나 그럴 만한 가치가 있다!

도쿄는 일본의 수도다. 그러나 그 이름이 무엇을 의미하는지를 아는 사람은 적다. '도'는 일본말로 '동쪽'을 뜻한다. 그리고 '쿄'는 '교토'의 줄임말이다. 그래서 도쿄는 동쪽의 교토를 말한다. 풀어서 그 의미를 말하자면 '동쪽 지역의 수도'다.

독일에서 도시 이름을 그렇게 명명한다고 상상해보라. '베를린' 대신에 '동부 지역의 수도', 혹은 내 고향 근처 도시인 '함부르

그' 대신 '세계의 중심'이라고 부르게 될 것이다. 독일 사람들도 그런 식으로 도시 이름을 정하기도 했지만 덜 시적이다. '다름슈타트' Darmstadt가 그 예인데 '다름'은 '창자'를 의미한다. 유감스럽지만 이 이름은 그다지 성공한 것 같지는 않다. 장소에 이름을 붙이는 방법은 동아시아적 사고방식과 언어가 유럽의 그것과 얼마나 다른지를 보여준다.

삶을 대하는 기본 태도도 다르다. 예를 들어 독일 사람들은 돈을 벌기 위해 직업을 선택하지만, 대부분의 일본 사람들은 다른 이유에 더 관심이 있어 보인다. 그들은 일로 자신들의 존재를 정당화하기를 원한다. 자신들이 살 만한 가치가 있다는 것을, 자신의 위치에서 사회에 유익한 것에 기여한다는 것을 증명하려고 한다. 그래서 일을 위해 평생을 바치고 실제로 그런다는 것이 전혀 놀랍지 않다. 일본에는 과로로 사망하는 경우가 많으며 그것을 지칭하는 '카로시'라는 단어가 생겨났을 정도이다. 어떤 사람들에게는 회사에 헌신하여 목숨을 잃는 것이 명예로운 죽음일 수도 있는 것이다. 나로서는 비극이라는 생각밖에는 안 든다.

2016년 12월

오사카에서 드디어 상하이로 넘어갔다. 중국이 독일과 거리상으로는 멀었지만 어쩐지 커다란 산을 하나 넘은 기분이 들었다. 이제 고향에서 멀지 않다고 느꼈고, 더 이상 배를 찾기 위해 애쓰지 않아도 된다.

중국에서 히치하이킹을 하는 사람은 거의 없었지만 순조롭게 차를 타고 이동할 수 있었다. 중국 사람들의 호기심이 너무 큰 나머지 자제력을 잃어서인 것 같다. 대부분 사람들은 무엇에도 방해받지 않는 것처럼 보였다. 소음도, 냄새도, 감금되어 사는 것도 그들에겐 장애물이 아닌 듯했다.

확 트인 공공장소 한가운데에서 부모가 아이들에게 비닐봉지 안에 볼일을 보게 해도 아무도 신경 쓰지 않았다. 그렇다. 그 정도의 일은 아주 흔하다. 내가 길거리에서 종이 상자 위에 목적지를 쓴 표지판을 만드는 동안 호기심에 가득 찬 10여 명의 사람들이 나를 둘러싸고 구경하는 것도 중국에서는 지극히 평범한 모습이었다. 그런 경우, 표지판 위에 내가 아주 상세하고 깔끔하게 목적지를 써서인지 사람들은 내가 중국어를 유창하게 할 거라고 생각했다. 난 그저 핸드폰으로 찾아낸 걸 열심히 따라 그렸을 뿐이었다.

몇 개의 아주 일상적인 문구를 제외하고 번역 어플의 도움을 받아 대화를 나누었다. 한번은 중국 북동부 지역에서 히치하이킹을 하며 알게 된 중국 사업가와 그의 아내가 나를 저녁 식사에 초대한 적이 있었다. 그들은 백인을 만난 적이 없었기 때문에 그날이 특별한 날이었고, 그래서 몇 명의 친구를 불렀다. 식당에 도착하자 종업원이 그 중국인 부부와 나를 어떤 방으로 안내했다. 동아시아에서 이런 일은 흔했다. 다른 손님들의 방해를 받지 않고 따로 조용히 식사를 할 수 있었다. 방은 화려한 타일로 장식되어 있었고, 벽은 번쩍이는 금색 몰딩으로 둘러싸인 어두운 색의 나무로 덮여 있었다.

그는 내 핸드폰을 가져가서 번역 어플에 검지로 어떤 글자를 썼다. 그리고 내게 읽어보라고 다시 건네주었다. "중국 음식을 좋아하세요?"

난 핸드폰에 그들이 먹는 것이라면 다 먹어보고 싶다고 썼다. 그 남자는 만족한 듯 고개를 끄덕이고, 메뉴판도 보지 않고 몇 가지 음식을 주문했다. 그리고 우리는 자리에 앉았다. 처음에는 우리 세 명뿐이었지만 그 사업가 친구들이 한 명씩 합류해서 나중에는 일곱 명이 되었다.

그러는 동안 식당 종업원은 탁자 중앙에 놓인 유리로 된 회전판 위에 음식이 담긴 그릇을 계속 갖다놓아서 회전판 한쪽이 그릇 무게로 삐걱거리기 시작했다. 생선 수프, 소고기, 두부, 가지, 닭고기, 과일―설탕을 입힌 후 소금으로 간을 한―땅콩, 버섯 그리고 재료가 무엇인지 정확히 알지 못하는 수많은 음식이 나왔다. 우리는 천천히 회전판을 돌려가며 각자 거기 있는 음식을 조금씩 덜어 먹었다. 우리가 식사를 시작하자마자 중국 사람은 술잔을 채웠다.

"키스를 위하여!" 그 중국 사업가는 건배의 말을 하고 내 잔에 자신의 잔을 부딪쳐 왔다. 그리고 우리는 술잔을 비웠다. 그는 '크리스' 즉 내 이름을 그렇게 부른 것이었다.

예의를 갖추느라 이번에는 내가 그 중국 사업가의 잔에 내 잔을 부딪쳤다. 그 자리에 있었던 사람들 중 아무도 내 말을 이해하지 못했지만, 사업가의 몸짓이 무엇을 의미하는지는 분명히 알고 있었다. 내가 그 불타는 듯한 액체를 다 삼키자마자 내 옆에 앉은 사람이 내 잔에 술을 따르려 했다. "고맙습니다만, 전 맥주를 마실게요. 전 독일인이잖아요!" 그렇게 말하고 난 술잔을 손으로 덮었다. 이렇게 계속 마시다간, 끝이 좋지 않을 것 같았다.

그들은 다행히도 나를 이해하는 듯했고 맥주를 시켜주었다. 그 저녁 식사는 진정한 축제였다. 접시가 비자마자 새로 음식이 나왔고 음식 내음이 담배 연기와 섞였다. 놀랍게도 중국 사람들은 닭 뼈와 담배꽁초를 뒤로 던졌다. 가끔 바닥에 침을 뱉기도 했다. 바닥에 카펫 대신 타일이 깔려 있는 게 이해가 됐다.

식탁에 앉은 모든 사람들이, 심지어는 그 아내와 나까지도 담배를 피우고 술을 마셔댔다. 우리가 배가 거의 터질 정도로 잔뜩 먹었을 때, 그 사업가의 친구 네 명이 계속 내게 술을 권했다. 한 남자가 자신의 잔과 내 잔을 채운 후 건배를 하고 잔을 옆으로 밀었다. 내가 상대방을 화나게 하고 싶어 하지 않아서 고분고분히 따르자 똑같은 행동을 계속 반복했다.

네 명의 덩치 큰 남자들을 상대로 이렇게 술을 마셔야 하는 건 내겐 불공평한 것 같았다. 특히 그동안 술을 마시지 않아서 난 주량이 약했다. 가이아나를 여행한 이후로 난 알코올을 입에도 대지 않았었다. 그런데 이 상황에서 내겐 유리한 점이 있었다. 그들은 독한 술을 마시고 난 맥주를 마신다는 걸, 그것도 크기가 똑같은 커다란 잔으로 마신다는 걸 그들은 거의 눈치 채지 못한 것 같았다. 한 시간 정도 지났을 때 그들은 취해서 식탁 위로 엎어졌고, 우리는 저녁 식사를 끝내야 했다. 이제 겨우 아홉 시가 지났는데.

난 이전에 외국에 있는 중국인들한테 중국에 사는 그들의 동포에 대해서 많은 이야기를 들었는데 그 이야기 속 광경이 오늘 저녁식사 자리의 모습과 딱 일치했다. 독일에 있는 중국 식당에서 밥 먹는 것과는 완전히 달랐다. 과도한 흡연과 음주, 건배, 독특한 테이블 매너 그리고 3분의 2 이상 남은 음식을 제대로 목격했다.

남은 음식은 너무 아까웠다. 새해가 가까워 오고 있었는데 이 시기에 중국 사람들은 많은 음식을 손대지 않고 남긴다. 그렇게 해야 다음 해에 복이 오고 풍년이 든다고 한다. 일본과 중국, 한국은 지리적으로는 근접해 있지만 난 이 세 나라들이 얼마나 다른지를 알게 되었다. 동시에 난 나를 위해 결론을 내렸다. 여행하면서 다양한, 때로는 숨막힐 듯 아름다운 풍경을 볼 수 있는 건 정말 멋진 일이었다. 그러나 나에게 자연 풍경은 최우선순위가 아니었다. 오히려 3순위쯤 되었다. 식도락 경험이야말로 훨씬 훌륭하고 특별했기 때문이다.

1순위는 내 여행을 최고로 만들어준, 내가 여행을 하면서 만났던 사람들이다. 멋진 경치는 그 순간에만 만끽할 수 있고, 어쩌면 나중에 사진으로도 즐길 수 있겠지만(이마저도 부분적으로만 현실을 재현할 수 있다), 사람들과의 이야기와 만남은 오래도록 간직하고 우리 자신을 만들어가는 소중한 보물이다.

2016년 12월

북경에 도착했을 때 왜 겨울에 중국에 가면 안 되는지 알게 되었다. 도시 전체가 스모그의 짙은 회갈색 구름에 싸여 있었다. 이 배기가스는 주로 대도시 외곽의 공장에서 온 것이지만 주변의 기상 상황이 결정적이기도 하다. 뉴스에서 대기 상태가 '매우 나쁨'이라고 해서 약국에서 마스크를 샀다.

그 마스크를 쓰고 도시를 돌아다니니 불량스런 파티에서 탈출한 사람처럼 보였다. 오염된 공기보다는 땀이 차고 답답한 마스크를 선호하는 수많은 다른 사람들도 그렇게 보였다. 난 오리지널 북경 오리 요리와 튀긴 전갈 등 식도락으로 보상을 받고 싶었다.

더러운 배기가스는 늘 있는 현상인 줄 알았는데 다행히도 내가 만리장성을 방문하려고 했던 날에는 그 답답한 안개가 사라졌었다. 마침내 난 푸른 하늘, 눈부신 햇빛, 상쾌한 산소를 다시 즐길 수 있었다.

내가 방문했던 성벽 부분은 너무나 완벽하게 복원되어서 어느 부분이 원래 성벽이었는지 구별을 할 수가 없었다. 성벽의 뾰족한 지붕과 정돈된 벽은 보기 좋았다. 그러나 만리장성의 많은 부분이 무너진 상태였다. 만리장성은 돌이 아니라 점토와 흙으로 지어졌다. 많은 사람들이 상상하듯이 며칠 동안 자전거를 타고 만리장성을 여행하는 건 불가능하다.

만리장성과 관련되어 널리 퍼져 있는 또 다른 신화는 만리장성을 달에서도 볼 수 있다는 것이다. 불행히도 이 신화도 말도 안 된다. 마케팅적으로는 뛰어난 아이디어이긴 하다. 실제로 그러기엔 만리장성의 폭이 충분히 넓지 않다. 만리장성에서 가장 폭이 넓은 지점은 9.1미터에 불과하다. 달이 지구에서 384,400킬로미터나 떨어져 있다는 점을 고려할 때, 만리장성을 달에서 본다는 건 2~3킬로미터 거리에서 육안으로 머리카락을 보는 것과 같다. 그것에 성공한 사람은 달에서 자신의 집을, 9×9 미터 이상이라고 가정했을 때 볼 수 있다. 완전 넌센스다.

이런 소소한 점들 때문에 약간 실망하기는 했지만 만리장성은 정말 거대했다. 만리장성은 누가 뭐래도 양적으로 부피로 보았을 때 세계에서 가장 큰 건축물이다. 더구나 이 성벽은 매우 가파른 산 경사면을 휘감으며 지어졌다. 상상도 할 수 없을 정도로 많은 시간, 에너지, 노동력, 돈이 들어갔을 것이다.

원래의 목적을 생각하면 만리장성은 아마도 수 세기 동안 가장 실패한 투자 중 하나였을 것이다. 건축 기간 동안 이미 수십만 명의 목숨을 앗아간 이 건축물은 원래 북쪽 야만인으로부터 국가를 보호하기 위해 지어졌다. 그러나 실제로는 그 기능을 수행하지 못했다. 공격을 하려는 야만족들이 성문을 습격하는 대신 문을 지키는 경비원들에게 뇌물을 주며 자유롭게 드나들었다고 한다. 비극적이면서도 희극적이다. 악은 이렇게 작은 것에 숨어 있다.

2,000년 된 테라코타 군대가 발굴된 시안에서 난 크리스마스를 보냈다. 그리고 다시 남쪽으로 여행을 했다.

원래는 계림 지역으로 갈 계획이었다. 거기서 가마우지 어부들이 고기를 낚는 모습을 보고 싶어서였다. 그들은 낚시 바늘과 갈고리 대신 등불과 길들여진 가마우지 새의 도움으로 고기를 잡는다고 한다. 어부들은 밤에 강으로 가서 등불을 켠다. 빛에 이끌린 물고기들이 모여들면, 가마우지가 물속으로 뛰어들어 물고기를 잡는다. 하지만 새 목에는 줄이 매어져 있어서 가마우지는 잡은 물고기를 삼키지 못하기 때문에 어부들은 새부리에서 물고기를 꺼내기만 하면 된다. 옛 작품에서 본 그림이 너무 진귀해서 내 두 눈으로 꼭 보고 싶었다.

시안 주변 지역에서 텐트를 치고 잤는데 기온이 영하 3도까지 떨어졌다. 그런데 하루 만에 남쪽으로 1,000킬로미터 떨어진 계림에 가니 티셔츠를 입고 다닐 정도로 따뜻했다. 한 나라인데 온도차가 엄청나게 컸다.

나는 도보로 탐험을 떠났다. 내가 거대한 배낭을 매고 비포장도로를 걸을 때 숨이 턱턱 막혔는데 너무 힘이 들어서가 아니라 내눈 앞에 펼쳐진 풍광 때문이었다. 진초록색 논과 채소밭, 그 사이에서 노란 밀짚모자를 쓴 중국 사람들은 땅을 일구거나 식물들을 다발로 묶고 있었다. 닭장, 대나무 숲, 느릿느릿한 물소가 있는 소박한 집들은 들판에 흩어져 있었다. 꼭 한 번 저 거친 동물을 타보고 싶은걸. 여기 아이들처럼 말이야.

마치 커다란 설탕덩어리처럼 땅에서 솟은 거대한, 뾰족하게 뻗어 있는 산들이 가장 압권이었다. 그 산들은 꿈에서 튀어나온 것 같았고, 초현실적이며 동시에 친숙했다. 거대한 바위 산 아래로 강이 흘러들어갔다. 언젠가 은퇴를 하고 조용히 쉬게 된다면, 저런 곳에서 지내고 싶다는 생각이 머리에 스쳤다. 그때까지도 자연이 그대로 보존된다면.

난 돌이 많은 강을 따라 어느 마을로 갔다. 이미 저녁이었고, 태양이 저물면서 내뿜는 따뜻한 빛을 흰색 벽에 비추고 있었다. 몇 마리의 개가 어슬렁거리며 돌아다니고, 거의 모든 대문이 열려 있어서 집 안이 훤히 들여다보였다.

구식 소파 옆에 걸려 있는 마오쩌둥의 초상화가 눈에 들어왔다. 집 앞마당에 엄마, 할머니, 네 명의 아이들이 있는 중국 가족이 앉아 있었다. 남자는 아마도 아직 들판에 있을 것이다. 내가 생각하던 중국적 삶을 보고 있는 것 같았다. 난 정말 기뻤다. 집 앞을 지나가면서 그 가족들에게 "니 하오"라고 인사를 했더니 그들은 다정하게 마주 웃어주었다.

나의 발은 자갈이 깔려 있는 부두에 닿았다. 그 부두 앞에는 뗏목같이 생긴 배가 물결에 이리저리 흔들리고 있었다. 정확하게 말하자면 여섯 개의 두꺼운 튜브를 묶어놓은 것이었는데 가까이 가서 보니 실망스럽게도 대나무가 아닌 플라스틱으로 만든 거였다.

이 지역에 가마우지 어부가 있다면 바로 여기일 텐데! 나는 짐을 내려놓고 물가에 웅크리고 앉아서 조용히 일몰을 바라보았다. 조류가 물 표면에 작은 소용돌이를 만들고, 물가에 자란 대나무의 윤곽이 평화롭게 흐르는 물위에 어둡게 드리워졌다.

장작불 냄새가 났다. 집집마다 저녁을 요리하기 시작했을 터였다. 물가 건너편에서 북, 방울, 백파이프와 비슷한 취주 악기가 연주하는 나지막한 음악 소리가 울렸다. 누군가 잔치를 벌이고 있나 보다. 가끔 불꽃놀이 폭죽에서 터져 나오는 폭음이 들려왔다.

조용히 강가에 앉아 낚시와 잔치, 잠을 잘 만한 장소 등 여러 가지 상념에 빠져 있을 때, 갑자기 내가 적어놓은 어느 중국 격언이 떠올랐다. "한 시간 동안 행복하고 싶다면 낮잠을 자라. 하루 동안 행복하고 싶다면 낚시를 해라. 한 달 동안 행복하고 싶다면 결혼을 해라. 일 년 동안 행복하고 싶다면 재산을 물려받아라. 그러나 평생 행복하고 싶다면 다른 사람을 도와라"라는 격언이었다. 가마우지 어부들이 낚시하는 걸 보면 하루보다 더 오래 행복할 텐데.

부두에 드리워지는 어둠 속에서 처음 만난 사람은 중년의 남자였는데, 세탁할 바지가 든 주석 양동이를 들고 있었다. "실례합니다." 난 나를 알아보도록 인사를 하며 그 중국인에게 다가갔다. 어쩌면 나를 도와줄 수 있을 거라 기대하며.

그는 당황해서 나를 자세히 관찰했다. 그러나 내가 그에게 내 핸드폰을 건네자, 순순히 받아들였다. 핸드폰의 작은 화면에 난 이미 중국 문장을 준비해두었다. '가마우지 어부들을 어디서 볼 수 있을

까요? 그 어부들과 강에 나가고 싶어요.'

그는 그 문장을 읽으면서 한 단어 한 단어를 중얼거렸다. 다 읽고 나서 그는 웃으면서 고개를 흔들었다. 난 재빨리 어떻게 그가 나에게 대답을 해줄 수 있는지 보여주었다. 이번에 내가 번역 문장을 읽었다. '가마우지 없어요. 여행객들만을 위해서예요. 낚시는 금지되어 있어요.'

뭐라고요? 진심으로 하는 말이 아닐 거야! 난 여기 부두에 배가 왜 있는 거냐고 물었다.

'사람이 타려고요. 정부가 낚시를 금지했어요.'

경제가 엄청난 속도로 성장하고 있는데 이런 외진 곳도 변하지 않고 남을 수 없었다는 걸 생각했어야 했다.

난 그에게 감사하다고 인사를 했고 그는 계속 바지를 문질러 비볐다. 이 지역의 신비로운 분위기만으로도 충분히 여행할 만한 가치가 있었다. 우리 지구는 정말 탁월한 예술 작품이다. 이렇게 다양하고, 이렇게 자세하고, 이렇게 아름답다니.

2016/2017 해가 바뀔 때

한 해의 마지막 날 나는 미갈과 통화를 했다. 그 사이에 우리는 서로를 아주 잘 안다고 느끼게 되었다, 나와 미갈 둘 다 그랬다. 서로 한 번도 만난 적이 없었고 짧은 동영상 메시지만을 주고받았을 뿐이다. 어쨌건 이런 방식으로 서로를 알아가는 과정은 조금 이례적이고, 일상생활에서 만나는 것과는 완전히 달랐고 더 긴장되었다. 횟수는 적지만 더 강렬했다. 우리 사이에 묘한 긴장감이 점점 커지고 있다는 걸 적어도 나는 분명히 느꼈다. 그러나 미갈도 그렇게 느끼는지, 혹은 나를 그저 좋은 친구로만 생각하는지를 난 알 수가 없었다.

나는 계림에서 베트남으로 이동했다. 국경에 걸려 있는 공산당 배너 때문에 여행자들은 누가 베트남 전쟁에서 승리했는지 금방 알 수 있었다. 힌트를 주자면, 미국은 아니었다.

언론에서는 베트남의 통제에 대해 많은 보도를 하지만 난 정반대로 느꼈다. 분명한 자유의 느낌을 감지했다. 일상생활에서는 거의 모든 것이 허용되는 듯했다. 혹은 적어도 처벌받지는 않았다. 많은 것이 서류보다는 우정과 사람 간의 관계에 의존한다. 형식주의적인 서류가 최우선은 아니었다. 아마 많은 사람들이 밀집해서 살고 있기 때문이 아닐까 추측해보았다.

이런 주거 환경은 사람들에게 모든 사람들과 매우 개인적이고 친숙한 관계를 맺을 수 있는 환경을 조성한다. 서구 대도시보다 훨씬 가족적이다. 모든 면에서 훨씬 더 인간적이고, 그래서 편했다.

내게 베트남은 친절한 사람들, 매혹적인 풍경, 맛있는 이국적인 음식의 나라였다. 그리고 동남아시아에서 물가가 가장 저렴했다. 다만 주문하는 음식 재료가 무엇인지 정확히 알아야 한다. 개나 고양이가 종종 접시 위에 올라오는 건 나에게는 익숙하지 않았기 때문이다.

2017년 1월

베트남 비자가 만료되어 라오스로 떠나야 했을 때, 비자를 새로 신청해서 다시 입국하겠다는 계획을 세웠다. 베트남의 많은 장점과 그곳 사람들과 맺은 우정이 내 마음에 남아, 베트남은 해변 근처 어딘가에 방을 빌려서 여행을 기록하며 좀 더 오랫동안 머무르고 싶은 이상적인 장소가 되었다. 여행을 하며 하루하루 일기를 썼지만, 가능한 한 집으로 돌아가기 전에 내가 여행에서 경험한 수많은 일들을 순서대로 기록하고 싶었다. 다시 일상생활로 돌아가면 그럴 기회를 가질 수 있을까?

라오스의 수도인 비엔티안에 도착해서 난 곧바로 베트남 대사관으로 갔다. 베트남 비자를 빨리 받고 싶었다. 난 일주일 안에 라오스에서 베트남으로 갈 예정이었고, 나를 데려갈 의향이 있는 휘발유 밀수업자를 알게 되었다. 만약 내가 서둘러 비자를 받는다면, 베트남 최대 축제인 구정 전에 베트남 친구들을 만날 수 있었다.

베트남 대사관 건물 모퉁이에서 나는 땀에 절은 티셔츠를 벗고 깨끗하게 세탁한 폴로셔츠로 갈아입었다. 일부 기관에는 복장에 대한 규정이 있다. 괜히 위험을 무릅쓸 필요는 없었다. 난 건물 안으로 들어갔다. 사무실은 밝은 타일로 되어 있었고 방의 좁은 앞 공간에는 윤기 나는 창구가 있었다. 오른편에는 플라스틱 의자가 금속 테두리 위에 나사로 고정되어 있었다. 공항에서 보는 의자와 비슷했다.

대사관 직원은 내게 서류 두 장을 내밀었고, 난 이미 이런 일에 익숙해서 후딱 서류를 채웠다. 서류를 제출하자 그 직원은 추가 비용을 내면 즉시 비자를 발급받을 수 있다고 했다. 처음에는 귀가 솔깃했다. 그러나 그 직원이 금액의 두 배를 요구해서 난 바로 포기했다. 그런데 그렇게 포기한 것이 정말로 다행이었다.

대사관을 막 나가려고 할 때 젊은 유럽인 부부가 사무실 안으로 들어왔다. 황갈색과 햇볕에 바랜 듯한 머리카락은 그들이 단기간 여행을 떠난 배낭족이 아니라, 집을 떠난 지 상당히 오래되었다는 걸 반증했다.

"어느 나라 분이세요?" 내가 호기심에서 그 두 사람에게 물었다.

"폴란드요." 남자가 대답했다.

"장기 여행 중이시죠?" 내 추측을 조심스럽게 내비쳤다.

"네. 몇 달이 넘었어요. 정확히 말하면 비행기를 타지 않고 여기까지 왔어요."

저절로 웃음이 나왔다.

"세상에! 저도 그렇게 여행하고 있어요! 어떤 길로 왔어요?"

그 두 사람도 나에게 관심을 보였다.

"러시아를 거쳐, 몽골과 중국을 여행했어요. 당신은요?"

"전 완전히 반대 방향으로 했어요. 대서양과 태평양을 건너왔어요. 그리고 이제 곧 인도를 거쳐 유럽으로 갈 거예요."

"아!" 여자가 놀라며 나를 쳐다봤다. "비행기로 갈 생각이에요?"

난 고개를 저었다. "아뇨, 비행기는 안 탈 거예요. 왜요?"

"그러면 어떻게 인도로 가려고요?"

"미얀마를 거쳐서요." 난 대답했다. 그것이 가장 가까이 연결되어 있는 육로다. 반 년 전에 이미 입수한 정보다. 그 당시에 국경은 열려 있었다.

"이런, 그건 힘들 텐데. 인도와 미얀마 사이의 국경은 폐쇄되었어요. 우리가 조금 전에 확인했어요. 그렇지 않았다면 우리도 그리로 갔을 거예요."

그의 말이 맞다면 큰일이었다. 난 인도로 가야 한다.

재빨리 사무실을 나와서 인터넷이 연결되는 가장 가까운 카페로 달려갔다. 여권은 베트남 대사관에 맡겨놓았다. 즉시 비자를 발급받도록 추가 요금을 지불한 게 아니어서 비자를 원하지 않을 경우 늦은 오후까지 결정 사항을 알려주면 된다.

인터넷으로 정보를 찾아보니 폴란드 부부 말이 맞았다. 미얀마는 5개월 전에 인도로 가는 국경을 다시 폐쇄했다. 내 원래 계획은 물거품이 되었다. 하지만 난 어떤 경우에도 비행기는 타지 않을 생각이다. 우선 난 지금까지 온갖 노력을 기울여 지켜온 소중한 여행의 느낌을 파괴하고 싶지 않았다. 비행기로 여행하면 '그 사이의 공간'을 경험하지 못한 채 한 장소에서 다른 장소로 이동하기 때문이다. 그리고 비행기를 타지 않고 대서양과 태평양을 가로지르는 데 성공했기 때문에 끝까지 처음의 계획대로 하고 싶었다.

나한테는 두 가지 선택만이 남았다. 첫 번째는 다시 중국으로 가서 거기서 구 소련국가나, 직접 러시아를 거쳐서 유럽으로 가는 것이다. 하지만 이 경로로 여행하면 추운 날씨를 견뎌야 하고 비자도 비싸고 번거로우며, 무엇보다도 난 아직 인도를 보지 못했다. 두 번째 선택은 이렇다. 동남아시아와 인도 사이에는 페리가 왕래하지 않고 다른 운송 수단이 거의 없지만, 인도양을 건너 인도로 가려는 시도를 해볼 수는 있다.

이 두 가지 중 더 간단하고 확실한 건 첫 번째였다. 인터넷으로 찾아보니 태국 일부 배낭 여행자들이 두 번째 방법을 시도하고 있다는 걸 알았다. 성공한 사람은 없었다. 비행기를 타지 않고 인도를 여행하려면, 비자가 있어야 한다. 비자를 받으려면 몇 주는 걸린다. 그래서 그곳으로 가는 길을 찾을 수 있을지 모르지만 가능한 한 빨리 인도 비자를 신청해야 했다. 두 번째 방법은 '올인'인 게 확실하다.

이 경우 배로 갈 수 있는 확실한 방법을 시도해야 했다. 이 방향으로 조사를 해보니 끔찍한 관료주의 때문에 극히 적은 수의 배만 인도에 들른다. 상황이 안 좋아 보였다. 인도양 항해 기간은 어떻게 되지? 이건 금방 알 수 있었다. 인터넷에서 몇 번 클릭을 하니… 놀랍게도 정확하게 바로 지금이었다!

그러나 난 어처구니없는 두 번째 방법에 대해 고민할 시간이 없었다. 베트남 대사관은 잠시 후에 문을 닫는다. 그리고 가능한 한 배를 빨리 찾기 위해 여권을 가져오려면 지금 당장 베트남 비자를 취소해야 한다. 머리가 터지도록 고민을 했다. 아 어떻게 하지? 둘 중 어느 걸 선택할까?

첫 번째를 선택하는 게 당연히 더 이성적이었다. 난 하느님께 기도를 했다. 전혀 예상치 못하게 두 번째를 선택해야 한다는 확신이 들었다. 설명하기는 어려운 감정이었다. 방향을 알려주는 내부 나침반과 비교할 수 있겠다. 평소라면 논리적이고 이성적 성향인 난 그런 모호한 감정에 회의적이다. 하지만 이번엔 달랐다. 누군가 내게 간접적이지만 확실하게 밀어붙이며 확신을 하게 만드는 것 같았다. 마치 내가 스페인에서 대서양을 건너려 하고 시간이 얼마 남지 않은 상황에서 항해 강사를 처음 만났을 때 같았다. 혹은 남아메리카에 체류하던 중 독일의 가족들이 이사를 해서 주민등록 때문에 귀국해야 했는데 구청의 프린터가 고장 나는 바람에 우연히 일이 해결되었던 때와 같았다.

그때도 이런 감정을 느꼈었다. 모든 신호가 녹색이었고, 실제로도 그렇게 진행되었다. 필리핀에서 한국으로 가는 배를 찾았을 때도 그랬다. 내가 자주 느끼는 감정은 아니었다. 반대로 이런 감정을 느끼는 건 아주 드물었다. 하지만 너무 분명했었다. 지금도 그렇다.

난 미얀마 길에 대해 아무한테도 말한 적이 없다. 하필이면 딱 항해 기간에 누군가와 얘기를 나누게 되었고, 아직 베트남에 아파트를 빌리지 않았고 우연히 급행 비자도 발급받지 않아서 남서쪽으로 이동하는 데 아무런 장애가 없다.

난 결정을 내렸다. 오랫동안 항해를 한 경험 덕분에 내가 어디에서 시작해야 하는지 정확히 알았다. 태국, 내가 간다!

비엔티안에서 방콕으로 갔고 거기서 인도 비자를 신청하기 위해 내 여권과 필요한 모든 서류를 급행으로 독일로 보냈다. 독일에 있는 가족만이 나를 위해 파키스탄과 이란 비자를 신청할 수 있었다. 신분증이 없이 외국에 체류하는 건, 많은 국가에서 법적으로 금지하고 있다. 신분증을 보여 달라는 요청을 받으면 신분증을 제시해서 자신의 신분을 증명할 수 있어야 한다. 그래서 어떻게든 피할 방법이 있다면 이 방법은 피하라고 조언하고 싶다.

여권을 독일로 보냈다가 다시 받는 데 몇 주가 걸렸다. 그동안 인도로 가는 배를 찾아야겠다고 생각했다. 우선 푸켓에서 시작했다. 말레이시아 안에 위치한 랑카위 외에 푸켓은 인도양 쪽에서 가장 큰 요트 허브다. 그리고 한국으로 같이 항해를 했던 그 건장한 러시아 남자가 거기서 일하고 있어서, 푸켓은 나에게 완벽한 출발 지점이었다.

푸켓에 도착하니 동중국 바다를 함께 항해했던 선장도 그곳에 있었다. 그렇게 해서 우리 셋이 다시 뭉치게 되었다. 정말 근사한 재회였다! 난 그들이 일하는 곳으로 가서 그들을 두왔고, 그 건장한 러시아 남자는 자기 집 거실에서 나를 재워주었다. 게다가 그는 도움을 줄 만한 많은 사람들에게 나를 소개했다. 정말 고마운 사람이었다. 그가 도와준 덕분에 5월 초에 인도로 항해를 계획 중인 사람을 찾는 데 2주밖에 걸리지 않았다. 더구나 이번에는 독일인 선장이었다.

그동안 비자를 받는 데 성공해서 엄마는 내 여권을 마지막 순간에 태국으로 보내왔다. 여권이 며칠만 더 늦게 왔다면 난 체류 기간을 초과해서 벌금을 물었을 것이다. 다행히 다시 한 번 모든 것이 무사했다. 독일 선장이 푸켓에서 출발하기까지는 시간이 있었고, 난 태국 비자를 연장하고 싶어서 말레이시와 싱가포르를 향해 남쪽으로 여행을 떠났다. 돌아오는 길에 걸어서 태국 국경을 넘을 때, 난 다시 곤경에 처했다.

2017년 2월

난 밤늦은 시간에, 아직도 대낮의 열기가 가시지 않은데 국경 도시의 대로를 걸으며 히치하이킹을 하기에 적당한 장소를 물색하고 있었다. 얼마나 더 가야 하는지 전혀 알 수가 없었다. 길은 언덕 위로 물결처럼 뻗어져서 내 시야를 가로막았다. 신고 있는 플립플랍 아래 보도는 잿빛에서 붉은 점토 빛으로 바뀌었다. 노점상들의 선풍기가 닭튀김 냄새를 풍겼다. 이동 카운터 뒤에서는 음식을 파는 상인들이 플라스틱 의자에 앉아 친구나 손님과 대화를 나누고 있었다. 고객을 위해 음식을 담을 종이와 칠리 봉투가 준비되어 있었다. 길 가장자리에는 얽힌 전선 그물로 연결된 시멘트 기둥들이 늘어서 있었다. 그리고 그 아래에 오토바이가 죽 세워져 있었다.

15분 정도 거리를 따라 걸었는데 상점과 노점상이 점점 줄어들었다. 여전히 자동차가 멈출 만한 장소는 보이지 않았다. 이러다 차가 한 대도 안 오는 건 아닐까 점점 걱정이 되었다. 국경에서 기다렸어야 했나 보다. 그러나 그러기에는 너무 멀리 왔다.

"실례합니다. 잠시만요!"

난 길가에 세워진 올리브색의 작은 차를 타려는 어느 부부에게 손을 흔들었다. 그 두 사람은 호기심 어린 눈빛으로 나를 쳐다봤다. 난 핸드폰을 꺼내서 미리 저장해놓은 태국 문장을 보여주었다. '대로변의 다음 신호등까지 저를 좀 태워주시겠어요?'

"태국말 못 읽어요." 남자가 영어로 내게 말했다. "우린 말레이시아에서 왔어요. 무엇을 원하세요?"

잘되었네. 난 영어로 같은 질문을 반복했다

"좋아요. 그렇게 하죠."

부부는 동의했고, 난 몇 개의 쇼핑백이 놓인 뒷좌석에 올라탔다. 남자는 차에 시동을 걸었는데 출발하지 않고 앞뒤로 여러 번 왔다갔다했다. 뒤쪽 창문을 보니 이유가 분명했다. 스쿠터 한 대가 주차되어 있었다.

"방금 우리가 주차했던 자리예요." 난 문을 열고 나가서 주차된 스쿠터를 들어서 조금 뒤로 밀었다. 내가 다시 뒷좌석에 타자 그 부부가 고맙다고 했다. "당연한 일을 했을 뿐이죠." 난 대수롭지 않다는 듯 말했다. "어디로 가세요?"

"원래 약국을 찾는 중이었어요." 남자가 고백하듯 말했다. "그래서 조금밖에 못 데려다줘요."

실제로 그들은 약 1킬로미터 정도를 가서 언덕 위에 있는 어느 식료품점 옆에 나를 내려주었다. 이거라도 어디야! 난 다시 더 걸어갔다. 어느 디스코텍을 지나는데 막 경찰 순찰대가 검은색 SUV 차량에 탄 사람들을 조사하고 있었다. 몇 백 미터를 더 걸어가다 핸드폰에 저장된 오프라인 지도로 길을 보려고 주머니에 손을 넣었다. 그러나 주머니는 비어 있었다. 난 다른 쪽 주머니도 뒤져보았지만 역시 아무것도 없었다. 말도 안 돼. 난 흥분하여 바지도 몽땅 뒤졌다. 텅 비어 있었다. 핸드폰이 어디 있지! 초조해졌다. 비록 최신 핸드폰은 아니었지만 내가 가진 물건 중 가장 비싼 것이었다.

더구나 핸드폰 안에 저장된 정보는 나에게 너무 소중한 것이었다. 친구들 주소, 메모, 사진, 전화번호…. 요즘 사람들에게 핸드폰을 잃어버린다는 건 매우 끔찍한 악몽이다.

내가 마지막으로 핸드폰을 사용한 게 언제였지? 난 초조함으로 열이 나는 것 같은 이마를 누르며 생각했다. 아 그 작은 차! 뒷좌석에 앉아 있을 때 주머니에서 핸드폰이 미끄러져 나온 게 분명했다. 난 내가 왔던 방향으로 언덕을 달려 올라갔다. 배낭이 거칠게 앞뒤로 흔들렸다. 배낭 무게 때문에 곧 두 다리가 점점 무거워지기 시작했다. 벌써 호흡이 가빠지고 숨이 찼지만, 잠시라도 쉴 시간이 없었다. 시간의 문이 열려 있을 때 사용해야 해!

난 계속 헉헉거리며 뛰다 걷다 했다. 디스코텍을 지나는데 그 앞에는 여전히 경찰과 그 SUV가 서 있었다. 식료품점 옆에 있는 흰색 차량을 보는 순간 걸음이 느려졌다. 어떤 차였지? 차 색깔도 모넬도 기억할 수 없었다. 날은 이미 어두웠고 난 수면 부족 상태였고 무엇보다도 계속 히치하이킹을 하느라 그런 세부적인 것에는 신경 쓰지 않았었다.

창문을 통해 차의 내부를 들여볼 때, 다시 숨이 멈추는 것 같았다. 핸드폰도 없었고, 뒷좌석도 달랐다! 이 차가 아니야! 아아안 돼! 난 주변을 열심히 둘러보았다. 그러나 헛수고였다. 차는 떠났고 내 핸드폰은 그 안에 있다. 믿을 수가 없었다.

난 서둘러 디스코텍으로 갔다. 그제야 난 SUV가 경찰차고 조사를 받는 중이 아니라는 걸 알게 되었다.

"실례합니다." 난 숨을 헐떡이며 닥치는 대로 가장 가까이 있는 경찰에게 내 걱정거리를 쏟아내었다. "두 사람이 나를 차에 태워주었는데, 그 안에 내 핸드폰을 흘렸고, 난 그것도 모르고 차에서 내려서 한참 가다 보니 핸드폰이 없어서 다시 와 보니 차가 없고…."

만약 그 경찰관이 영어를 할 수 있었더라도, 내 말을 이해할 수 없었을 것이다. 난 주머니를 뒤져서 번역 어플을 사용하려 했다. 하지만 그 어플은 핸드폰 안에 있다.

다행히 경찰은 내가 무언가를 원하고 있다는 걸 이해했다. 그는 나에게 자기 오토바이에 타고 200미터 떨어진 곳에 있는 경찰서에 가자고 했다. 어쩌면 식료품점에 있는 방범카메라로 그 차를 알아볼 수 있을지도 모르잖아? 그들이 말레이시아로 돌아갈 때 국경에서 따라잡을 수도 있잖아? 아니면 국경에 도착하기 전에 쫓아갈 수도 있어. 어떻게든 방법이 있을 거야!

경찰은 그 지역 경찰서로 나를 데리고 갔다. 거기서 내 말을 어렴풋이나마 이해할 정도로 영어가 가능한 어느 경찰관한테 상황을 설명했다. 그들은 몇몇 경찰을 기다려야 한다고 나한테 말한 후 내게 의자를 내밀었다. 그러나 난 의자에 앉는 대신 밖의 차도로 뛰어나갔다. 당황한 경찰들이 들어오라는 표시로 손을 흔들었다.

"찻길을 봐야 해요. 그분들이 다시 올지도 몰라요." 내가 큰소리로 대답했다. 난 밖에 있으려 했다. 경찰들이 내게 와서 안으로 들어가라고 했다. 그러나 난 어깨 너머로 계속 찻길을 오가는 차들을 쳐다봤다. 아마 내가 목에 경련이 난 사람처럼 보였을 것이다.

"여기 밖에 있어야 해요." 난 이렇게 말하다 갑자기 소리쳤다. "저기!"

찻길 건너편에 올리브색 작은 차가 식료품점 방향으로 지나갔다. 그 남자분이 맞지? 운전자의 그림자 윤곽이 무언가를 찾는 것처럼 앞으로 기울어 있었다. 다른 사람인가! 내 심장이 미친 듯이 뛰었다.

"제가 그 차를 본 것 같아요! 서둘러야 해요. 식료품점으로 가야 해요!"

난 소리를 지르고 기대에 가득차서 주위 사람을 둘러보았다. 아무도 손가락 하나 움직이지 않았다. 경찰들의 눈 속에서 당황함을 읽었다. 내가 미쳤다고 생각하는 것 같았다. 지금 미친놈 취급을 당하면 안 돼! 난 걸어서라도 가려고 입구 쪽으로 내달렸다.

"유트!" 내 뒤에서 누군가 태국말로 스톱을 계속 외쳤다. "그가 데려다줄 거예요." 영어를 할 줄 아는 경찰이 내게 설명했다. 난 기뻐서 얼른 오토바이에 탔다. 우리는 그 차를 놓치지 않기 바랐다.

내 앞에 탄 사람은 다른 경찰과 몇 마디 말을 주고받았다. 다른 경찰이 대답을 했고, 그다음에는 또 그가 말을 했다. 무슨 얘기가 오가는지 나는 이해할 수 없었다. 그러나 한 가지만은 이해하고 있었다. 우리가 아직 출발하지 않고 있다는 것 말이다.

몇 초가 지나자 난 그냥 오토바이에서 뛰어내렸고 출구 쪽으로 달려갔다.

"알았어요. 데려다줄게요." 내 뒤에서 경찰이 다시 말했다.

이 말을 믿어야 하나 망설일 때 오토바이를 탄 경찰이 나에게 타라고 손짓을 했다. 난 뛰어올랐고 우리는 언덕을 향해 반대 차선을 달렸다. 찻길 중앙에 있는 분리대 때문에 정방향 차선으로 바로 타는 게 불가능했다. 그러려면 U턴을 해야 했다. 경찰이 이렇게 역방향으로 달려도 되나? 이런 생각이 내 머릿속에 스쳤다. 아무래도 상관없어, 중요한 건 내가 빨리 거기 도착해야 한다는 거야!

"여기, 여기! 유트!" 식료품점 앞에서 난 그에게 멈추어 달라고 소리쳤다. 입구에는 올리브색의 작은 차가 세워져 있었다. 난 창문을 통해 차의 내부를 들여다보았다. 이 차가 맞았다. 하지만 내 핸드폰은 없었다.

"이봐!" 그때 어느 노점상이 나에게 무언가를 알리려 했다. 그는 몇 미터 떨어진 곳에 서 있었는데 팔을 뻗어서 디스코텍 방향을 가리켰다.

디스코텍 앞에 있는 신호등에 그 말레이시아 부부가 서 있었다. 그 두 사람은 무언가를 찾는 듯 계속 주변을 둘러보았다. "감사합니다!" 난 그 노점 상인에게 이렇게 말하고 달려갔다. "여기요! 여기요!"

내가 그 부부에게 도착했을 때, 난 서툴게 그들 목을 끌어안았다. 그들은 약간 당황한 것 같았다. 어쩌면 말레이시아에서 낯선 사람에게 그렇게 하는 것이 무례할 수도 있었을 것이다. 하지만 난 그저 너무 행복했다. 어떻게 해서라도 나의 고마움과 안도감을 표현하고 싶었다.

"쇼핑백을 치우다 당신 핸드폰이 뒷좌석에 떨어져 있는 걸 봤어요. 그리고 바로 차를 돌렸죠." 여자가 설명했다.

"어떻게 감사해야 할지 모르겠어요!"

"당연한 일을 했을 뿐이죠." 여자가 내가 이전에 그들에게 했던 말을 반복했다.

그들이 차를 타고 떠났을 때 난 고개를 설레설레 저었다. 겨우 1킬로미터를 얻어 타고 벌어진 이 난리라니!

푸켓으로 돌아가서 난 독일 선장과 인도 안다만 제도에 같이 가기로 했다. 거기서 그는 계속 스리랑카로 항해를 하고, 난 페리를 타고 캘커타로 갈 것이었다. 일단 계획은 그랬다.

우리는 인도양으로 들어서기 전에 어느 태국의 바위섬으로 항해를 했는데, 우리 둘 다 그곳에 가보고 싶어서였다. 나의 새로운 선장은 인디아나 존스 스타일의 모험가이자 발견자였다.

사람이 살지 않는 이 정글 섬의 광경은 마냥 가만히 앉아 꼼짝하지 않고 세월을 보낼 수 있을 것 같았다. 우리가 정박했던 만은 정말로 거대해 보였다! 바위에는 무늬가 있었고, 수많은 구멍과 종유석이 있었는데, 이것들은 산에서 떨어져 나온 것처럼 물위로 뻗어 있었다. 깎아지른 듯한 절벽에는 원숭이들이 매달려 있었고, 배경에는 팡응아 지방의 석회암지대가 마치 거대한 선사 시대 동물의 철갑가시처럼 바다에서 튀어나와 있었다.

"〈킹콩〉 영화 속으로 온 거 같네! 가슴을 두드리는 킹콩이 저 산 위에 있으면 완벽한데 말이야!" 독일 선장은 감동하며 말했다.

썰물 때 우리는 작은 배로 출발했고, 머리에 헤드램프를 장착하고 우리가 정박한 지역의 맞은 편에 있는 동굴 안으로 노를 저어 갔다. 시간이 사나운 이빨로 바위 속을 깊이 파놓았다. 이전에는 소금물이 입구를 막았었다고 한다. 지금은 해수면이 낮아져서 산의 입구가 트였다.

동굴 안으로 구불거리는 길을 따라 들어가니 더 이상 햇빛이 들어오지 않는 곳이 나왔다. 습기 가득한 눅눅한 공기는 갑갑했고 질식할 것 같았다. 박쥐 떼가 천장의 종유석에 매달려 있었다. 박쥐들의 벨벳 같은 갈색털, 뾰족한 눈, 납작한 주둥이 때문에 마치 날개 달린 돼지처럼 보였다. 박쥐돼지! 이렇게 생각하니 웃음이 나왔다.

신나게 걸어봐 인생은 멋진 거니까

우리는 점점 더 깊이 안으로 들어가서 마침내 동굴의 가장 깊은 곳에 도착했다. 거기서 벽이 길을 막았다. 빛이 물표면 아래에서 반짝거렸다.

"통과하는 길이 있을 거야!"독일 선장이 말했다.

"제가 시험 삼아 수영해서 가볼게요!"

"그럼 한번 가봐!"독일 선장이 녹색 헤드램프를 주었다.

난 물 속으로 미끄러져 들어가 우리가 통로가 있을 거라고 추측하는 장소를 향해 종유석 아래로 10미터 정도를 헤엄쳐갔다. 그리고 거기서 잠수를 했다. 빛을 따라갔다. 통로는 동굴의 나머지 부분과 비교할 때 좁다고 느껴졌다.

몇 미터를 가니 구멍이 바깥으로 이어지고 눈에 바닷물이 들어갔는데도 아프지 않아서 놀랐다! 산허리에 폐쇄된 해안초가 있다니! 직경이 100미터인 냄비처럼 바위벽이 가파르게 허공으로 솟아 있었다. 북쪽 면에서 지류가 나뉘었다. 어디로 흐르는 걸까? 어쩌면 옛날에 해적들이 여기에 보물을 숨겨놓았을지도 모른다. 그 정도는 되어야 그 분위기에 맞을 것 같았다! 어떻게든 다시 돌아갈 길을 찾아야 한다는 걸 깨닫고 난 주변을 둘러보며 다시 수영을 하려고 했다.

나는 잠시 멈추고 내 뒤에 있는 회색 돌담을 보았다. 통과하는 곳이 도대체 어디야?! 난 그저 빛을 따라가야 했다. 그러나 어두운 동굴의 수중 입구가 어디에 있는지 알 수가 없었다. 이미 해조가 높아 물이 흘러들어오고 터널은 계속 물에 잠겼다. 지금 돌아가지

않으면 난 다음 썰물 때까지 열 시간을 기다려야 하고, 그때도 터널을 찾게 될 거라고 장담할 수 없었다.

선장은 내가 여기 동굴 바깥으로 나왔다는 것조차 모르고 있다. 내가 돌아가지 않으면 그는 구조 요청을 할 거야! 어쨌건 그렇게 걱정을 끼쳐선 안 돼!

"제에에말이이 들을려요오?!"

난 힘껏 소리를 지른 후 귀를 기울였다. 아무런 대답도 없었다. 물과 두꺼운 바위 때문에 소리가 완전히 차단되었다. 난 벽을 따라 잠수를 해서 손가락으로 거친 모서리를 더듬었다. 거기엔 내가 잠수해서 들어갈 수 있는 구멍이 수없이 많았다. 잘못된 터널을 선택한다면, 수중 동굴 속에서 익사하는 것이 내 마지막이 될 수도 있었다. 난 물위로 올라와 깊게 심호흡을 하면서 내가 할 수 있는 일에 대해 생각했다. 썰물 때까지 기다린다는 건 어쨌거나 논외였다.

그때 몇 미터 떨어진 곳 물표면 위에서 부드러운 소용돌이를 보았다. 여기 물살이 흐르고 있는 게 분명했다. 물이 어딘가 안으로 흘러들어간다는 건 여기 어딘가 통과하는 구멍이 있다는 표시일 거야. 난 잠수를 해서 벽을 따라 더듬으며 산속으로 들어갔다. 물은 흐렸고, 앞으로 갈수록 더 흐려졌다. 난 마치 두더지처럼 장님인 것 같았다. 폐가 공기가 부족하다는 신호를 보내왔다. 무시하고 계속 잠수해 갔다. 여기 어딘가에서 위로 올라가야 하는데….

다리가 날카로운 돌들의 모서리를 스쳤고, 내 손은 공기가 있는 빈 공간을 찾아 더듬었지만 돌과 물만 닿았다. 점점 온몸이 패닉 상태가 되어가고 있었다. 심장이 더 빨리 뛰면서 가뜩이나 부족한 폐 안의 공기를 없애고 있었다. 난 진정하려고 했다. 동기 부여에 관해 에릭 토마스가 했던 이야기가 내 머릿속을 스쳤다. 그의 이야기 속에 등장하는 남자는 너무나도 성공하고 싶어서 방법을 배우려고 현자에게 갔다. 현자는 그를 바다로 데려가서 물속에 빠트렸다. 그가 숨을 쉬려고 하자, 현자는 그의 머리를 눌렀다. 남자는 두려워서 버둥거렸지만, 현자는 그를 물속으로 더 누르고 놓아주지 않았다. 그가 의식을 잃기 바로 직전에 현자는 그를 물에서 꺼내주었다. 그가 공기를 맘껏 들이마시고 있을 때 현자가 말했다. "지금 숨쉬기를 원하는 만큼 무언가를 간절히 원하면, 그것을 갖게 될 것입니다."

정신을 차리는 동기 부여로는 확실한 것 같았다. 하지만 지금은 솔직히 통로를 찾는 것보다는 정말 숨을 쉬고 싶었다. 잘못하다간 정신을 잃을 것 같았다. 난 돌아가기로 결심했다. 이전과 마찬가지로 난 운이 좋아서 비교적 쉽게 길을 찾았다. 항상 빛을 따라가라! 난 종유석에 머리를 부딪히지 않기 위해 그저 천천히 걸었다.

드디어 물 밖으로 고개를 들고 숨을 쉬게 되었다. 너무 기쁘게도 머리 드는 걸 방해하는 현자는 없었다. 실컷 산소를 들이마신 후 난 다시 잠수했다. 마찬가지로 헛수고였다. 세 번째로 시도했을 때 드디어 동굴로 돌아가는 통로를 발견했다.

"도대체 이렇게 오랫동안 어디 갔다 온 거야?"

내가 다시 배로 돌아가자 선장이 한시름 놓았다는 표정으로 물었다.

"돌아오는 길을 거의 찾지 못할 뻔했어요!" 난 위험했던 상황에 대해 재빨리 설명했다. 그건 짧게 말했다. 숨겨진 해안호에 대해 자세히 말하고 싶었기 때문이다. 난 주저하며 다시 배를 떠났다.

"다시 한 번 가봐야 해요. 3분이면 돼요."

"조심해."

선장이 걱정하며 말했다. 난 다시 잠수해서 곧 해안초에 도착했다.

이번에는 어디에 통로가 있는지 머릿속에 잘 저장해두었다. 해안초에서 흘러나온 강줄기로 기어갔다. 강줄기가 더 넓은 해안초로 흐르고 있다는 걸 알 수 있을 정도로 넓었다. 3분을 훨씬 초과할 정도로 그 광경은 멋있었다.

내가 돌아왔을 때 수위는 훨씬 높아져 있었고, 통로는 아까보다 물속으로 더 깊이 가라앉아 있었다. 그러나 다행히 난 어디로 가야 하는지를 잘 알았다.

"해안초가 여러 개 있어요! 정말 멋져요!"

동굴로 돌아와 물속에서 나오면서 난 숨 가쁘게 말했다.

"수위가 낮아질 때 다시 와야겠어! 그때는 내가 가고 네가 배를 지켜!"

선장이 기대에 차서 말했다. 우리는 해적이 숨겨놓은 황금상자를 발견하지는 못했다. 하지만 자연이 숨겨놓은 진짜 보물을 발견했다.

우리는 태국에서 안다만 제도로 항해했다. 섬은 본토에서 멀리 떨어져 있었지만 이미 분위기는 전형적인 인도의 이국적 혼돈과 소란 그 자체였다. 경적을 울리는 모터 세발자전거, 알록달록 칠한 골함석 집들, 극동 아시아의 모든 음악을 끽끽대며 큰소리로 방출하는 스피커, 기묘한 향을 뿜어내는 향 스틱과 접시, 그보다 더 기묘한 냄새를 풍기는 거지들, 화려한 사리(인도 여성의 겉옷-역주)를 입은 여자들, 그리고 음식을 찾아 쓰레기 산들 사이를 헤집어 뒤지느라 이리저리 뛰어다니는 엄청난 소떼. 특히 그 쓰레기라니! 나중에 본토에서 확인했지만 이미 이 섬에서 모든 게 분명했다. 인도는 엄청난 폐기물 문제를 안고 있다. 플라스틱 쓰레기, 포장제 등 모든 것이 아무렇게나 버려지고 있다. 쓰레기를 처리한다는 생각 따위는 애당초 없는 듯하고 아무도 신경 쓰지 않았다. 이것은 빈곤뿐만 아니라 불행하게도 사회와 문화 때문인 것으로 보인다.

러시아에서 의학을 공부한 내 인도 친구는 오랜만에 고향에 돌아오자마자 "인도는 거대한 동물원이야. 그 냄새, 더위, 뒤얽힌 사람들을 보는데 내가 여기 오다니 제정신이 아니라는 생각밖엔 안 들더라니까"라며 이런 생각이 맨 먼저 떠올랐다고 한다.

인도는 정말 호불호가 갈리는 나라다. 극도로 좋아하거나 극도로 싫어한다. 그 중간은 거의 없다. 첫인상에 따라 얘기하자면 난 인도를 좋아하는 사람에 속한다. 새롭고 다양하며 기묘한 것들이 눈 깜박할 사이에 여행자의 마음을 사로잡았다. 그럼에도 불구하고 나는 곧 인도의 어두운 면을 알아야 했다.

독일 선장은 인도를 출입국할 때 겪어야 하는 관료주의에 찌든

절차들을 이미 알고 있어서 여행사에 모든 걸 의뢰했다. 그래서 내가 섬에 발을 디디려 할 때, 배에서 내리는 '전출 수수료'로 35유로 정도에 해당하는 돈을 여행사에 내야 했다. 안다만 제도에 배가 없으면 특별허가증이 필요하기 때문에 이민국에서 관리할 수도 있겠네.

처음 계획대로 독일 선장은 스리랑카를 향해 떠났고, 나는 항구 터미널로 가서 본토행 페리 티켓을 구입했다. 창구에 제출하기 위해 작성해야 하는 서류더미도 이미 비인간적일 정도였다. 여권 사진 두 장, 여권 사본 여러 장, 특별지역 허가서 사본, 심지어는 가슴 둘레와 주근깨 숫자와 위치를 요구하는 수많은 서류가 필요했다. 패션쇼 무대에 오르는 거라면 중요할 수도 있겠지. 그런데 배 티켓을 사는데 왜 이런 것까지 써야 하지?

이후 며칠간의 티켓은 이미 매진이었다. 난 6일 후에 출발하는 티켓만 살 수 있었다. 문제없어. 일주일 동안 섬을 여행하면 돼. 이제 여행사가 요구한 티켓을 제출해야 했다. 그러면 모든 것이 해결될 것이다. 하지만 인도에서 방심은 금물이었다.

여행사 문을 열고 안으로 들어갔다. 사무실 안은 에어컨이 실내 온도를 견딜 만한 정도로 유지되고 있어서 바깥과는 달리 쾌적했다. 몇몇 인도 사람들이 컴퓨터를 보며 타이핑하고 있었는데 모두들－일단 겉으로 보기에－매우 열심히 일하고 있었다.

"사장님을 만나고 싶은데요." 난 직원에게 말을 걸었다.

"네, 전달할게요. 곧 들어오실 거예요."

직원 중 한 사람이 대답을 했고 너덜너덜한 소파를 가리키며 앉으라고 했다.

나무가 입혀진 벽에는 국적기인 에어 인디아 광고 포스터가 붙어 있었다. 포스터에는 비행기와 비행 카펫 사진 위로 '차이를 경험하세요'라는 슬로건이 적혀 있었다.

두 시간이 지나서 사장이 들어왔고, 책상 뒤 사무용 가죽 의자에 앉았다. '곧'이 두 시간이 될 수도 있었다.

"티켓 가져왔어?" 그가 나에게 물었다.

난 주머니에서 티켓을 꺼내 그에게 건넸다.

"넵, 여기 있어요. 6일 후에 출발해요."

"뭐라고? 그건 안 돼!" 사장이 놀라서 소리쳤다. "3일 안에 안다만 제도를 떠나야 해! 그게 이민국에서 너를 배에서 내리도록 허락한 조건이야!"

뭐라고요? 지금 알려주어 아주 고맙네요.

"비자와 다른 서류만으로는 충분치 않은 거예요?"

여행사 사장은 고개를 저었다. 인도에서는 '아니오'를 다양하게 해석할 수 있는데, 이번에는 확실히 '아니오'였다.

"안다만 제도는 제한 지역이야. 여기를 방문하려면 본토에서 특별허가증을 발급받아야 해." 그의 설명이었다.

"특별지역출입증에다 특별허가증까지요?" 내가 이맛살을 찌푸리며 물었다.

"이제 이해했군."

"아니, 그러면 난 전출 수수료를 왜 낸 거죠?"

"호텔과 공항까지 이동하려면 필요해."

"호텔과 공항이라고요?"

난 호텔이나 공항을 이용할 거라는 말을 한 적도 없었다. 그러면 '교통 수수료'라고 불러야지 왜 '전출 수수료'라는 거지?

"네가 요구한 게 아니라면 수수료의 80퍼센트를 환불해줄게."

아량을 베푸는 것처럼 거드름을 피우며 사장이 말했다. 난 겨우 흥분을 가라앉히고 다시 출발점으로 돌아왔다.

"내가 배의 티켓을 구할 수 없어서 이곳에 더 있게 되면요? 2일 이내에 출발하는 배는 이미 매진되었다고 터미널 창구에서 말했다고요."

"그러면 이민국에서 너를 비행기에 태울 거야. 물론 비용은 네가 내야지."

뭐라고? 전 세계를 비행기를 타지 않고 여행하겠다는 내 계획이 이렇게 바로 결승전 앞에서 망하는 거야? 절대 그럴 수는 없어! 근데 시간이 하루밖에 없어.

난 터미널에서 다시 물어보았지만 완전 매진이라는 대답만 들을 수 있었다.

이젠 기적만을 바라야 할 때였다. 난 희망을 버리지 않았다. 그게 놀랄 일도 아니었다. 이번에도 모든 상황이 완전히 불리하게 돌아가고 있었지만, 어떻게든 해결될 거라고 느꼈다.

우선 터미널의 대기실에 앉아서 내 상황에 대해 곰곰이 생각했다. 관자놀이에서 땀이 흘러내렸고, 의자 위로 선풍기 바람이 부는 것에 고마워했다. 수십 명의 인도 사람들이 몰려와서 카운터 앞에 줄을 서며 북적거렸다. 독일 유치원에서 규칙과 질서정연하게 줄 서는 법에 대해 배워야 할 것 같아 보였다.

"옆자리 비었어요?" 머리카락이 가늘고 비만인 백인 남자가 내 옆 의자를 가리켰다. 그는 회색 반바지에 보라색 체크 셔츠를 입고 샌들을 신었다.

"네, 앉으세요!" 난 고개를 끄덕였다.

우리는 대화를 나누었다. 벨기에 출신인 그는 막 배로 안다만에 도착했다.

"어떻게 여기에 오게 되었어요?" 그가 물었다.

난 여기 도착하기까지 어떻게 전 세계를 여행했는지, 그리고 이제 다시 난관에 부딪쳐서 남은 여행이 위험에 빠질 수도 있다는 것에 대해 말했다.

"굉장해요!" 그는 나를 격려했다. "몇 마디만 나누었는데도, 당신이 뭐든 가능하게 만드는 타입이라는 걸 확실히 알겠네요."

"아네요. 오해예요." 내가 손사래를 치며 부인했다. "대부분의 경우 제가 노력했다기보다는 상황이 그렇게 움직였어요. 그렇지 않았으면 불가능했을 거예요. 제가 통제할 수 없는 상황이 수없이 많았는데 어쨌거나 항상 잘 해결되었어요. 분명한 건 내가 특별한 사

신나게 걸어봐 인생은 멋진 거니까

람도 아니고, 무언가 특별한 걸 하지도 않았다는 거예요."

"약간 운도 따라주었군요."그 벨기에 남자가 윙크를 했다.

"약간이라고 말하면 사실보다 과소평가한 거예요."난 웃었다. "우연을 믿는다는 것이 완전히 어리석을 수도 있다는 걸 여러 번 경험했어요."

"운명을 믿는 거요?"벨기에 남자는 눈썹을 치켜세웠다.

"난 신의 가호를 믿어요."이렇게 지금까지의 결과를 요약했다. "그것이 합법적이라거나 우연의 일치라고 생각하지도 않고, 내가 다른 누군가보다 더 그럴 가치가 있는 사람이라고도 생각하지 않아요. 그저 나를 격려해준 선물이라고 생각해요."

다음 날 다시 한 번 이런 선물을 받게 되었다. 티켓을 구했다! 누군가 떠나기 직전에 티켓을 취소한 건지, 이 장소가 내게 이벤트를 선사한 것인지는 알 수 없다. 그러나 난 이 기적이 내가 노력한 결과가 아니라는 것만은 잘 알고 있었다.

2017년 3월

배는 3일 반나절 만에 콜카타에 도착했다. 마지막 날은 온종일 삼각주 수십 킬로미터를 달렸다. 물가에는 어느 곳이나 기와공장 굴뚝이 늘어서 있었다. 벽돌공장이 수백 개는 되어 보였다.

도중에 나는 미갈에게 메시지를 받았는데 깜짝 놀랄 만한 소식이었다. 미갈과 나는 15개월 동안 서로 연락을 주고받았다. 우리는 오랜 얘기 끝에는 항상 "이건 커피 한잔 같이 마시며 더 얘기하자"라는 농담을 하곤 했다. 반은 농담으로, 반은 진지하게. 우리는 결국 함께 커피 마시는 장소를 뭄바이로 정했다. 나는 미갈에게 날짜를 정하라고 했고, 미갈은 4월 1일을 선택했다. 정말이지 난 이 말을 얼마나 진지하게 받아들여야 할지 몰라 쩔쩔매었다. 미갈은 SNS에서 만우절 장난을 심하게 치는 걸로 악명 높아서였다. 하지만 이 모든 것이 만우절 농담이 아니라면 정말 기쁠 것 같았다. 그녀가 정말로 인도로 온다면 그녀가 나를 그저 단순한 친구 이상으로 생각하는지 그렇지 않은지 알게 될 것이다. 내 감정이 앞으로 많이 나아간 것을 그녀가 거부하지 않았다는 말이기도 하다. 미갈이 오지 않는다면, 그녀는 정말로 장난삼아 농담을 한 것이고 우리가 어떤 사이인지도 명확하게 알게 될 것이다.

콜카타에서 뭄바이까지 2,000킬로미터를 가서 공항으로 미갈을 마중 나가기까지 내겐 7일이 남아 있었다. 독일 고속도로라면 하루나 이틀이면 충분하지만 인도에선 사정이 다르다.

구체적으로 말하자면, 태양이 알록달록 칠해진 기차의 양철판을 뜨겁게 달구는 동안, 난 고속도로를 시속 40킬로미터로 달리는 트럭 여러 대를 갈아타며 뭄바이로 갔다. 인도와 파키스틴은 3월에 51도에 달하는 기록적인 더위로 녹고 있었다. 1956년 이래 최고의 수치였다.

속도는 느렸지만 운전수가 구덩이나 소를 피하기 위해 핸들을 돌릴 때마다 트럭은 위협적으로 흔들렸다. 아스팔트 도로에서보다 대초원을 통과하는 주도로에 구멍도 소도 더 많았다. 길가에 전복된 채 쓰러져 있는 많은 차량이 이런 위험이 어떤 손실로 이어지는지를 상기시켰다.

사고로부터 자신을 보호하기 위해 많은 트럭 운전수들은 대시보드에 힌두신 시바의 작은 조각상을 두고 아침저녁으로 마리화나 같은 걸 피워서 연기를 그 조각상에 바친다. 이것은 좋은 의지처가 될 뿐 아니라, 영적인 짧은 노래도 하도록 기분을 돋운다. 나를 태워준 두 명의 운전수도 마찬가지였다.

내가 막 히치하이킹을 한 트럭이 털털거리는 소리를 내며 멈추었다. 두 운전수 중 한 명이 운전대에 앉아 있었고, 다른 운전수는 뒷좌석 내 옆에서 자고 있었다. 이미 자정이 넘은 시간이었다.

"볼일 봐야 해?" 운전수가 나를 돌아보았고, 난 잠에 취한 채 머리를 들었다.

"아, 네, 급해요." 난 잠이 덜 깨어 웅얼거렸다. 그런 다음 일어나서 밖으로 나갔다. 좀 어지러웠다. 우리가 멈춘 곳은 작은 마을이었다. 밤하늘에는 별들이 반짝였고 그 하늘에는 드문드문 떨어져 있는 집들의 그림자가 수평선의 푸르스름한 어둠 속에서 드러나 있었다. 너무 넓어서 마을이 외롭고 비어 있는 것처럼 보였다.

난 트럭 뒤의 먼지 사이를 발을 질질 끌며 걸어서 바싹 마른 나무로 가서 바지를 풀었다. 인도에서는 제대로 된 화장실을 거의 찾아볼 수 없다. 구멍을 파거나 하수구를 설치하는 대신, 대초원 어딘가에 물 한 병으로 용무를 처리한다. 수백 명의 거주민이 있어도 제대로 된 화장실이 하나도 없는 마을도 허다했다.

난 그냥 밖에서 볼일을 보려했다. 그런데 몇 방울만 나오고 소변이 나오지 않았다. 배에 엄청난 압박이 묵직하게 느껴졌다. 난 나무의 부드러운 줄기에 기대어 세게 눌러보았다. 왜 안 나오지? 마치 요도가 막힌 것 같았다. 방광결석인 것 같았지만 직접 앓아본 적이 없기 때문에 증상이 어떤지 알 수가 없었다. 하지만 그것이 이 상황을 설명할 수 있는 유일한 증상 같았다. 배를 다시 누르자 엄청난 어지럼증이 밀려왔다. 눈앞의 시야가 어두워지고 수많은 빛이 별빛에 겹쳤다. 난 어지럼증이 거의 사라질 때까지 깊게 여러 번 호흡을 하며 무릎을 꿇고 앞으로 넘어졌다. 이렇게는 안 돼. 사람들 눈이 닿지 않을 만한 장소로 가서 힘을 주어 돌을 빼내야 해.

이 문제를 해결할 만한 다른 생각이 떠오르지 않았다. 어떻게든 방광이 터지는 위험은 피하고 싶었다. 어지럼증을 느끼며 나는 큰 건물을 향해 내려갔다. 그런 다음 뒤편에 있는 벽을 따라갔다. 한 치 앞도 볼 수 없을 정도로 깜깜했고 배설물 냄새가 났다. 나만 이런 생각을 한 게 아니군. 걸을 때마다 내 발밑에서 바닥에 덮여 있는 나뭇잎이 바스락거렸다. 나뭇잎 사이에선 플라스틱 쓰레기가 어른거렸다.

난 멈췄다. 아플 수도 있으므로 마음의 준비를 했다. 그런 다음 배에 힘을 주고 힘껏 눌렀다. 너무 아파서 주변의 모든 사물이 빙

글빙글 돌았다. 결국 옆에 있는 콘크리트 난간으로 쓰러졌다. 끔찍했다.

이 역겨운 냄새는 뭐지? 나는 눈을 깜박였다. 나뭇잎? 난 어디 있는 거지? 코 주변에 부드러운 뭔가가 느껴졌다. 어두워서 다행이었다. 난 나뭇잎 속에 있는 내 손을 움켜쥐면서 몸을 일으켰다. 시간이 얼마나 지났지? 얼마 동안 정신을 잃은 거야? 트럭은 어디 있지?

다리가 후들거려서 벽에 의지해서 한걸음씩 발을 떼었다. 머리카락에서 흙이 떨어졌다. 몸 여기저기에 흙이 묻어 있었다. 내가 부드러운 땅 위로 쓰러졌던 것 같다. 조심스레 한 발씩 옮겼다. 내 몸에서 모든 힘이 빠져 나갔다. 텅 빈 것처럼 느껴졌다. 몸이 부들부들 떨렸다. 힘이 하나도 없었다. 난 좀비처럼 걸어서 거리로 갔다. 누군가 나를 봤다면 분명히 좀비로 보였을 것이다.

트럭 후미등의 붉은 불빛 속에 인도 운전수가 서 있었다. 그는 사라진 히치하이커를 찾아 이리저리 고개를 돌려가며 살피고 있었다.

"여기요!" 난 콜록거리며 이렇게 말하고 그를 향해 비틀거리며 갔다.

그는 고개를 끄덕이더니 무뚝뚝하게 말했다. "빨리 와! 얼른 가야 해!" 그러더니 운전석 쪽으로 서둘렀다. 어두워서 내 상태를 알아채지 못했다.

난 절망하며 그를 향해 소리쳤다. "아뇨, 여기!" 이 두 마디를 말하는 데 온 힘을 쥐어짜야 했다. "도… 와… 주세요…." 간신히 말했다.

내 무릎이 꺾이며 꿇어앉았고, 두 손이 먼지 속에 빠졌다. 숨을 헐떡이며 구토증과 싸웠다. 눈앞에서 빛이 번쩍였다.

잠시 후에 두 손이 내 겨드랑이 아래로 들어와 나를 끌어당겼다. 그 인도 운전수가 돌아온 것이다.

"소변을… 누려고 했어요. 근데 기절했어요."

난 덜덜 떨며 말했다. 그는 아무 말 없이 나를 트럭으로 끌고 갔다. 그를 도우려고 다리를 버둥거렸지만 그를 더 힘들게 할 뿐이었다. 혼자가 아니라서 정말 다행이었다.

차에 도착하자 내가 서 있을 수 있도록 내 두 손으로 트럭을 붙들게 했다. "씻어야 해!" 그러나 그가 트렁크에서 물을 꺼내는 동안 난 다시 무릎을 꿇고 넘어졌다. 운전수에게는 정말 미안했지만, 내 몸을 내 마음대로 움직일 수가 없었다.

운전수는 다시 나를 일으켜 세웠다. 그는 나를 부축한 채 몸에 묻은 흙 위로 물을 부었고, 난 흙을 문질러 털어내려고 했다. 흙이 떨어지면서 어느 정도 몸의 감각이 돌아와서 내 몸을 차 안으로 끌고 갈 수 있었다. 나한테선 여전히 고약한 냄새가 났고, 머리엔 여전히 흙이 덕지덕지 붙어 있었다.

트럭이 덜커덩거리며 움직이기 시작했다. 다른 운전수는 아까처럼 뒷좌석에 이불을 덮은 채 자고 있었다. 인도 사람들이 위생에 예민하지 않아서 다행이야. 아까도 뒷좌석이 그리 깨끗하진 않았던 것도 다행이고.

"마셔!" 운전수가 내게 물 한 병을 내밀었다. 생각할 겨를도 없이 게걸스럽게 몇 모금을 마셨다. 그러다 난 멈추었다. "더 마시면 안돼요. 그러다간 방광이 터질 거예요."

인도인은 웃으면서 씹는 담배를 입안으로 넣었다.

"안 터져. 넌 탈수 상태야. 네 몸이 너에게 신호를 보내며 연극하는 거라고."

그가 무슨 말을 하는지를 이해하는 데 시간이 필요했다. 방광에서 느껴지던 게 진짜가 아니었단 말이야? 이젠 나도 웃을 수밖에 없었다. 곰곰이 생각해보니 정말 재미있었다. 바보처럼 물을 마셔야 하는 상황에서 난 억지로 오줌을 누려고 한 거야!

다음 날 아침 운전수는 2리터짜리 콜라를 구해주었고, 난 거기에 소금을 두 티스푼을 넣었다. 그 콜라를 마시니 오후에는 몸이 확실히 나아진 게 느껴졌다.

난 그 경험을 통해 언제나 물을 충분히 마셔야 한다는 걸 배웠다. 또한 사람이 다른 사람을 위해 있다는 것이 얼마나 중요한지 절대 과소평가해선 안 된다는 것도 배웠다. 몸이 아플 때는 더 그렇다. 트럭 운전수들은 쓰러진 나를 두고 내 배낭을 가지고 갔을 수도 있다. 그러나 그들은 나를 돌봐주었다. 그들에게 얼마나 감사한지 말도 다 표현할 수가 없다.

우리는 모두 비용을 치르더라도 우리 곁에 있어 줄 사람을 원한다. 그러나 우리 자신은 비용을 치르더라도 다른 사람 곁에 있을 준비가 되었을까? 두 트럭 운전수는 평생을 벌어도 대부분의 독일인만큼 벌지 못할 수도 있다. 하지만 그들은-내가 여행 중에 만났던 수많은 다른 사람들과 마찬가지로-주저하지 않고 자신의 아이들, 가족 그리고 타인인 나한테까지 투자를 했다. 그 투자 덕분에 결국 그들은 대부분의 독일 사람들보다 훨씬 더 행복해질 것이다.

하버드 대학이 각계각층 수백 명의 사람들을 대상으로 75년간 진행한 연구가 있다. 가장 행복하고 건강한 사람은 가장 성공하거나, 유명하거나 부유한 사람이 아니었다. 외모가 뛰어나거나 재능이 많거나 교육을 많이 받은 사람들도 아니었다. 오히려 반대로 이 모든 요인들은 인생에 만족감을 느끼게 하는 데 거의 영향을 주지 못한다. 수많은 잡지, 방송, 웹사이트가 우리에게 말하는 것과는 완전히 반대다. 가장 행복한 사람들은 좋은 관계를 가진 사람들이다. 이건 너무나도 의미심장해서 여러 번 말하고 싶다. 가장 행복한 사람들은 좋은 관계를 가진 사람들이다. 주변에 가족과 친구가 있어서 의지할 수 있고 불행한 시기에도 함께할 수 있으며, 그 자신도 가족과 친구에게 그런 존재가 되는 것이다. 다른 사람을 돕는 것만큼 사람을 행복하게 만드는 건 없다.

이미 유치원에서 이런 삶의 지혜는 배웠을 것이다. 모든 사람들이 알고 있으며 시인한다. 그러나 현실에서는, 특히 부유한 서구 국가에서는, 혼자 지내는 사람들이 점점 더 많아진다.

우린 거꾸로 가는 것 같다. 나 자신도 스스로에게 어떤 일을 하자는 약속을 많이 하면서도, 주변 사람들과 충분한 시간을 함께하지 못하고 있다. 난 이것을 최우선순위에 두고 싶다. 한 번으로 그치지 않고 매일 행하는 것이다. 경력, 재산, 외모 또는 인기와는 거리가 멀게, 좋은 관계를 유지하고 사람들에게 가치와 시간을 주는 것이 나의 목표가 되었다.

2017년 3월

뭄바이에서 난 서핑 네트워크의 한 회원 집에서 숙박했다. 다행히 그곳에선 샤워와 세탁이 가능했다. 내겐 정말 축복 같은 기회였다. 심지어 집주인은 맛있는 카레 요리도 해주었다. 정말 친절했다.

미갈이 탄 비행기는 그다음 날 도착할 예정이었다. 난 해가 뜨기도 전에 일어나서 공항에 제 시간에 도착하기 위해 집을 나섰다. 첫인상이 중요한 법이니까! 가로등은 꺼져 있었고, 거리는 황량하고 쓸쓸해 보였다. 개 한 마리가 길가에서 자다가 내가 지나가자 놀라서 깨었다.

정말 놀랍게도 인도의 철도 시스템이 계획에 따라 움직이고 있었다. 그래서 난 미갈의 비행기가 도착하기 한참 전에 공항에 도착했고, 도착 게이트에 수백 명의 인도 사람들과 함께 서 있었다. 건물은 마치 거대한 생물 우주선처럼 지어졌다. 빛나는 기둥은 거대한 연료 무기처럼 천장에 연결되어 있었는데, 초대형 나무뿌리를 생각나게 했다. 대기실에는 열대 식물과 분수가 설치되어 있어서 고급 백화점이라고 해도 믿을 정도였다. 천장 어딘가에서 편안한 라운지 음악이 흘러나와 혼란스런 인도와는 아이러니한 대조를 이루었다.

영원처럼 느껴지는 시간이 흘렀고 드디어 미갈이 문을 통해 나왔다. 반질거리는 스테인리스 방벽의 출구를 향해 서둘러 걸음을 옮겼다. 도착 게이트에는 기다리는 사람들이 워낙 많아서 그녀는 나를 금방 찾지 못했고 난 그녀가 눈치 채지 못하게 그녀에게 다가갔다. 와, 내가 생각했던 것보다 그녀는 훨씬 아름다웠다.

인사를 위한 포옹을 하기 바로 전 우리의 눈이 마주쳤다. 처음으로 그렇게 가까이에서 보았다. 그녀의 눈은 밝은 녹갈색이었고, 누군가 카메라 셔터를 누른 것처럼 잠시 시간이 멈춘 듯했다. 마치 영화가 정상으로 돌아가기 전에 한 장면이 몇 초 동안 정지된 것처럼. 내 마음은 줄곧 평온했지만 그 순간 어떤 감정이 밀려오는 걸 느꼈다. 어쩌면 내가 평생을 함께하게 될 바로 그 여자일지도 몰라!

미갈과 나는 뭄바이에서 10일 동안 함께 있었다. 처음에는 분위기가 좀 기묘했다. 우리는 수많은 대화와 메일을 통해 내석으로 외적으로 서로를 이미 알고 있다고 느꼈다. 그런데도 실제로 마주히고 있으니 완전히 낯설게 느껴졌다. 그러나 일주일 정도 지나자 내면의 거리감이 점차 사라졌다. 뭄바이의 생생한 혼란 속을 이리저리 함께 표류하면서 우리는 긴 대화를 나누었고, 많은 부분에서 비슷한 성향을 갖고 있다는 걸 다시 한 번 발견했다. 그러나 무엇 때문에 실제로 우리 두 사람이 더 가까이 다가가지 못하는지에 대한 대답은 아니었다.

"네가 정말로 열광하는 게 뭐야?"

함께 뭄바이 거리를 배회하던 둘째 날 저녁에 미갈이 물었다.

너야! 난 그렇게 대답하고 싶었지만 꾹 참고 말하지 않았다. 하지만 난 더 드러내고자 결심했다. 관계가 더 좋아질지, 나빠질지는 알 수 없지만.

"내가 너에게 키스해도 될까?" 대화 도중에 난 뜬금없이 미갈에게 이렇게 물었다.

"될까, 가 뭐야?" 그녀는 황당하다는 듯 되물었다.

그리고 난 오랫동안 기다려왔던 키스를 했다. 조금 어색하지만, 그래도 괜찮았어!

첫 번째 걸음을 떼었다. 미갈과 나는 둘 다 중요한 일은 매우 신중하게 시작하기를 원하는 타입이라 어떻게 새로운 관계를 만들어갈지에 대해 많이 생각했다. 지나치게 많이 고민하며 시작하는 것처럼 보일 수 있다. 하지만 만약 차를 운전하려면 우선 운전면허증을 따고 사고를 일으키지 않기 위해 미리 준비를 한다. 난 운전은 좋은 관계를 만드는 것보다 오히려 쉬운 일이라고 생각한다.

그러나 난 여행 중에 행복한 결혼을 잘 유지하는 부부들을 만났

다. "비결이 뭐예요?" 매번 난 호기심이 발동해서 이렇게 물었다.

각각 대답은 달랐지만, 대부분 방향은 같았다. 가장 중요한 건 서로에게 정직하고, 문제가 생겼을 때 적시에 해결하는 것이다. 그건 누구나 알고 있는 거 아닌가, 매번 난 그렇게 생각했다. 하지만 사람들이 결정적인 순간에는 종종 이 사실을 잊는다.

"좋은 의사소통은 우연의 산물이 아니야." 몇 달 전에 필리핀 친구가 말했었다. "문제점과 서로 중요하게 생각하는 것, 모든 것에 대해 대화를 나눌 수 있는 시간을 함께 정기적으로 가져야만 해. 내 생각에 가장 중요한 건, 서로에게 아무것도 숨기지 말 것, 바로 이거야."

또한 관계에서 서로 독립적이고, 상대방과는 별개로 각자 행복해야 한다는 얘기도 난 마음에 담았다. 상대방에게서 자신의 성취감을 추구해서도, 내면의 갈망과 결점을 만족시킬 것을 기대해서도 안 된다. 그렇지 않으면 홀대받는다고 느끼는 시점에 이른다. 자신의 행복에 대한 책임을 상대방에게 미루면 안 된다.

세 번째 중요한 요소는 사람마다 사랑을 표현하고, 사랑받는다고 느끼는 방법이 다르다는 걸 아는 것이다. 어떤 사람들은 선물을 통해 사랑을 느끼지만, 칭찬과 격려를 받으면 사랑을 느끼는 사람들도 있다.

게리 채프먼은 《사랑의 5가지 언어》라는 책에서 사랑하거나 사랑받는 방법 중 하나를 '언어'라고 불렀다. 언어는 결국 연습해야 한다. 만약 두 사람이 서로 다른 유형의 '사랑의 언어'를 갖고 있다면, 서로 오해를 할 여지가 매우 크다. 어떤 사람은 칭찬을 하기 위해 노력하는데, 상대방은 사랑받는다는 느낌을 여전히 갖지 못한 채 실제로 자신에게 필요한 신체적 친밀감을 기다릴 수도 있다. 그래서 상대방의 '사랑의 언어'를 아는 것이 중요하다.

"내 사랑의 언어가 무엇인지 내가 어떻게 알 수 있을까?" 미갈이 내게 물었다.

"네가 어릴 때 부모님께서는 어떻게 사랑을 표현하셨어? 그리고 넌 사랑하는 사람들에게 어떻게 사랑을 표현해? 이게 우리가 스스로에게 줄 수 있는 대답이야."

우리는 우리의 관계를 마치 정원을 가꾸듯이 올바르게 돌봐서 잘 성장해나가기를 희망했고 처음부터 이런 모든 점을 우리의 목표로 삼았다.

함께 지내던 어느 날 시내에서 출발하는 고아 방향 버스를 타려고 했다. 시내 중심가로 가는 기차를 타기 위해서 달려야 했다. 숨을 헐떡거리며 우리는 제시간에 기차를 탔다. 집주인이 테트라팩에 담긴 시원한 음료수 두 팩을 주어서 기차 안에서 그것을 꺼내 빨대를 꽂았다. 그리고 우리는 네스퀵 라테 마키아토를 단숨에 마셨다. 내가 핸드폰으로 길을 알아볼 때 미갈이 웃음을 터트렸다.

"왜?" 내가 당황해서 물었다.

우리의 갈증을 해소시켜준 음료를 가리키며 그녀가 말했다.

"난 다른 식으로 커피 타임을 갖고 싶었어. 하지만 이렇게 너와 그 시간을 갖게 된 것도 기뻐."

"난 남편이 나보다 키가 훨씬 커야 한다고 생각했어."

미갈이 출발하는 날 공항에서 에스컬레이터를 탈 때 내가 한 계단 더 높은 곳에 서자 나를 놀리며 말했다.

"난 하이힐 신는 걸 좋아하거든. 하지만 맨발로 사는 인생이 괜찮을 수도 있지. 키가 비슷하면 키스할 때도 더 편하잖아."

"하이힐을 포기할 필요는 없어. 그래도 우린 비슷할걸. 그렇지 않다면 내가 높은 굽 신발을 신지 뭐." 내가 웃으며 말했다.

그러나 유쾌한 분위기가 사라지고 미갈은 걱정스런 표정을 지었다.

"만약 네가 여행하는 도중에 바뀌어서 독일로 돌아왔을 때 더 이상 지금의 네가 아니면 어쩌지?"

내가 여행을 떠날 때 내 여동생도 같은 말을 했다.

"오빠가 여행에서 돌아왔을 때 더 이상 지금의 오빠가 아닐까 봐 걱정돼!"

"하지만 난 지금과 똑같은 나로 돌아오지 않기를 바라는데?" 그때 난 동생에게 이렇게 대답했었다. "여행에서의 경험을 통해 더 나은 내가 되었으면 해."

"네가 변하면 어쩌지?" 이번에는 내가 미갈에게 물었다.

완전히 배제할 수 없는 이 위험을 난 감수해야 한다. 산다는 건 하나의 과정이다. 내일에 대한 보장이 없다. 그렇지만 지금 일어나는 모든 일, 우리의 생각, 감정과 결정이 미래의 나를 결정한다. "내일 우리가 누가 될지는 오늘 우리가 결정한다." 존 맥스웰이 한 말이 생각났다.

"살아가는 내내 우리는 변할 거야. 서로 변하지만 서로에게서 멀어지지 않으면 그게 최고지!" 우리는 미갈이 체크인을 해야 하는 5번 게이트로 가면서 이렇게 대화를 나누었다.

마지막으로 키스를 나눈 후, 난 그녀에게 가방을 건네주었다.

"난 더 이상 돌아보지 않을 거야!"

내가 서운해할까 봐 그녀가 뒤돌아 가며 이렇게 말했다. 열 걸음 정도 가서 그녀는 처음으로 뒤돌아보았다. 그리고 다시 한 번 더. 난 이 여자를 사랑하고 있어!

2017년 4월

미갈이 떠나고 난 책을 쓰기 위해 인도에 두 달간 더 머물렀다. 베트남에서 쓸 수 있는 기회가 더 이상 없어서였다. 한국에서 알게 된 인도 동북부 출신 두 자매가 나갈란드에 있는, 넉넉한 그녀들의 집에서 머물면 어떻겠냐고 제안해왔다. 비가 많이 내리는 산악 시대의 이 부족들은 중앙인도의 출신들과는 외모나 문화면에서 많이 달랐다. 여기 사람들은 인도 사람이라기보다 몽고 사람들을 닮았다. 원래 그들은 1960년대에도 전승 기념물로 적의 머리를 모았던 타고난 사냥꾼이었다. 그러나 그 사이에 그들은 놀랍도록 평화적이고 우호적인 관계를 맺어왔다.

난 이 책의 많은 문장을 그곳의 고요한 분위기 속에서 썼다. 산과 무성한 숲, 멋진 사람들. 결과가 어떨지 알 수 없어도, 사람들이 당신을 믿고 도와준다는 건 얼마나 근사한 일인지!

난 다음 여행지로 세계에서 가장 위험한 지역 중 한 곳인 중동부 지역을 통과해서 여행하기로 했다. 긴 여행이 끝나기 바로 전에 모든 일이 터질 가능성이 있는 셈이다.

뉴델리에서 나는 파키스탄의 라호르로 가는 버스를 탔다. 국경에서 공격을 당할 가능성도 있어서 번쩍이는 사이렌을 장착하고 군인들을 태운 경찰차가 버스를 호위했다. 버스의 커튼을 모두 닫고, 뒷좌석에는 기관총으로 무장한 인도인이 탔다.

파키스탄은 인도와 비슷했지만 아랍 분위기가 물씬했다. 파키스탄은 이슬람 국가이면서 70년 넘게 인도에 속해 있었기 때문이다. 내가 받은 인상으로는 파키스탄은 인도보다 더 전통적이었다. 예를 들어, 대부분의 경우 부모가 배우자를 정해주고 새로 온 사람을 명예의 표시로 꽃과 함께 던진다. 파키스탄 남자들은 긴 단색의 치마를 입는데 '살와 카미스'라고 부르며 국가의 동양적 분위기를 강조한다. 반면 인도에서는 전통적인 남성 의복이 바지, 셔츠, 폴로셔츠로 대체되었다.

난 피지를 여행할 때 알게 된 친구 집에 머물면서 라호르 지역에서 꽤 많은 시간을 보냈다. 거기 사람들은 내가 결혼을 해서 신혼여행을 간다면 꼭 파키스탄으로 오라고 권유했다. 서양 사람들에게 파키스탄이 낭만적인 꿈의 여행지가 아닐 수도 있지만 솔직히 말하면 난 그 제안이 그렇게 터무니없다고 생각하지 않는다.

파키스탄은 물가가 대단히 싸고, 문화도 너무 다양하고 독특해서 모든 걸 충분히 경험할 수 없을 정도였다. 이 기간 동안 난 비교적 안전한 지역으로 이동했다. 모든 것이 바뀐 건 내가 발루치스탄에 갔을 때였다.

발루치스탄은 이란 동부, 아프가니스탄 남부, 파키스탄 남서부에 걸쳐 있다. 영주와 준군사 세력이 이 지역을 점령하고 있었는데, 일부 지역은 정부의 법적 통제권을 벗어나 있었다. 기자들이 계속 살해당하고 이 지역에 대한 정보가 외부로 유출되는 것을 차단해서 언론의 관심이 쏠리지 않고 있다. 불법 마약과 무기 거래가 끝도 없이 가능한 지역이었다. 무장 갱단이 총알을 공급하지 않으면 숨겨진 탈레반과 알카에다 전투군, 혹은 분리주의자들이 그렇게 할 것이다. 그곳의 위험은 끝이 없다.

2017년 7월

발루치스탄의 주도인 퀘타 방향으로 가는 기차는 너무 불편했다. 무자비하게 내리쬐이는 사막의 태양이 기차의 양철판을 뜨겁게 달구어 마치 오븐 속에 앉아서 익고 있는 것 같았다. 창문을 통해 들어오는 바람은 삐걱거리는 낡은 헤어드라이어에서 뿜어져 나오는 것 같았고, 고운 모래 구름이 벌어진 틈으로 들어와서 열차 안의 모든 것에는 두꺼운 먼지 층이 내려앉았다. 의자, 벽, 환풍기는 말할 것도 없고 옷과 얼굴에도 먼지가 쌓였다.

더구나 티켓을 가지고 있어도 오래 앉아 있을 수 없었다. 원래는 내 좌석이지만 다른 사람들과 함께 앉아야 하는 상황이었다. 사람들이 불법으로 기차를 타는 건지, 기차역에서 애당초 좌석보다 더 많은 수의 티켓을 팔았는지 난 결코 알지 못할 것이다. 티켓이 있으니 내 자리라고 주장을 한들, 난 불리한 입장일 것이 분명했다. 사실, 그 기차 안에서 난 유일한 외국인이었다. 그래서 민간 복장을 한 군인들에게 친근하게 굴었다. 군인들이 있는 곳에는 일반인들이 잘 가려 하지 않아서 난 그곳에 자리를 잡았다. 갑자기 차량이 덜거덕거리더니 큰 소리를 내며 흔들렸다. 창문의 지저분한 금속 창틀 밖으로 몸을 내밀어 살펴보니 기차가 점점 더 느리게 간다는 걸 알았다. 돌이 많은 땅에는 바싹 마른 가시덤불 몇 줄기만 자라고 있었고, 멀리에 붉은색의 산이 눈에 들어왔다.

우리 앞에는 중동의 위기 지역을 다룬 전쟁 영화의 장면처럼 보이는 작은 거주지가 있었다. 밝은 색 진흙집 지붕 위에 기관총으로 무장하고 복면을 쓴 사람들이 웅크리고 있었는데, 그 위로 깃발을 매어놓은 대피소 그늘이 드리워졌다. 열기가 아지랑이처럼 피어오르며 공기가 흔들려서 마을 가장자리가 뚜렷이 보이지 않았다.

기차가 쇳소리를 내며 멈추었다. 그 길 어딘가에서 'Mushkaf'라고 적힌 푸른색 표지를 봤다. 어떤 군대 주둔지인가? 궁금했다.

내 옆에 있는 민간복장의 군인 중 한 명도 밖을 내다봤다. 그는 짙은 푸른색 샬와 카미스를 입고 있었는데 삐죽삐죽한 군인 머리 스타일에 수염은 3일 정도 깎지 않은 듯했다. 왼쪽 눈 밑에 흉터가 있었고, 각진 턱과 털이 많은 팔 때문에 그의 남성적 카리스마가 돋보였다. 앞니가 약간 벌어져 있었다.

"샤워?" 그가 갑자기 나를 돌아보며 물었다.

난 당황해서 그를 쳐다봤다. 물론 그 순간에 샤워만큼 내게 필요한 건 없었지만, 그가 왜 이 질문을 나에게 하는지 이해하지 못했다. 이 장면을 보며 어떻게 그 생각을 한 거지? 아니, 샤워를 어디서 한다는 거야? 여기 물이라곤 없는데. 확신할 수 없었지만 일단 고개를 끄덕였다.

"가자!" 이렇게 말하고 따라오라는 손짓을 했다. 그와 다른 두 명의 군인과 함께 난 기차에서 뛰어내렸다. 우린 벽으로 둘러싸인 진흙 집에 다가갔다.

지붕 위에 있던 남자가 화를 내며 우리에게 멈추라고 명령했다. 그 남자 뒤 작은 대피소에는 발사할 준비가 된 기관총이 선반에 놓여 있었다. 나를 데리고 왔던 군인은 지붕 위의 남자와 집 밖으로 나온 두 명의 사람들과 대화를 했다. 난 그가 무슨 말을 하는지 알 수 없었지만, 지붕 위의 남자는 우리가 계속 가도록 허락했다. 발밑에서, 그리고 이 사이에서 먼지가 서걱거렸다.

우리는 우물이 있는 작은 광장에 도착했다. 기대에 차서 우물 안을 내려다보았지만, 15미터 깊이의 작은 진흙 웅덩이만 눈에 들어왔다. "계속 가보자." 앞니 사이가 벌어진 그 군인은 찬성의 뜻으로

고개를 끄덕였다.

　기차 선로에서 100미터 정도 떨어진 곳에 무릎 높이의 돌담으로 둘러싸인 작은 우물이 있었다. 나무 덮개를 옆으로 밀고 작은 돌을 던지자 풍덩 소리가 우리가 제대로 찾아왔다는 걸 알려주었다. 군인 한 명이 벽의 가로대에 감겨 있는 밧줄을 조금 풀었다. 그리고 그 끝에 양동이를 매달아 우물 안으로 던지고 들보의 손잡이를 돌리기 시작했다. 양동이가 우물 가장자리까지 올라오자 난 그것을 앞니가 벌어진 군인에게 건넸다. 그는 기쁜 듯 물을 머리에서부터 쏟아 부었고 우리는 계속 양동이 물을 퍼 올렸다. 내가 막 머리에 쏟아지는 물을 즐기고 우리가 세 번째로 양동이를 퍼 올렸을 때, 갑자기 기차가 크게 기적을 울렸다. 출발 신호다!

　우리는 놀라서 양동이를 우물 속에 던지고 기차를 향해 달렸다. 기차는 벌써 움직이고 있었다. 우리는 기차의 맨 마지막 칸의 발판에라도 오르려고 속도를 냈다. 말 그대로 마지막 순간에 우리 모두 그 발판 위에 뛰어 올라서 문의 손잡이를 돌렸다, 그런데 잠겨 있었다!

　아, 안 돼! 이 칸의 반은 짐칸으로 이용되고 있어서 누군가 문을 열어주기를 기대할 수도 없었다. 문 뒤에는 가방만 잔뜩 있을 것이다. "다른 쪽으로!" 숨을 헐떡이며 내가 소리쳤고, 우리는 모두 기차 바로 뒤 선로로 뛰어내렸다. 이건 완전히 미친 짓이야! 기차는 이미 속도를 내고 있어서 우리는 그야말로 죽을힘을 다해 달렸다. 진흙과 물이 뒤섞여 내 샌들은 미끄러웠고, 난 샌들이 벗겨질까 봐,

혹은 발목을 삘까 봐 걱정이 되었다. 우린 있는 힘껏 뛰어서 기차로 뛰어올랐다. 내가 처음으로, 앞니가 벌어진 군인이 두 번째로, 그리고 그 두 군인이 차례로. 이번엔 문이 열렸고 우리는 안도하며 웃었다. 와우! 〈인디아나 존스〉나 옛 서부 영화의 한 장면인데!

퀘타에는 외국인이 머물 수 있는 호텔이 하나밖에 없었다. 허가를 받는 절차가 너무 까다로워서다. 독점권을 가진 이 호텔은 이를 이용하여 하룻밤 숙박비가 일반 호텔의 세 배에 달했다. 난 여행하는 내내 호텔이나 유스호스텔에서 숙박하지 않았다. 하지만 살고 싶다면 다른 선택의 여지가 없었다. 난 향후 80년간의 계획을 포기하고 싶지 않았다.

눈에 뜨이지 않기 위해 검은색 살와 카미스를 입고 금발머리를 숨기려 터번을 두르고 선글라스를 썼다. 그렇게 하니 탈레반처럼 보였다. 물론 그게 내 목적이기는 했다.

퀘타에서의 첫날 오전에 기관총으로 무장한 경찰 세 명이 호텔로 나를 데리러 왔다. 이들의 에스코트 없이는 아무 곳에도 갈 수 없었다. 그것도 딱 세 군데만 허용되었다. 여행 허가를 신청하러 가야 하는 관공서, 여행을 떠날 버스터미널 그리고 경찰서였다.

그곳에 머무는 동안 난 경찰서에서 대부분의 시간을 보냈다. 경찰서는 요새를 모방해서 지어졌다. 내부의 작은 광장은 철조망이 쳐진 두꺼운 벽으로 둘러싸였다. 그 주변으로 석고가 무너져 내린 평평한 지붕을 인 단순한 형태의 건물이 있었다. 그리고 뒤쪽 구석에는 죄수들을 감시할 수 있는 조악한 격자 막대기가 설치되어 있었다. 누군가 목이 마르면, 좁은 망루로 가는 그늘진 계단에 있는 점토로 만든 물주전자에서 물을 따랐다.

내가 기다리는 동안 갑자기 철문이 열리고 은색 토요타가 경찰서 안으로 들어왔다. 앞 유리엔 피가 튀어 있었다. 오른쪽 창문 두 개는 산산조각 났고, 뒷창에는 총알 구멍 네 개가 선명했으며, 왼쪽 문은 여러 군데가 충격으로 움푹 들어간 상태였고, 오른쪽에서 날아온 총알 자국이 있었다.

내가 놀란 입을 다물지 못하고 자동차를 쳐다보고 있는 동안 누군가 차문을 열었다. 난 내가 무엇을 보고 있는지를 이해하는 데 시간이 필요했다. 운전석과 기어 그리고 차 안의 다른 부분에도 피가 잔뜩 묻어 있었다. 불과 15분 전에 테러가 발생했다고 경찰관 중 한 사람이 내게 짧게 설명했다. 운전을 한 사람은 어느 정당의 고위 당원이었다.

피가 흥건한 곳도 있었다. 메스꺼움이 목젖을 타고 올라왔다. 그동안 몇 번 봐서 익숙해졌지만, 이번엔 완전히 달랐다. 시체는 차 안에 없었지만 난 내면의 눈으로 이 테러를 생생하게 목격한 것처럼 느꼈다. 유리가 튄다. 안에 있는 사람이 소리를 지른다. 육중한 탄환의 총소리, 거대한 충격이 순식간에 운전자의 몸을 찢는다. 그리고 전화벨이 울린다. 전화를 건 사람은 여자에게 남편이 오늘 집에 들어가지 못할 거라고 말한다. 아이들은 아빠 없이 자란다. 일상의 삶이 산산조각 난다.

내가 마음을 가라앉히기 위해 고군분투하는 동안 흰색 살외 카미스를 입은 남자가 차로 다가가 조수석 창문을 통해 차 안을 들여다본다. 외마디 소리를 지르며 주먹 쥔 손으로 차 지붕을 마구 두드린다. 눈물이 거친 뺨을 타고 흘러내려 수염을 적신다. 그 광경이 내 마음을 후벼 팠다. 가족인가? 그렇게 생각하는데 눈에 눈물이 고인다. 왜 저런 짓을 하는 걸까.

선임 경찰관이 내게 와서 팔꿈치로 옆구리를 찔렀다. 그리고 차를 가리킨 후 서툰 영어로 설명했다. "우리에게도, 당신에게도 긴장 상황이었어." 난 그가 나에게도 같은 일이 일어날까 봐 걱정하는 거라는 말을 하고 싶었던 거라고 생각한다.

난 침을 꿀꺽 삼켰다. 나에게 진정한 격려야. 현실이 이보다 더 생생하게 와 닿을 수가 없을 것이다. 이건 영화가 아니었다. 실제였다. 디즈니랜드도 아니고 전쟁터도 아니었다.

곧 강철로 표면을 보강한 오프로드 차량이 나를 버스 주차장으로 데려가, 거기서 빈자리가 있는 차에 태웠다. 그렇게 나는 다른 사람들이 차에 오르기 전에 차에 태워졌고, 덕분에 파키스탄 군중을 헤집을 수고를 할 필요가 없었다. 난 그때까지 아침도 먹지 못했다. 하지만 출발할 때까지 버스를 떠나면 안 되었기 때문에 아침 먹을 기회는 없었다.

그리고 버스는 출발했다. 좌석은 만석이었고, 몇몇 사람은 복도에 서서 갔다. 버스 운전수는 대담하게 운전을 했다. 급커브가 많았고 버스 안의 짐들이 이리저리 굴러다녔다. 선반에 놓인 짐들이 계속 떨어져서 내 무릎에 부딪쳤다. 보이는 대로 파악하자면 이 버스는 에스코트도 없었다. 아무도 무기를 소지하지 않았다. 인도와 파키스탄 국경과는 많이 달랐다. 아무런 관심도 받지 않는 게 최고의 보호책일 거야. 그래서 나는 약간만 남기고 창문의 커튼을 닫았다.

　피 묻은 자동차 모습이 여전히 내 눈앞에 생생했으며, 난 귀가 막힐 듯한 총소리에 우리가 탄 버스 앞 유리가 산산조각 나는 가능성을 계속 생각했다. 혹은 버스를 세우고 몸값을 위해 나를 납치하는 상상을 했다. 이미 이 지역에 벌어진 일이었다.

　그러다 문득 어떤 생각이 떠올랐다. 지금까지 버스에서 벌어진 테러는 폭탄으로 버스가 폭파해버리는 유형이었다는 걸 어딘가에서 읽었던 것이다. 조금도 위안되는 생각이 아냐. 둘러볼 필요도 없이 내가 유일한 외국인일 것이다. 실제로도 그랬다.

　우리가 막 도시를 벗어났을 때, 버스가 길 한가운데에서 멈추었다. 문이 열리고, 누군가 운전석에서 사람들과 얘기를 했다. 작은 소동이 일어났다. 무슨 일이지? 나는 목을 길게 뽑고 무슨 일이 벌어지는지 보려고 했다. 그 순간 뒤엉킨 목소리가 가라앉고 모두 나를 쳐다봤다. 무슨 일인지 이해하지 못하는 사람은 나뿐이었다. 심장이 두근거렸다. 뭐지. 기분이 좋지 않았다.

　"이리 나와요! 나와요!"

운전수가 진지한 톤으로 나를 불렀다. 난 깜짝 놀라 몸을 움츠렸다. 바로 내가 두려워했던 거야! 왜 다른 사람이 아닌 나인 거지? 난 내 가방을 집었다. 그런데 운전수가 고개를 저었다.

"아니. 너 나와!"

입이 바싹 말랐다. 난 입술을 깨물고 주저하면서 복도를 걸어갔다. 그러면서 길을 막고 있는 몇몇 사람을 밀치고 가야 했다.

앞쪽으로 나가자 문 앞에 검은 옷을 입은 두 명의 남자가 있었는데 각각 한 손에 기관총을 들고 있었다. 머릿속이 하얘졌다. 도망칠까 순간 생각했으나, 창문은 튼튼해 보였고 승객들이 막고 있었다. 어쨌거나 기관총이 있는데 도망간다는 건 무모했다. 나한텐 선택의 여지가 없었다. 가능한 한 그들에게 잘 보이는 게 최선이었다.

"As-salāmu ʻalaikum."

난 여기 관습대로 그 두 남자에게 인사를 했다. 평화가 당신들과 함께하기를!

"국적?" 그들은 나에게 평화를 빌어주는 대신 무뚝뚝하게 물었다.

"독일이요."

남자들은 고개를 끄덕였다. 그런 다음 버스에서 몇 미터 떨어진 곳에 있는, 널빤지와 플라스틱 시트로 만들어진 간이 대피소로 나를 데려갔다. 발루치스탄 풍경이 아름답다는 것만은 최소한 인정해야 한다. 일몰이 광대한 사막에 더없이 아름다운 빛을 비추는 가운데 태양이 가라앉고 있었다. 앞에 가파른 산이 솟아 있었는데, 날카로운 산마루가 뾰족한 창처럼 하늘을 찌르고 있었다. 길들여지지 않은 야생적인 무언가가 있었다. 그러나 유감스럽게도 난 이런 광경을 제대로 음미할 수가 없었다.

두 남자 중 한 명이 내게로 몸을 돌렸다.

"이름?"

"크리스토퍼."

"무스타파? 이슬람 이름인데! 이슬람신도야?"

난 상대방의 호의를 얻기 위해 하마터면 그렇다고 할 뻔했다. 그러나 그건 거짓말이 될 것이고, 내 원칙에도 어긋났다.

"아뇨. 무스타파가 아니고, 크리스토퍼요. 저는 크리스찬예요. 크리스토퍼, 크리스찬. 무스타파, 무슬림."

내 경험에 의하면 사람들이 내 이름을 기억할 수 있는 가장 좋은 방법이 이것이었다. 그 남자는 눈에 띄게 실망하면서 의자 위에 놓인 책을 집었다.

"여권?"

난 재빨리 주머니에서 서류를 꺼내서 그에게 건넸다. 번질거리는 볼펜으로 그는 빈 페이지에 내 인적 사항을 적어 넣었다. 그리고 내게 여권을 돌려주었다.

"서명!"

그는 빈 곳을 가리켰다. 난 그가 시키는 대로 했다. 그는 탁 소리가 나게 책을 덮더니 다시 의자 위에 놓았다. 그리고 버스를 가리키며 턱으로 가라는 신호를 보냈다. 가도 되는 건가? 난 잠시 생각했다. 그는 확인이라도 하듯 혀로 소리를 냈다. 세 번이나 말하게 해서는 안 될 것 같았다. 난 서둘러 버스에 올라탔고, 내 자리로 돌아왔다. 오 다행이야! 그냥 검문소였어!

우리는 죽음에 대해 깊게 생각하지 않는다. 죽음은 병원, 도축장, 호스피스 병동 등 우리와 멀리 떨어진 곳에서 일어나는 불편한 무언가다. 그러나 그건 조만간 누구에게나 다가온다. 죽음은 많은 사람들에게 예기치 않게 온다.

그러나 내가 여행을 했던 많은 나라에서는 달랐다. 그곳 사람들에게도 죽음은 고통스럽지만, 자주 만나는 친숙한 방문객이기도 하다. 그곳은 사망률이 높고, 사람들은 기관이나 병원이 아닌, 여러 세대가 한 지붕 아래 살고 있는 가족의 곁에서 죽는다.

죽음이 이렇게 항상 주변에 존재하는 건 부정적인 측면뿐 아니라 긍정적인 측면도 있다. 죽음과 화해를 하면 본질적인 것에 집중하는 데 도움이 된다. 살 날이 일주일밖에 남지 않은 사람은 사소한 것으로 논쟁을 하며 시간을 허비하지 않는다. 발루치스탄에서의 버스 탑승이 내게는 그랬다. 난 가족과 미갈, 지금까지 내가 얼마나 잘 지냈는지, 내 인생에서 무엇이 실제로 중요한지에 대해 생각했다.

버스는 밤새 달렸고, 난 열두 번 이상 차량에서 끌려나와 검문을 당했다. 준군사 세력의 '서비스'였다. 내가 길을 잃어도 적어도 어느 지역에 있는지는 모를 수가 없을 것이다. 여섯 번째 검문 후에 러시아 경기관총인 칼라슈니코프를 손에 든 어느 파키스탄 사람이 버스에 탔는데 그는 자신을 나의 개인 경호원이라고 소개했다. 이것도 친절의 표시이자 '서비스'였다. 그는 내 옆에 앉은 사람과도 금방 친한 친구가 되었다. 남은 내 여행이 그 덕분에 편안해지고, 모든 것이 개인적이고 친숙한 분위기로 변했다. 솔직히 말하면 우리는 너무 잘 맞아서 다시 버스를 되돌리고 싶은 유혹을 느낄 정도였다. (엄마, 이 말은 잊어주세요!)

이란 국경을 통과하는 건 문제가 없었다. 군인들은 내 여권을 받은 후 차 지붕에 무거운 기관총을 실은 군용차량의 적재면적 위에 나를 태우고 군사 기지까지 호위했다. 발루치스탄에서도 저렇게 많은 무기 무더기를 본 적이 없었다. 거기서 그들은 같은 종류의 차량에 나를 태우고 도로검문소로 데려갔는데 이번에는 나를 그냥 통과시켜 주었다.

내가 드디어 자혜단의 버스정류장에 도착했을 때, 난 군인 혹은 경찰한테 여덟 번이나 검문을 받았다. 그동안 제복을 입은 사람들이 내 여권을 내내 갖고 있었고 내가 직접 여행을 할 수 있게 되어서야 난 여권을 돌려받았다.

다음 버스로 나는 이란의 수도인 테헤란으로 향했다. 난 3일이나 샤워를 하지 못했다. 수염도 깎지 못했고 퀘타에서 위장을 하려고 입은 검은색 살와 카미즈를 여전히 입고 있었다. 그 때문에 난

신나게 걸어봐 인생은 멋진 거니까

이란의 수도에서 매우 어울리지 않는다는 느낌을 받았다. 테헤란 사람들은 현대적인 옷차림이었다. 데님 바지, 윤이 나는 가죽구두, 반짝이는 벨트와 딱 맞는 셔츠를 착용하고 있었다.

"당신 종교 극단주의자처럼 보여요."

지하철에서 길을 묻는 나에게 어떤 남자가 거울을 보여주며 말했다. 난 매우 재미있다고 생각했다. 이란에 있는 독일인 테러리스트!

테헤란 시민 상당수가 정부보다 훨씬 더 서구화되었다고 느껴졌다. 여전히 베일이 강요되었지만 많은 여성들이 눈에 띌 정도로 화장을 해서 베일의 원래 의도를 분명히 보이콧하고 있었다. 여대생들은 베일을 착용하는 걸 종종 '잊었고' 텔레비전이나 스마트폰으로 리한나의 뮤직 비디오를 자유롭게 볼 수 있었다. 동성애는 사형이지만 남자들끼리 뺨에 키스 인사를 나누는 걸 난 여러 번 경험했으며 심지어는 진짜 키스하려는 남자들도 있었다. 그들의 태도에는 어떤 것도 숨기려는 흔적이 없었다.

이와는 대조적으로 이슬람 종교 전통이 강하게 각인되어 있는 시골 마을의 분위기는 완전히 달랐다. 어느 이란 소프트웨어 개발자가 지방에 거주하는 가족들에게 나를 소개할 때 나는 그의 여동생에게 인사를 하느라 손을 내미는 실수를 저질렀다. 그녀는 놀라서 눈을 크게 뜨고 내 몸에 닿지 않기 위해 뒤로 물러섰다. 또한 여자들은 남자와 단둘이 방에 있는 것을 매우 꺼렸다. 이런 상황에서 남자에게 강간을 당하면 법정에서 이길 기회도 거의 없을 뿐 아니라, 여자들이 이것을 철저히 숨기고 무덤까지 가져가야 할 만큼 가족들에게 수치이기 때문이다. 많은 여자들이 강간당한 걸 자기 잘못이라고 자책한다. 그런 경우 남자들의 책임은 실제보다 매우 적다. 마치 충동의 희생양인 것처럼 말이다.

이란인 여자 친구가 나에게 그녀의 사촌 얘기를 들려준 적이 있다. 그녀의 사촌은 "난 남편이 바람을 피우면 용서할 거야. 그의 잘못이 아니거든. 그를 유혹한 여자가 잘못한 거야!"라고 말했다고 한다. 문화적 관점에서 보면 이런 이야기는 독일과는 아주 먼 것처럼 느껴진다. 물리적 관점에서 보면 난 유럽을 코앞에 두고 있었고.

난 터키를 관통해야 했다. 터키 여행은 가능한 한 짧게 하려 했다. 우선, 미갈이 이탈리아에 체류 중이었는데 그녀가 독일로 돌아가기 전에 이탈리아에서 함께 시간을 보내고 싶었고, 두 번째로 가족이 너무 보고 싶었다. 이제는 집으로 돌아갈 시간이 되었다고 느낄 만큼 가족이 그리웠다.

또한 10일 이내에 아빠가 남 티롤에서 독일 북부 지역 청소년들과 함께 동행할 예정이었다. 거기서 아빠에게 서프라이즈 선물을 선사할 것이다! 가능하다면 그렇게 하고 싶었다. 부모님들은 나쁜 일로 놀라지 않는 경우에만 서프라이즈를 좋아했기 때문이다.

난 이스탄불까지 짐을 실어 나르고 그 유명한 아라라트산을 지나가는 이란의 어느 트럭을 얻어 탔다. 두 명의 트럭 운전수와 달리는 동안 자연 풍광은 이란의 건조한 사막에서 다채로운 들꽃, 노송나무와 올리브나무가 자라는 녹색 초원으로 가득한 시중해 구릉지로 바뀌어 갔다. 목자들은 양떼를 몰고, 부드러운 바람 속에서 곤충들이 윙윙거리며 날아다녔다.

이스탄불부터는 이미 유럽 대륙에 발을 디딘 것이라 난 더욱 속도를 냈다. 홈런이 코앞이었다. 실제로 나는 빠르게 진군해서 3일 만에 동유럽을 통과하고 남 티롤의 햇빛이 내리쬐는 라스 마을에 아빠보다 하루 먼저 도착했다.

알프스는 내가 상상한 그대로였다. 짙은 나무로 된 발코니가 딸린 하얀색 집, 그 발코니에는 꽃이 가득 심어진 화분이 화려한 색을 선사했다. 그 집들 사이에 있는 자갈길은 외딴 사과 과수원으로 이어지고, 저 멀리에는 장엄한 산의 눈 덮인 봉우리가 빛나고 있었다.

너무 오랜만에 거리에서 사람들과 독일 말로 수다를 떠는 게 정말이지 독특한 경험처럼 느껴졌다. 난 아빠가 올 펜션을 금방 찾았다. 운 좋게도 그날 어느 단체가 체크아웃을 했는데 그들은 그다음 날까지 예약을 했었다. 그래서 펜션 주인은 다음 날까지 이미 지불이 완료된 방 중 하나에서 숙박해도 좋다고 했다. 부드러운 매트리스, 샤워, 비누. 아무도 아빠와의 기쁜 재회를 방해하지 않았다.

그다음 날 아침 나는 꼼꼼히 샤워를 두 번이나 했다. 아빠가 당신 아들이 지금까지 보살핌을 받지 못한 채 방치되었다고 생각하면 안 되었기 때문이다. 그리고 수건으로 몸을 닦고 욕실에서 나와 옷을 입었다. 젖은 내 머리카락에서 흘러나온 물방울이 햇볕 가득한 방의 갈색 코르크 바닥에 떨어졌다. 아, 헤어드라이기가 있어야 하는데. 이런 생각을 하며 침대 가장자리에 앉아 양말을 신었다. 그때 밖에서 차문이 닫히는 둔탁한 소리가 들렸다. 벌써 도착한 건 아니겠지? 창문으로 다가가서 부드러운 커튼을 옆으로 살짝 밀었다. 주차장에는 흰색 미니버스가 서 있었다. 그 옆에는 몇 명의 청소년이 모여 있었고… 아빠가 보였다. 갑자기 눈물이 흘렀다. 아빠는 이전과 똑같은 모습이었다. 친절한 눈빛도 여전했다. 알디(중저가 식료품이나 물건을 파는 슈퍼마켓-역주)의 독서용 안경도 그대로였다. 다만 흰 머리카락이 조금 더 늘은 것 같았다.

어떻게 하지? 아빠가 나를 우연히 발견하지 못하도록 창가에서 물러났다. 그리고 연한 푸른색 셔츠를 입고 욕실 거울로 내 모습을 다시 한 번 점검했다. 좋아! 근사했다.

심장이 두근거렸다. 가슴에 무거운 돌을 얹어놓은 것처럼 숨 쉬기가 힘들었다. 4년 동안 아빠를 못 봤어! 어떻게 그렇게 살았었던 거지? 나는 집을 떠나 있었고, 끊임없이 장소를 옮겨 다녔기 때문에 가족들이 나를 방문하기엔 너무 힘들고 너무 비쌌다.

난 문 쪽으로 가서 복도의 모래색 타일 위를 서둘러 걸었다. 흰 벽에는 휴가를 여기서 보낸 청소년들 사진이 여러 장 걸려 있었다. 현관에 도착하자마자 난 모퉁이에서 멈추고 조심스럽게 들여다보았다. 현관의 다른 쪽에, 아빠가 나에게서 등을 비스듬히 돌린 채로 펜션 부엌 입구에 서 있었다. 아빠는 편안한 회색 스웨터에 청바지를 입고 운동화를 신고 있었다. 몸짓을 하는 걸로 봐서 누군가와 대화를 나누는 것 같았다.

　조용히 아빠를 향해 갔다. 앞으로 벌어질 일을 기대하면서. 막 "당신 아들이 벌써 여기 도착했어요!"라는 펜션 주인의 말이 들려왔고, 동시에 난 아빠 뒤에서 손으로 아빠의 눈을 가렸다. 그러고는 어찌해야 할지 몰라서 우물쭈물거렸다. 내가 말을 하면 나라는 걸 아빠가 금방 알 텐데. 어쨌거나 지금은 분명하긴 한데. 내가 이런 생각을 하는 동안 아빠는 이미 돌아서서 내 눈을 쳐다보았다. 그런 다음 나를 격정적으로 끌어안고 뽀뽀를 퍼부었다. 나의 내부는 압축기로 공기를 팽팽하게 불어넣었다가 잠시 후에 부드럽게 '피식'하고 공기가 빠져나간 풍선처럼 느껴졌다. 감정이 수년 동안 축적되었다가, 눈사태처럼 내게로 떨어지는 것 같았다. 피가 아닌 거품이 혈관 속을 흐르는 것처럼. 난 무언가를 말하고 싶었지만, 아빠의 떨리는 가슴에 파묻혀 흐느껴 울기만 했다. 통제할 수가 없었다. 내 가슴 위에 놓인 돌이 사라졌다. 모든 것이 깃털처럼 가볍게 느껴졌다.

　한참 만에 우리는 포옹을 풀고 잠시 동안 서로를 쳐다보았다. 아빠가 얼른 손을 들어 내 얼굴을 쓰다듬었다. 그리고 우리는 다시 서로를 안았다. 이번에는 아빠와 내 뺨 위로 눈물이 흘러내렸다. "아빠를 다시 만나서 너무 좋아!" 난 한참을 울었다.

　어느 순간 우리는 깊게 심호흡을 하고 마음을 추스렸다. 우리 옆에는 주인이 서 있었고, 그 사이에 아빠와 같이 온 일행 중 한 사람이 들어와 있었다. 잠시 방해하지 않는 게 좋을 것 같았다. 아빠는 나를 일행에게 소개했고, 그 순간 더 많은 아이들이 펜션 안으로 들어왔다.

"괜찮으세요?" 주인이 긴장한 듯 물었다.

"화장실부터 가야겠어요." 아빠가 웃었다. "오랫동안 차를 타고 와서요."

"아빠, 제 방으로 가요. 제가 같이 갈게요."

둘만의 시간을 잠깐이라도 갖게 되어 기뻤다.

방에서 우리는 우선 가장 중요한 것부터 간단히 얘기를 한 후, 신과 세계에 대해 긴 대화를 나누었다. 아빠와 얘기를 하게 되어 그저 기뻤다!

"표정이 네 동생과 똑같구나." 아빠가 만족한 듯 웃었다. "너한테 어딘지 모르게 마구간 냄새가 나는 것 같아서 좋다."

우리의 대화는 오후 늦게까지 계속 이어졌다. 아빠가 밤에 잠을 못 자 너무 피곤해하셔서 우리가 30분 정도 더블 침대에서 잠깐 눈을 붙일 때까지 대화를 나누었다.

"정말 근사해." 아빠가 베개에 머리를 놓으며 말했다. "너무 듬직 하면서도 어딘지 모르게 낯설어."

내가 대답할 말을 찾고 있는 동안 아빠는 벌써 코를 골기 시작 했다.

에필로그_ 다시 집으로

독일 국경선을 넘는 건 내가 상상한 그대로였다. 자동차 창문을 내린 채 독일 국경 지역을 달릴 때, 차갑다고 느껴지는 여름 바람이 우리 얼굴 위로, 그리고 자동차 계기판으로 미세한 빗방울을 흩뿌렸다. 형광 노란색 조끼를 입은 경찰관은 우리가 느린 속도로 그들을 지나갈 때 우리를 면밀히 살폈다. 흐린 하늘에 회색 구름이 떠돌았다. 아 독일, 네가 너무 그리웠어! 저절로 웃음이 나왔다. 하지만 이 날씨까지 그리운 건 아니었어!

미같은 피르나에 있는 가족들 곁에 남았고, 난 독일 북부까지 남은 여정을 계속 히치하이킹을 해서 갔다. 함부르크에선 여동생이 날 기다리고 있었다. 부모님과 내 쌍둥이 동생은 우리가 어린 시절부터 항상 머물곤 했던 휴가지인 덴마크 여름 별장으로 떠나고 없었다. RTL 방송국 팀이 현관에서 여동생과 나와의 재회를 촬영했다. 처음엔 촬영 때문에 방해받지 않을까 걱정이 되었지만, 우리는 드디어 다시 만나게 된 것에 너무 마음이 들뜬 나머지 카메라를 전혀 의식하지 못했다. 여동생과 나는 정말 사이가 좋아서, 아마 내가 여행을 떠나 있는 동안 엄마 다음으로 가장 마음고생을 한 사람은 여동생이었을 것이다. 사랑하는 동생! 반갑다!

그날 여동생과 나는 덴마크로 갔다. 이제 한 사람도 빠지지 않고 우리 가족이 모두 모인 것이다. 생전 운 적이 없는 쌍둥이 남동생조차 눈시울을 붉히느라 다가오지 못했다. 다시 모두 함께한다는 건 너무 행복한 일이다. 때때로 난 아빠, 여동생, 그리고 엄마와 쌍둥이 동생, 이렇게 차례로 만나지 않고 한꺼번에 모든 식구를 봤다면 어땠을까 궁금했다. 하지만 그렇게 여러 번 재회를 할 수 있는 것도 좋았다. 결국 집으로 돌아왔다는 걸 나누어서 즐길 수 있어서였고, 여행이 끝났다는 걸 정말 실감할 수 있었기 때문이다.

내겐 귀환을 음미할 시간이 충분했다. 게다가 난 재회의 기쁨을 한 번이 아니라 세 번이나 누렸다. 모든 좋은 일이 세 배가 된 셈이다.

부모님은 며칠 내내 웃으셨는데, 아빠는 너무 웃어서 얼굴 근육이 얼얼하다고 엄살을 피우셨다. 난 이 모든 것이 즐겁고 유쾌하면서도 이전과 똑같아서 놀랐다. 우리 형제들의 역할 분담, 농담, 몸짓, 모든 것이 그대로였다. 마치 내가 전혀 여행을 다녀온 것 같지 않았다. 우리 가족은 놀라운 보물이다!

내가 자란 집은 더 이상 없었다. 내가 여행하는 동안 우리 가족들은 이사를 했다. 예전에 우리가 살던 건물은 겨울이면 아무리 히터를 틀어도 스키복을 입어야 할 정도로 추워서 헐기로 했다고 한다. 난 한 번 그곳을 지나친 적이 있었다. 건물은 텅 빈 것 같고 황량해 보였다. 외관이 누추했다. 하지만 중요하지 않았다. 집은 건물이 아니다. 집은 서로 사랑하는 사람들이 사는 공간이다. 그래서 난 여행 중에도 한 번도 외로움을 느끼지 못했다. 사랑하는 마음으로 나를 만나고 집이라고 느껴지게 만드는 사람들이 항상 내 주변에 있었다. 지금도 여전히 그렇다.

사람들이 내가 집을 떠난 적이 없는 것 같다고 느끼는 걸 난 더 자주 느꼈다. 내가 본 사람이나 장소가 지난 몇 년 동안 조금도 바뀌지 않은 것처럼 보일 때 특히 그랬다. 내가 다닌 학교나 오랜 이웃들은 전혀 변하지 않았다.

그 사이에 대학에서 공부를 했거나 졸업 후 직장을 다니고 있는 친구들은 달랐다. 난 어떤가? 난 스물네 살이 되었고 대학도 졸업하지 못했고 직장도 없다. 난 인생의 4년을 낭비한 걸까? 내 대답은 분명하다. 전혀 그렇지 않다.

내게 세계 여행은 나만의 교육 과정이었다. 사실 난 4년 간 인턴십을 한 것이다. 정원사, 수습 선원, 투어 가이드, 주유소의 직원, 배관공, 배우, 요리사, 모델, 피실험자, 과외선생, 파티 가이드, 웅변가, 청소부, 수문 지킴이, 건설 노동자, 항해사, 점원, 번역가, 프로그래머, 화물 적재인, 목수, 광부, 저자, 수확도우미, 어부, 베이비시터, 웨이티… 이 목록에 계속 추가할 수 있다. 난 다양한 지역에서 많은 실용적인 기술을 배웠다. 이제 난 배를 수리하고, 막힌 파이프를 뚫고, 맨손으로 불을 피우고, 물고기를 낚고, 자물쇠를 고치는 등 다양한 일을 할 수 있다. 그동안 독일어 외에 스페인어, 포르투갈어, 영어, 이탈리아어, 심지어 한국어도 배웠다.

이 모든 일에서 수많은 귀중한 보물을 발견했고, 더 이상 내게 부족한 건 없다. 다른 눈으로 삶을 바라보는 걸 배웠다. 나를 위해 새로 발견했다. 그러면서 나 자신도 새로 발견했다. 내게 새로운 강인함과 무의식적인 나약함이 있다는 걸 알게 되었다. 친숙한 사람에 대한 나의 태도를 뒤돌아보았다. 그리고 예전에는 가능하다는 걸 알지 못했던 완전히 개인적인 방식으로 신을 알게 되었다.

아주 작은 것에도 행복을 느끼는 법을 알았다. 단지 행복할 뿐 아니라 만족하는 법도 알았다. 감사한다는 말이 무엇을 의미하는지 배웠다. 재채기가 나올 때 누군가 "건강하세요"라고 말하면, 중얼거리듯이 우물쭈물 예의바르게 "감사합니다"라고 말하는 걸 의미하는 게 아니다. 그 대신 내 인생의 크고 작은 선물에 대해 제대로, 깊이 감사한다. 맛있는 음식, 따뜻한 샤워, 사랑스런 가족, 평화로운 고향.

난 학업이 내게 줄 수 없는 인생학교를 다녔다. 예전이라면 꿈도 꾸지 못할 것들을 봤다. 어떤 교육과정도 내가 지난 몇 년 동안 경험했던 사람과 문화에 대한 개인적인 이야기를 들려줄 수 없을 것이다.

그리고 잊지 말아야 할 선물이 또 있다. 내가 여행 중에 맺고, 지금도 계속 발전시켜는 우정이 그것이다. 문자 그대로 전 세계에 걸쳐 관계의 진정한 네트워크가 만들어졌다. 나중에 서로 만나기로 계획도 세웠다. 마지막으로 내 여행은 지구를 둘러보는 산책의 즐거움 이상으로 내게 엄청난 놀라움을 선사했다. 내게 사랑하는 사람이 생겼다. 이렇게 말하는 게 낫겠다. 나와 인생을 함께할 사람을 찾았다.

2017년 12월 로마에서 돌아오는 길에 미갈이 가장 좋아하는 트라야누스원주에서 청혼을 했다. 촛불에 둘러싸여 무릎을 꿇고 기타를 치며 직접 만든 노래를 불렀다. 조금 유치한 드라마 같긴 했지만 그녀는 청혼을 받아들였다. 우리는 내가 가이아나에서 직접 채굴한 금으로 반지를 만들었다. 난 이 여자와 탁월한 팀을 이루어 희로애락을 함께하는 걸 더 이상 기다릴 수 없었다.

집으로 돌아온 직후 난 다름슈타트 근처에서 신학을 공부하기 시작했다. 그렇게 오랜 기간 공백을 가진 후에도 학업을 시작하는 것이 가능하냐고 묻는다면 내 대답은 '그렇다'이다. 적어도 나의 경우에는 아무런 문제가 없었다. 아마도 여행에서 끊임없이 읽고 배운 덕분일 것이다. 여러 언어, 다양한 직업에 대한 경험, 매혹적인 발견에 대한 연구 또는 그 사이에 내 손에 들어온 수많은 책들.

또한 오랜 여행 후에도 일상생활로 돌아가는 것이 어렵지 않았다. 항해 중에 변속과 같이 매우 엄격하게 유지되어야 하는 프로세스를 진행하는 데 많은 시간을 보냈다. 하루를 잘 계획하면 얼마나 효과적으로 일할 수 있는지 직접 경험했다.

학업을 하는 틈틈이, 여자친구와 소소한 모험을 즐기고, 여행을 갈망하는 사람들이 던지는 수많은 질문에 유튜브로 대답하며 시간을 보내고 있다. 내겐 다른 사람들이 그들의 꿈을 실현하도록 지지하는 게 매우 중요하기 때문이다. 조언, 격려, 지원, 환영, 경험과 시간을 나에게 제공한 수많은 사람들 덕분에 내가 여행을 할 수 있었다는 사실을 잘 알고 있다. 이 모든 지원 덕분에 내가 계획했던 것, 단 50유로로 출발하여 비행기를 타지 않고 전 세계를 여행하여 풍성한 선물을 안고 돌아오는 것이 실제로 가능했다.

어떻게 삶을 살아가느냐는 많은 부분이 우리 손에 달렸다.

"항상 ○○하려고 했어."

대부분의 사람들은 이 문장을 마음에 품고 산다. ○○에 들어갈 말은 사람에 따라 다르다. 그것 또한 좋은 일이다. 나의 경우에는 세계 여행이었지만, 다른 사람들에게는 다른 무엇일 것이다. 중요한 건 그저 바람에 그치지 않고 그것을 실현하는 것이다. 어쩌면 내 책이 그 바람에 작은 동기가 될 수도 있겠다. 그렇게 된다면 난 너무 기쁠 것이다.

모험은 자신을 위험에 노출시키는 게 아니다. 예상하지 못했던 일에 나 자신을 던져 '나'를 발견해가는 것이다. 여행 내내 나는 그러했고 새로 시작되는 내 삶의 단계마다 계속 그럴 것이다.

"걱정하지 마라. 삶에서 예상치 못한 일이 일어나는 것이 가장 좋은 길이 될 수도 있으니."

나의 다음 모험이 시작된다. 지금 이 순간!